둥지

둥지

조선형 장편소설

엄마의 섬에는 파도 소리보다 더 정감이 나는 노랫소리가 들려왔다. 엄마의 일생 얘기는 어느 집에 가도 아무리 들어도 끝이 없을 것이다. 하지만 난 엄마가 치매가 아니셨으면 하마터면 놓치고 말 뻔했던 보석 같은 순정의 말들을 들었다. 기록해 두고 싶었다. 펜을 꺼내 수첩을 들었다.

생각나눔

● ● ●

작가의 말

인생에서 꿈은 아주 중요하다. 초등학교 6학년 때의 일이다. 주일학교 윤주아 선생님은 예배를 끝내고 어린이들을 모아 놓고 한쪽 구석에 가서 각자 장래의 희망을 써서 가져오게 했다. 난 나의 단짝이 무얼 쓰는지 궁금했다. 그 친구는 박사가 되고 싶다고 썼다. 나도 돌아와 선생님에게 그렇게 써서 드렸다. 훗날 난 그걸 실현했지만, 작가가 되고 싶다는 생각까지는 못 했다.

고교 시절 독서회에 가입한 이후 습작기를 거치면서 단편소설을 쓴다며 노트를 들고 다닌 적이 있다. 그 이후 스스로에게 끊임없이 물었다. 신춘문예 소설 도전은 언제 할 거냐고. 그 시절 헤밍웨이 작품의 영향이 컸다. 헤밍웨이의 『무기여 잘 있거라』 같은 소설을 쓸 수 있을까? 종군기자로서의 그의 이력이 그 같은 소설을 만들 수 있었다고 생각해 나도 경험을 바탕으로 한 소설을 써 보자는 뜻에서 월남전에 참전했다.

첫 소설을 쓰면서 왜 하필이면 엄마에 대한 페이소스를 쓰고 싶었을까. 모든 엄마가 다 불행했던 것은 아닐 것이다. 하지만 내 엄마가 겪어온 삶을 모티브로 해 글을 만들고 싶었다. 참으로 서투르다. 하지만 연마하다 보면 언젠가는 좋은 글을 써 내리란 희망을 품는다.

이 책은 한 자연인에 대한 한(恨) 서린 이야기다. 해방의 감격도 잠시. 6·25 동란이 낳은 동족상잔의 전쟁 중에 평화로이 살아갈 수 있었던 각 개의 둥지가 타의에 의해 해체되고 의도치 않은 뒤틀린 운명을 헤쳐 나가며 저마다 살아간 이야기다.

「인생은 나그네 길」이라 노래한 가수가 있다. 타의에 의해 둥지가 해체되는 순간부터 인생은 고난의 여정을 갈 수밖에 없다. 그러므로 어디서 왔다가 어디로 가는지 모를 개개의 운명은 생존에 필요한 적자생존의 길을 따라 유전한다.

70년대엔 이민의 길을 생각해 보지 않은 사람은 드물 것이다. 꼭 성공하리란 보장은 없지만 선택의 여지 없이 이역만리로 떠난 길이다. 모든 걱정과 두려움을 이겨내며 뒤틀린 운명의 주인공들은 낯선 곳에 뿌리를 내리기 위해 죽을힘을 다해 살아간다.

그리고 마침내 고난의 여정을 쉴 수 있는 곳을 찾는다. 그곳이 가나안 땅일 거란 생각을 해 보지만, 결코 '젖과 꿀이 넘치는 땅'은 아니다. 좀 억지스럽지만, 사후 영면하는 그 자리가 가나안 땅일 수도 있겠다는 생각을 어머니의 삶을 통해 깨달았다.

이 책의 제목을 '엄마의 섬'으로 할까, '둥지'로 할까 망설이다가 결국 '둥지'로 마음을 굳혔다.

이 책의 서평을 기꺼이 써 주신 정선교 소설가님과 이 소설의 스토리에 도움이 되어준 연천군청과 군남면 행정복지센터 직원 그리고 나의 가족들에게 깊은 감사를 올립니다.

야탑동 서재에서

저자 조선형

목차

제1부 뒤틀린 운명

1. 천성 가는 길   •12
2. 황지리   •20
3. 서원말   •40
4. 6·25 동란 중에   •61

제2부 가나안 땅을 찾아서

5. 군대   •98
6. 객지   •102
7. 희망   •155

제3부 이민

8. 인생유전   •170
9. 여행   •214
10. 귀향   •237

제4부 엄마의 섬   •248

❖ 『둥지』 서평, 소설가 정선교   •269

제1부

뒤틀린 운명

내게 능력주시는 자 안에서 내가 모든 것을 할 수 있느니라.

(빌립보서 4장 13절)

1.
천성 가는 길

아침에 학교 앞 교문에 소나무에서 날아오른 까치가 요란하게 아파트 주위를 돌며 울어 댄다. 무슨 좋은 소식이라도 있으려나.

교통지도 봉사가 끝날 무렵 9시가 다 되어 바지 호주머니의 휴대전화기 진동으로 허벅지가 간지럽다.

무슨 좋은 소식이려니 하고 전화를 받았다.

'아름다운 장미' 요양원 원장의 목소리가 휴대폰 저편에서 들려왔다.

"여보세요? 선생님!"

"네. 무슨 일 있으세요?" 하고 전화를 받으면서도 가슴이 철렁 내려앉았다.

"어머니께서 아침에 화장실 가셨다가 방금 졸도하셨어요."

아, 드디어 올 것이 왔구나. 왠지 모르게 난 침착하게 응대했다. 분당에서 평창동 요양원까지 가는 데만 자가용으로 시간 반은 달려가야 한다.

"선생님을 기다릴까요?"

상황을 느낌으로 알아챈 나의 대답은 바로 "원장님, 혹시 어머님을 여의도 성모병원으로 이송해주실 수 있나요?"

"아뇨. 이곳 요양원의 응급환자 이송반경은 '서대문 세란병원'과 '강북 삼성병원' 외엔 후송이 안 돼요."

"그럼 강북 성심병원으로 이송해 주세요. 곧 출발하겠습니다."

그 환하던 하늘이 별안간 어지럽다. 분당에서 출발 전에 마포에 사는 막냇동생에게 전화를 걸었다. 나는 침착하게 "막내야, 놀라지 마라. 엄마가 요양원에서 방금 졸도하셨다는구나. 나도 원장으로부터 소식 듣고 상황이 위급해 곧바로 강북 삼성병원으로 이송해 달라 했다. 그러니 네가 먼저 가 있어라. 지금 출발하마."

전화 통화를 마치자마자 집에도 안 들르고 아내에게 전화로 어머니의 위급 상황을 알리고, 병원으로 바로 가니 뒤에 따라오라 하고 곧장 병원으로 차를 몰았다. 차는 왜 이리 꾸역꾸역 내 차 앞을 막아대는지…. 그래도 난 스스로도 놀랄 정도로 침착하게 차분히 차를 몰아갔다.

예상했던 시간에 병원에 도착하니 막냇동생 내외가 먼저 와 응급실에 실려 와 누워계신 어머니의 손발을 주무르고 있었다. 이미 어머니는 운명을 하신 뒤였다. 아니, 요양원에서 이미 운명을 하신 것이 맞는지도 모른다. 병원 간호사에게 영안실로 모셔야 하느냐, 영안실은 있느냐 물어보니, 응급실 담당 의사가 잠시 기다리라 한다. 그러면서 일단 응급 상황에서 시신이 들어오면 부검의 절차를 거쳐야 한다고 알려주며 부검을 위한 법률팀을 소개해 주는 것이었다. 그런 일이 한두 번

겪는 일이 아니어서 별 대수롭지 않은 듯한 이들의 표정이 못마땅하긴 했지만, 전달받은 전화번호로 전화를 했다. 법률팀은 성동구에 있었다. 그 사이에 아내가 오고 뒤이어 여동생 부부가 병원엘 왔다.

거의 한 시간 만에 법률 팀원 두 사람이 응급실에 왔다. 먼저 어머니를 다른 방으로 옮겨야 했다. 그리고는 장남인 나만 입회하라 하고 어머니의 시신 이곳저곳을 점검하기 시작했다.

팀원 중에 한 사람이 이곳 응급실에 오게 된 상황을 설명해 달라 하여 나도 아는 대로 말해 주었다. 그사이 다른 팀원은 '아름다운 장미' 요양원에 전화로 이것저것 사인死因을 물어 정보를 챙기고 있었다. 나도 요양원 원장의 전화를 받고 분당에서 달려왔노라. 어머니의 졸도 사실은 잘 모른다 했다.

어머니는 지난해 봄, 평창동 이곳 요양원으로 오셨다. 양평이나 파주, 광주 등 이곳저곳 요양원을 찾아보았지만, 서울 평창동에 이곳만 한 곳은 없을 듯싶었다. 원장 개인이 자기 어머니에게 치매가 와 요양시설에 보내드려 의탁하느니 자기 집을 요양원으로 만들었다고 한다. '아름다운 장미'란 이름으로 따님이 직접 요양사와 행정담당 사무원을 고용해 요양원을 운영하고 있었다.

대문을 들어서면 먼저 열 평 남짓한 사무실이 있고, 이곳에서 원장과 사무직원이 소문을 듣고 찾아온 요양자의 보호자와 상담한다. 상담을 마치면 요양자들이 묵게 될 공동의 요양시설을 보여준다. 두 개 층에 각각 10명씩 수용할 수 있는 방이 있고, 이동은 승강기로 움직인다. 2층은 침대가 열 개 정도 들어갈 큰 방이 있고, 침대마다 개인 사

물함이 있다. 그리고 화장실 외에 외부인이 들어오면 맞을 수 있는 휴게공간이 있다. 무엇보다도 100여 평 공간에 만든 요양시설이어서 미닫이문을 열고 바깥뜰로 나가면 50평 정도의 잔디 공간이 있었다. 3층엔 2층과 같은 방 이외에도 다목적실이 있다. 이곳에서는 예배실을 갖추어 주일예배처럼 예배를 드린다. 나름대로 요양자들의 인지능력을 치유할 수 있도록 여러 가지 교양프로도 운영한다. 특히 안심이 되는 것은 모두 20여 명의 요양자들이 여타 공공 요양원과 달리 병원에서 입는 환자복 대신 평상복을 그대로 입게 하였다. 그것이 첫째 맘에 들었고, 잔디가 깔린 정원이 커서 작은 음악회도 열 만한 널찍한 정원이 더욱 맘에 들었다. 평창이란 지역이 저지대 도로 빼곤 북악산 아래로 산비탈을 깎아 지은 집들이어서 제법 내려다보이는 조망이 좋아서 환자들 스스로가 위안을 받을만한 곳이어서 좋았다.

정원이 100평은 됨직하여 대저택이라 부르는 것이 맞을 것 같다. 국민대에서 북악터널을 빠져나오면 평창동이 있고, 이어 상명대학교 위로 구기동 홍은동이 있고, 남쪽으로 부암동으로 해 자하문을 넘으면 효자동 광화문으로 이어진다. 계약을 하고 어머니를 모셔다드리는 것은 내 몫이었다.

어머니를 처음 모셔올 때는 갈등이 심했다. 이 요양원을 모셔오던 날 어느 일기 좋은 봄날에 어머니를 모시고 용문산으로 나들이 나선 기억을 떠올렸다. 그때만 해도 운전 중에 웃으며 어머니에게 농담을 했다.

"애비야! 왜 이리 머냐." 그러면 난 장난으로 "엄마 산속에다 버리고 오려고요."

그러면 엄마는 아무 말씀도 안 하셨다.

"아녜요. 맛있는 음식을 사 드리고 기분 전환해 드릴게요. 안심하세요."

그래도 엄마는 지그시 눈을 감고 뭔지 모를 상념에 잡혀 있음을 차 안 거울을 통해 볼 수 있었다.

물론 그 날은 용문산 천년 은행나무를 구경시켜드리고 싶었고, 지팡이를 하나 사 드릴 요량으로 모시고 나선 것이었다.

그런데 오늘은 요양원엘 처음 찾아가는 길이어서 차 안에 내장된 내비도 잘 못 찾는 것 같고, 나도 헷갈려서 한참을 길에서 오르막 내리막길로 시간을 많이 허비했다. 어머니는 뒷좌석에서 무얼 예감이라도 하신 듯 잠자코 계셨다.

겨우 찾아 목적지 요양원에 당도하니 직원이 미리 나와 기다리고 있다가 으리으리한 대저택 안으로 어머니를 모시고 올라간다. 난 승강기 앞에서 어머니와 작별인사를 했다. 사무실에서 어머니가 보름쯤 이곳에 머물며 생활에 적응을 잘하시면 연락하겠노라는 원장의 소리를 듣고 집으로 돌아왔다. 다행히 보름쯤 지나 요양원 직원으로부터 어머니는 잘 적응하고 계시다는 연락을 받았다. 안심이 되었다.

이곳 요양원에선 행사가 더러 있었다. 그때마다 요양원에선 가족들에게 연락을 해 준다. 이를테면 정원 뜰에서 외부 인사를 초청해 작은 음악회를 한다든가, 단체로 요양자들 생일 파티라든가, 성탄절 행사와 같은 공동의 행사엔 요양원으로부터 초대가 온다. 그러면 가족들이 찾아가 각기 자기 어른들을 위로해 드리고 돌아간다. 때론 노인을 모시고 나와 외식도 해 드리고 다시 요양원으로 모셔다드리기도 한다.

한번은 이런 일이 있었다. 내가 어머니를 모시고 요양원을 나와 며칠 함께 집에서 지내다가 다시 요양원으로 모셔다드리면 요양원에선 싫어하는 눈치다. 딱히 말은 안 하지만 며칠씩 가족과 함께 있다가 오면 요양자들을 간호하는 데 어려움이 있는 듯한 인상을 받곤 한다. 요양원만이 갖는 훈령이 있을 것이고, 환자들은 거기 규정에 순순히 따라야 하는데, 집에서 가족과 지낸 기억 때문에 간혹 요양자와 직원 간에 불화가 생기기도 하는가 보다.

요양원이란 곳이 생의 마지막 가는 곳, 심한 표현으로 죽으러 가는 곳이란 인식이 있다. 사람들은 요양원을 현대판 고려장이란 말도 쉽게 던진다. 그렇게 생각하면 자식이라면 웬만하면 절대 자기 부모를 보내 드리고 싶지 않은 곳이다.

고려장은 구전에 의하면 "옛날에는 사람이 늙으면 산 채로 버리는 풍습이 있었다. 어떤 사람이 늙은 아버지를 지게에 져다 버렸다. 그런데 지게를 두고 돌아가려 하자 아버지를 따라온 어린 아들이 그 지게를 가지고 가려 했다. 이유를 물었더니 자기도 아버지가 늙으면 이 지게에 아버지를 지고 와서 버리기 위해 가져가려는 것이라고 한다. 그는 아들의 이 맹랑하고 어처구니없는 말을 듣고 크게 뉘우쳐 그 길로 늙은 아버지를 다시 집으로 모셔갔으며, 그 뒤부터 고려장이라는 악습이 없어졌다."라고 한다.

이 요양원에서 지내신 지 1년 9개월 만에 어머니께서 타계하신 것이었다. 처음엔 고려장의 주인공이 내가 된 것처럼 맘이 편치 않았지만, 요양원 환경을 보고는 안심이 되었다.

장례식장은 생전에 가족회의를 통해 정해 둔 여의도 성모병원으로 모셨다. 다행히 그곳엔 여유분의 장례를 모실 방이 있었다. 그래서 강북 삼성병원에서 시신 부검 상에 법적으로 아무 문제가 없고 자연사라는 확인을 받고 119 구급차로 어머니를 여의도 성모병원으로 모시기로 했다. 난 먼저 출발해 병원 장례 절차를 의론하고 분향실을 정했다. 그 사이 막냇동생은 한강의 석양이 내리는 아름다운 정경을 보여드리기라도 하는 듯 천천히 차를 몰아 여의도 성모병원에 와 안치를 마치고 본격적으로 장례 준비를 했다.

어머니가 하늘의 부름을 받은 날이 12월 23일이고, 삼일장 습속으론 12월 25일 크리스마스 일이 장례를 치르는 날이었다. 성탄절은 교회에서 아주 바쁜 날이 아닌가. 적어도 그리스도인이라면, 예수 탄생을 영접하는 기쁜 날에 모친 장례로 여러 사람을 번거롭게 해드릴 수 없었다. 게다가 둘째 동생이 베네수엘라 현대건설 현장에서 일하고 있었다. 그가 현장을 떠나서 귀국해 장례에 참여하게 하려는 뜻과 무엇보다도 어머니 권사가 예수님 나신 날의 기쁨을 안치실에서라도 보시고 가면 좋으실 거라는 신앙적 이유로 가족들의 의견을 물어 4일장으로 정했다. 그래서 26일 토요일에 고향 포천 선산에 어머니를 모시기로 정하고 나흘간의 이승을 준비했다. 어머니의 마지막 가는 길은 성심을 다 했다.

어머니의 장례는 아버지 돌아가신 지 17년 후였다. 아버지, 어머니 칠순 고희연을 마치고 미국 여행을 다녀오신 지 3년 만에 아버지는 하늘의 부름을 받으셨다. 애석하게도 너무 빨리 돌아가셨고, 당시 장례를 너무도 초라하게 모셔드린 기억에 자식들 가슴 속에선 늘 죄송했기에 모친의 장례는 최고로 잘 준비했다.

영구차 행렬은 리무진과 버스 그리고 교회 장례 준비 위원들이 타고 온 봉고까지 모두 3대가 고향 선영으로 달렸다. 12월의 날씨가 참 온화했다. 그리스도인의 영靈의 고향은 천국이지만, 육신의 고향은 선영일 수밖에 없다. 17살에 시집오셔서 층층시하 어른들을 모시고 시집살이하던 고향 한바위엔 가벼운 겨울눈이 내리고 있었다. 비가 오면 은혜의 단비요, 눈이 오면 눈발도 마치 하늘에서 만나가 내려오는 축복의 은혜 같은 느낌이었다.

아버지 장례 때 어머니 자리를 미리 마련해 두었던 그곳을 잘도 찾아 마지막 하관을 준비하였다. 목사님의 마지막 설교. 찬송가 「천성 가는 길」이 한바위 겨울 산에 울려 퍼진다.

봉분이 만들어지고 비석을 다시 세우고, 함창 김 씨는 영원한 섬이 되었다. 일명 '엄마의 섬'이었다.

2.
황지리(黃地里)

　　"1910년 한·일합방으로 대한제국은 국권을 잃고 일
제의 식민통치가 시작된 이래, 우리 민족은 1920년대 후반에 전 세계
적으로 불어 닥친 경제공황과 1930년대 일본의 만주 점령으로 시작
된 대륙 침략으로 또 한 번 격변을 거쳐야 했다. 이후 일제는 1941년
미국과 태평양 전쟁을 시작하게 되자, 한민족 자체를 말살하는 식민정
책을 펼쳤다. 그들은 황국신민화와 창씨개명의 구호 아래 우리말과 역
사를 말살함으로써 한국의 얼을 빼앗으려 했다.

　　자본주의 경제에서 상품의 생산과 소비의 균형이 깨지고 산업이
침체하고 기업이 파산하며 실업자가 많이 생기는 등 경제가 급격하게
혼란에 빠지는 세계 경제공황 현상이 1930년대 경기도의 연천의 농촌
마을에까지 혼란의 여파가 느껴질 정도는 아니었을 것이다."

　　황지리는 경기도 연천군의 중남부 군남면의 7개 리(里) 중에 한가운
데에 위치한 황금벌이 있는 지역이다. 땅의 흙빛이 '누렇다' 하여 붙여
진 이름이다. 마을 대부분의 지역이 100m 내외의 산지를 이루며, 왕
징면과 미산면의 경계를 따라 마주하고 있으며, 남북으로 그 경계선을
따라 임진강이 흐르고 있다. 강 유역을 중심으로 드넓은 평야의 화진
벌은 남쪽으로 남계리와 인접하고 한탄강에 이르기까지 평야를 이루

고 있다. 동쪽으로는 전곡읍의 은대리와 접하고 있으며 그 사이를 차탄천이 흘러 한탄강과 합류한다.

자연히 황지리의 절반은 논과 밭으로 되어 있어 논농사와 밭농사는 다른 지역에 비해 풍요로울 수밖에 없다.

1945년 해방 이후 연천의 한탄강 이북의 지역이 38선 북쪽에 있어 공산 치하에 놓였다가 동란 후 1954년 1월 7일 수복지구 임시행정조치법에 의거 행정권이 수복되어 오늘에 이른다.

아버지는 구한말의 먹구름이 불운하게 돌던 1905년에 4월 11일 황지리 태생이다. 할아버지 구순 씨의 슬하에 아들 셋에 딸 하나가 있었는데 아버지가 장남이었다. 그는 선대로부터 들어온 지식이 많고 한학에 밝아 오리골 마을은 물론 이웃한 마을에까지 큰어른으로 존경을 받고 있었다. 동네 대소사에 언제나 초대받을 정도로 존경받는 인물이었다. 키는 보통 사람들에 비해 머리 하나 정도는 더 크셨다. 그러나 안타깝게도 오른쪽 다리를 절룩거리시며 걷는다.

우리가 사는 황지리 말고도 이웃 왕징면에도 함창 김씨 일가가 살고 있었다. 그곳엔 대대로 내려오는 조상 산소가 몇 기가 있었다. 옛사람들의 말에 의하면 그곳 둘레 사방 10리 어딘가 명당자리가 있다는 소문도 있었다. 그런데 아버지는 내가 태어나기 5년 전에 길일을 잡아 집안 어른들과 상의해서 증조부모 산소를 오리골 가까이에 이장을 준비했다. 물론 우리 집에서 얼마 되지 않은 야트막한 산에 산소를 이장할 계획이었다. 그런데 산소를 이장한 후 불행하게도 얼마 후에 별 이유 없이 아버진 다리를 절기 시작했다고 들었다.

그게 아버지가 지게질을 할 수 없는 이유였다. 지게를 지면 어깨의 균형이 맞지 않아 오른발을 내디딜 때마다 지게가 기우뚱거려서 무거운 짐은 질 수가 없었다. 나뭇짐이라든지 볏단을 지게에 얹어 옮길 수가 없으셨다. 당신도 이를 몹시 안타까워하셨다. 밭일은 그런대로 할 수 있었지만, 논농사는 어려웠다. 우선 봄철 모내기 철에 마땅히 모내기를 도와야 하지만 논에 물을 대고 나면 발이 발목까지 빠지는 수가 있어 거동이 여간 불편한 게 아니었다. 그 불편함의 몫이 고스란히 남동생들에게 돌아갔다. 동생들은 아버지와 나이 터울이 많이 났다. 둘째 남동생은 일곱 살, 막냇동생은 열 살 터울이었다. 그런 까닭에 동생들이 나서서 논농사를 해야 했다.

오리골(梧柳洞)은 마산 동쪽에 있었다. 주로 고성 이씨(固城李氏), 함창 김씨(咸昌金氏), 반남 박씨(潘南朴氏), 전주 이씨 등이 50여 호가 가가호호 모여 살고 있었다. 기와집 초가집이 서로 잘 어울리면서 있었지만, 오리골 오른쪽 돌아서 더 깊숙이 들어가면 옥계리 경계와 만난다. 그곳엔 반남 박씨 일가가 옹기종기 모여 농사짓고 살고 있었고, 진상리 방면으로는 고성 이 씨들이 살았다. 어찌 보면 각각의 씨족들이 꼭 구획을 정해놓고 살기로 작정한 것처럼 보이지만 선대로부터 자손들이 정착해 뿌리를 내려 살아오다 보니 그리된 것이다.

그중 함창 김씨네는 군남면에서도 가장 중앙에 있고, 오리골에서도 탁 트인 화진벌 남쪽에 세거하고 있었다.

아버지는 언젠가는 자식들에게 조상의 내력에 대해 말해 줄 기회를 엿보아왔다. 아주 어려선 아무리 말해 주어야 이해할 수 없을 것 같아 미루어 오던 참이었다. 그런데 마침 내가 커서 열 살 되던 해, 봄이 되자 학교 보내 달라고 조르는 딸에게 우선 조상의 내력 정도는 알려주어야 하겠기에 아버지는 날 안방로 불러드렸다.

"간난아!(간난이는 일제 강점기 창씨개명으로 남자에겐 일본식 이름을 쓰도록 했지만, 여자들에게는 본명 대신 모두 '갓난이 또는 아지'란 두 가지 이름으로 보통 불렸다. 실제 내 이름은 정임이었다.)"

"네, 아버지!" 하고 안방으로 들어가 아버지 앞에 무릎을 꿇고 다소곳이 앉아 아버지께서 무슨 말씀을 하시려나 하고 궁금해하며 아버지 입만 쳐다보고 있었다.

아버지의 표정이 그 여느 때와 달리 근엄한 표정이셨다.

"네 본(本)은 항시 잊어선 안 된다. 우리 몸엔 가야국의 가야 왕의 피가 흐른다는 걸 명심해라."

왕의 피가 흐른다는 얘기는 한두 번 들은 얘기가 아니어서

"네, 아버지! 함창 김씨, 맞죠?" 하고 아는 체를 하면

아버진 "녀석~ 잘도 기억하고 있구나." 하시며 흡족한 표정을 지으시며, 언제 꺼내 놓으셨는지 두꺼운 족보를 독서용 탁자에 올려놓고 날 기다리신 것이었다.

아버진 한학에 조예가 있으신 분이었기 때문에 내가 학교엘 안 간다 해도 당신이 손수 날 잘 가르치실 분이었다.

"정임아." 이젠 제 이름을 불러 주셨다. 그만큼 하실 말씀이 진지하다는 것을 방증하고 있는 것이다.

"함창(咸昌) 김씨의 유래는 역사적으로 아주 먼 고대국가인 고령가야국(古寧伽倻國)으로 거슬러 올라가야 해. 김해의 가락국이 건국하던 해는 서기 42년이었어. 수로왕의 첫째 동생 고로왕 백진이 인근 신라 유리왕 18년에 현 함창을 중심으로 나라를 세운 후, 2대 마종왕, 3대 이현왕 등을 거치며 213년 동안 국권을 유지한 고대부족국가였지."

"고대부족국가가 뭐야요?"

"아, 어떻게 설명해야 네가 알아들을까…."

잠시 망설이다가, "그렇지 간난아, 너 요 밑에 전곡리 알지?"

"그럼요. 애들하고 자주 갔는걸요."

"그래 거기서 특이한 것 못 보았니?"

"아뇨. 없던대요."

"잘 보면 아주 먼 옛날 사람들이 살던 흔적이 더러 발견되었을 거야. 너희들이 어려서 모르지. 우리 어른들은 윗대 조상들로부터 드문드문 귀 동량으로 전해 듣던 말이 있었지. 사람들이 몰려 사는 곳에는 반드시 이끄는 사람이 있었을 것이고, 공동으로 살아가려면 나름대로 규칙을 세워야 하고…. 그렇게 해서 부족을 만들고 나라를 세운 거겠지. 그러다가 서기 254년 신라 첨해왕의 침략으로 도읍을 김해로 옮겼지만 끝내 나라가 망한 거지."

"그럼 함창 김씨가 어떻게 지금까지 남아 있어요?"

"녀석두 영리하기도 하지. 너 밭에 나가 보면 수확을 다 하고 난 뒤에 아무것도 없는 것처럼 보여도 그 이듬해에 심지도 않았는데 무, 배추 따위가 난 걸 보지?"

아버지는 잠시 말을 멈추고 허리춤 쌈지에서 담배를 꺼내어 한지에 말며 계속 말을 이어갈 준비를 하고 계셨다.

"네, 그런 거 같아요."

"바로 그거다. 추수 뒤끝이 아주 깨끗이 없어진 듯해도 이듬해 살아남은 것들이 다시 살아나듯, 나라도 망하면 아주 사람들이 하나도 남지 않게 죽은 건 아니겠지. 난리 통에도 살아남은 사람들은 어디론가 피신해 살 수 있는 게 아니냐."

"그렇겠네요."

"살아남은 그 후손들이 민들레 홀씨처럼 어디론가 날아갔을 게 아니냐. 민들레 포자들이 이곳 연천에도 날아들었을 것이고…." 하시면서 아버지는 침을 꿀꺽 삼키셨다.

"담엔 집안 족보의 내력에 대해 얘기하마." 하고 말씀을 맺었다.

1936년 봄 황지리 들판엔 어느새 쑥이며, 냉이가 지천으로 나 있었다. 쑥을 캐다가 엄마에게 가져가면 그렇게 좋아하실 수 없었다. 왜냐하면, 겨우내 먹던 고구마도 광에 남아 있었지만 계절 음식엔 쑥만한 것이 없었다. 쑥을 가마솥에 넣고 뜨거운 물에 살짝 데친 후에 건져 찬물로 씻고 거기에 양념을 해서 버무려 먹어도 되고, 된장국에 쑥을 넣으면 밥상에 쑥 향기가 진동해 저절로 입맛이 돌아오는 것 같았다. 게다가 쑥을 그늘진 뒤꼍에 두고 말려 놓으면 언제라도 밥상에 나물로 올려놓을 수 있었다. 마른 쑥은 뜸을 하는 데도 좋아 민간요법에 없어선 안 될 만큼 좋은 것이었다.

지난해 4월 동생 연경이가 태어나고 난 벌써 8살이 되었다. 엄마는 날 낳고 기뻐하기보다 울었다고 했다. 김 씨네 가문의 대를 이어주지 못했다는 죄책감을 먼저 들어서 울음이 앞섰다고 했다. 그런데도 또

딸을 낳았으니 무슨 낯으로 살 것인가. 하지만 아버지가 엄마에게 대하는 모습을 볼 양이면 속으론 어떨는지 모르지만, 전혀 서운한 내색을 보이지 않으셨다. 오히려 아내를 그 일로 하대한다든지 무시한다든지 하지 않고 늘 존중하는 태도를 보이셨다.

"여보, 너무 괘념하지 말아요. 난 괜찮으니. 인력으로 안 되는 게 자식 농사가 아니오. 셋째 아이도 있는데…" 말꼬리를 흐리긴 했어도 은근히 다음에 태어날 애까지 생각하고 있구나 하는 생각이 엄마의 뇌리를 스쳤다.

"…" 무슨 할 말이 있겠는가. 유구무언이다. 엄마는 저 부엌에 뭐 볼 일이라도 있는 듯 급히 들어가셨다.

우리 집에서 제일 가까운 학교는 전곡에 있었다. 장날 아버지를 따라 전곡 장에 갔을 때 전곡초등학교를 본 일이 있었다. 내 또래 아이들이 책보를 허리춤에 둘러메고 학교 문을 들어서는 모습을 먼발치에서 보았다. 여자애들은 색동옷을 입고 머리를 길게 늘어뜨려 댕기를 매었다.

저수지에 앉아 그 생각에 젖어 있는데 아버지께서 논배미 물꼬를 보시러 가다가 나를 보시더니

"간난아, 뭘 그리 골똘히 생각하느냐?" 오늘따라 아버지 목소리가 포근하게 여겨졌다. 이때다 싶어 속맘을 털어놓아야지 하며 일어서서

"아버지, 저 학교 좀 보내 주세요."

아닌 밤중에 홍두깨를 얻어맞으신 듯 표정을 지으시며

"웬 학교 타령을 하느냐?"

"아뇨? 아버지, 이건 타령이 아니어요. 아버지, 저 학교 가고 싶어요."

마치 애원하다시피 아버지께 하소연을 했다.

"여자가 학교는 무슨…. 조신하게 잘 지내다가 좋은 신랑감 만나 잘 살면 되는 거지."

"아버지, 여자는 공부하면 안 되나요? 요즘 신식 교육에선 여자도 공부를 하면 훌륭해질 수 있대요."

딸이 이렇듯 조리 있게 달려들 듯 말하면 필시 어디서 얘기를 듣고 온 것일 거란 짐작에

"누가 그러든?" 하고 안 하시던 헛기침까지 내셨다.

아버지 성격을 잘 알기에 난, 오늘은 이쯤만 해 두는 것이 어린 맘에 좋다는 생각이 들어 그 길로 돌아서서 동무들과 어울리러 뛰어갔다. 집안 사정에 따라 여자를 학교에 보내는 집 애들을 보면 부러워 죽겠었다.

그러면서 장대같이 큰 키에 뒷짐 지시고 점잖게 내게 타이르듯 "여자는 조신하게 굴다가 시집 잘 가서 애 낳고 잘 살면 되느니." 하시던 생각이 미처 더 빨리 친구들에게로 달려갔다.

1910년 이후 일제 강점기 이곳 연천에도 신식 교육에 대한 열망의 바람은 있었다. 그래서 당시 아이들은 향교와 서원 위주로 공부를 해야 했다. 일본의 우민화 정책에 백성들이 서서히 무력해 가고 있을 때도 의식이 깨어 있는 사람들은 신식 교육에 관심을 가지고 있었다.

내겐 특별한 깨어 있는 의식이 있달 수는 없었지만, 아무튼 학교엘 가고 싶다는 열정은 생겨났다. 이곳 오리골에서 제일 부자인 박 씨네 영선이가 학교에 다니는 모습은 언제나 내겐 부러움의 대상이었다. 겨울이면 함께 저수지에서 눈썰매를 만들어 타고, 여름엔 마을 앞에 느티나무가 있었는데 거기에 밧줄을 매어 발판을 놓고 그네를 달아 나와 열심히 타던 애였다. 물론 나보다 두 살 많은 10살이었지만 그땐 초등학교가 4학년까지만 허용되었을 때였다. 여자에겐 남학생보다 한 학년이 적은 3학년까지 다닐 수 있었다. 신식이란 세상에 나도 가보고 싶은 것이다.

어느 날 언니가 저수지 앞에서 하릴없이 돌을 던지고 있던 내게 다가와 학교에서 원적을 간다고 슬쩍 말해 주는데, 그 말이 내게는 자랑하려는 말처럼 들렸다.

"언니는 좋겠다! 어디로 간대?"

"숭의전이라던데?" 언니는 마치 누구에게 들은 말 전하듯 아무렇지도 않게 말했다.

"거기가 어딘데?"

"너 나하고 말 여울에 간 적 있지?"

"응. 그래. 근데 왜?"

"거기 나루터가 있는 건 우리가 보았지만 배를 타고 저쪽 동네를 간 적은 없잖아."

"그럼, 그렇지."

"그 나루터에서 배를 타고 건너면 미산면 동이리란 곳이지. 거기서 십 리는 더 들어가면 숭의전이 나온다던데?"

"그렇구나. 나도 가고 싶다. 언니 따라가면 안 돼?"

"안 되지. 너도 학교 들어오면 갈 수 있어. 아버지께 잘 말씀드려 봐."

난 이미 아버지께 학교 보내달라는 내 의사를 분명히 보여 드렸다.

"모르겠는데? 한 번도 못 가 봐서. 뭐 하는 곳인데?"

"나도 모르지 가봐야 알 거 아냐." 하고는 집에 간다고 손을 흔들며 헤어졌다.

혼자 남은 난 "하긴 그렇지. 처음 가는 길이고 그래서 원적은 자주 안 가본 곳에 가는 게 좋을 거야. 뭔가 새로운 것을 안다는 것이기에…." 하고 속으로 중얼댔다.

그래서 초등학교만 다녀도 얼마나 폼 나는 일인지 모를 거다. 나는 그때 하나를 가르쳐 주면 두셋을 알 수 있는 기억력을 가지고 있었다.

결국, 난 학교 가는 건 포기해야 했다. 농사일은 많고, 아버지는 오른쪽 다리를 저시는 바람에 내가 사내처럼 일해야 했다. 별수 없이 작은아버지 두 분과 함께 아버지 대신 어려서부터 농사일을 거들었다.

우리 집은 좀 넓게 보면 백두대간이 남하하다 원산 부근에서 지금의 추가령 지구대 부근에서 큰 줄기는 남진을 하고 서남 방향으로 한 줄기를 떨구니 바로 임진강의 남쪽 울타리요, 한강의 북쪽 울타리인 한북정맥의 줄기에 위치해 있다. 철원을 지나 다시 이 정맥은 둘로 갈라지고 온다. 연천읍 차탄리 군자산 해발 274미터에서 시작해 왕재지맥을 따라 한탄강 유역으로 내려오는 황지리 오리골이 있다. 이곳 434번지에서 내가 태어났다. 왜 오리골이라 불렸는지는 확실치 않으나 한자로는 梧柳谷(오리곡)에서 나온 말로, 오동나무와 버드나무가 많아 붙여진 이름으로 추측할 뿐이다.

집 뒤로는 북쪽으로 산이 병풍처럼 둘러 있고, 집 앞엔 화진벌이 드넓다. 보기만 해도 배가 부른 벌판이다. 예서 농사를 지으며 대대로 내려 살고 있다. 우리 동네는 전주 이씨와 경주 김씨, 반남 박씨, 함창 김씨 등이 모여 집성촌을 이루어 살아왔다.

사실 어린 나이에도 내 고장이 참 좋아 보였다. 어른들은 풍수를 보아 산세나 집을 본다지만 난 그저 아늑하게 몇 발자국 나가면 저수지가 있어 봄, 여름, 가을이면 실컷 고기도 잡을 수 있고, 겨울이면 꽁꽁 언 저수지 위를 썰매 타듯 뛰어다니는 게 좋았다. 물론 근처에 임진강이 있으니 나루터에 가 또래들과 놀 때도 많았다.

"엄마는 김씨 집안에 시집와서 딸만 내리 여섯을 낳았지. 함창 김씨 대를 이어주어야 하는데 첫딸인 날 낳은 거지. 그래서 아들 하나 낳는 것을 얼마나 소원했는지 몰라. 그런데 아버지와 5살 차이인 작은아버지도 딸을 낳은 거야. 이게 무슨 조화란 말인가. 하지만 내가 맏딸로서 맏아들 몫을 척척했지. 그런 딸을 시집보내야 했던 아버지, 엄마의 심정은 어땠겠어?"

난 13살 때부터 농사일을 거들었다.

황지리 마을에도 봄은 아름다웠다. 진달래가 꽃을 피우기 시작했다. 그러나 꽃에 정신 팔 여유도 없었다. 아버지, 작은아버지를 따라 집 앞 논에 갔다. 날이 가물면 저수지 물꼬를 터서 농로에 물이 잘 들어가도록 해 주어야 한다.

그럭저럭 내 나이 열일곱이 되던 1944년 동지섣달에는 태평양 전쟁(1941. 12. 7.~1945. 9. 2.)이 한창 절정에 달했다. 남자들은 의용군으로 끌려가 제총 훈련을 시켜 곧바로 전선으로 보내지고, 여자들은 생김새가 반반하면 어디론지 데리고 간다는 소문이 마을에 퍼져 있었다. 그래서 서둘러 과년한 딸들은 짝을 맺어 주거나 그것도 아니면 부잣집 첩으로라도 들어가야 하는 시대였다.

나라 잃은 설움도 억울하건만 내 땅 고향의 총각, 처녀들을 공출해 간다는 소문이 전곡에 쫙 퍼졌다. 그래도 이곳 황지리까지는 소문이 더디 오긴 했어도 벌써 알만한 집은 알고 있었다. 박 씨 아저씨 댁엔 장대만 한 장정 아들이 둘이나 있었다. 그래도 인구가 비교적 많은 연천 읍내나 전곡에 비해 좀 외진 마을이어서인지 일본 순사들의 걸음이 뜸했던 게 그나마 다행이었지 싶다.

그러나 내가 시집가 버리고 나면 우리 아버지 농사는 누가 돌보아 주실 건가. 그것부터 걱정이었다. 나는 다섯 딸의 맏이로 태어났다. 어려서부터 어쩌면 가장 노릇을 한 셈이었다. 논농사든, 밭농사든 일이라면 무엇이든 척척 해내는 아이였기 때문이다. 물론 동생들이 있었지만 나와는 나이 터울이 많았다. 바로 밑 수경이 하고는 9살 터울이 지고, 그다음 차례로 술경이는 12살, 경섭이는 무려 14살, 영경이는 해방되던 해 45년생이니까 18살 터울이었다.

엄마는 딸만 다섯을 나서 늘 아버지에게 손을 못 이어준 죄책감에 살아야 했지만, 천성이 고우신 분이셔서 위로 할아버지, 할머니를 극진히 잘 섬겼다. 그런 이유에서일까 군남면 면장으로부터 효부상(孝婦像: 효성이 지극한 며느리의 모습)까지 받았지 않는가.

...

내가 열 살 때쯤인가 봐. 대동아 전쟁 때 처녀들은 일부러 머리에 댕기를 매고 다녔지. 댕기를 보면 시집간 거로 알고 있었을 때니까. 아버지는 한 날 장날에 다녀오시더니

"얘야! 너 빨리 시집가야겠구나."
"왜요? 나 시집 안 갈래요. 아버진 어떡하고요."
"아니다. 시장에서 들으니 반반한 처녀들은 다 공출하듯 어디론가 데려간다더구나."

날 불러 서둘러 혼사를 시키려 하지 않는가? 학교에 가서 신식 여성 교육을 받아 좀 더 좋은 꿈을 꾸고 싶다던 내게…!

가을걷이가 끝나고 겨울이 오면서 황지리 마을에 혼담이 오고 갔

다. 양주 덕정리 연안 이씨 집안에서 아버지와 먼 이종 친척 간인진 알 수 없었지만, 전곡 이곳 황지리까지 혼담이 오고 갔다. 신랑 자리는 포천에서 이름난 한양 조씨 댁 도련님이란다. 그때만 해도 남녀의 혼사 운명은 집안 어른과 매파에게 운명이 맡겨진 시대였다. 연천군과 포천군은 서로 맞대어 경계를 이루고 있기는 해도 한 다리 넘으면 천리 길같이 떨어진 때였다. 거의 모든 교통수단이라야 우마차가 대신할 때가 아닌가. 게다가 혼례는 전통방식을 따라 치러지는 시기였다.

우리는 흔히 자기와 성이 같은 사람을 만났을 때, 먼저 본관을 물어보고 같은 본이면 서로 항렬을 지교하여 촌수를 따져 쉽게 친해질 수 있다.

항렬(行列)은 혈족의 방계에 대한 대수(代數) 관계를 표시하는 말이다. 항렬을 나타내는 자(字)를 항렬자 또는 돌림자라고 한다. 형제들은 형제대로, 아버지의 형제나 할아버지의 형제는 또 그들대로의 이름자 속에 항렬자를 가지고 있으며, 같은 세대에 속하면 촌수와 관계없이 항렬자를 쓴다.

항렬은 조상의 몇 세손인가를 나타내는 것이며, 거의 모든 집안이 나이보다도 항렬을 따져서 항렬이 높으면 항렬이 낮은 사람에게는 나이에 상관하지 않고 말을 놓는 경우가 있다.

"항렬자의 기준은 5행(金水木火土), 10간(十干, 갑을병정무기경신임계), 12지(十二支, 자축인묘진사오미신유술해), 수(數) 등이다. 항렬에 오행의 상생지의(상생지의)나 10간(십간), 12지(십이지), 수(1부터 10까지) 등을 적용하는 까닭은 이것들이 순환의 의미를 가지기 때문이다.

항렬자의 적용은 조선 후기에 들어와 동족집단이 번성함에 따라 같은 동족임을 확인하는 효과도 있지만, 특히 족보 작성 시에 서로 간에 항렬의 서열을 명확히 하기 위해 유행하였다."

아무튼 나의 외조부의 이름 炳. 奎는 함창 김씨의 몇 대 손인지 궁금해 항렬을 알아보기 위해 참고한 것이다. 오행상생법의 화생토(火生土)에 맞춰 이름이 지어진 것임을 확연히 알 수 있다.

아버지는 나의 혼담이 오고 갈 때 조용히 날 안방으로 불렀다. 안방으로 불러들인다는 건 아버지께서 진지하게 무언가 할 이야기가 있으실 때 하시는 행동이었다. 엄마도 마침 그 자리에 있었다. 언젠가 조상에 대해 이야기를 해 주고 족보에 대한 얘기는 뒷날에 하시겠다던 말을 약속이라도 지키시려는 듯 나를 앉혀 놓고 족보 예기를 시작했다.

"여자는 족보에 들어가기는 하지만 이름이 항렬자를 따르지 않는 것이 보통이란다. 그러나 항렬을 따른 조상들의 관습대로라면 이름으로 시조로부터 자기가 몇 대 자손인 건 알아보기 쉽지. 난 병자 항렬에다가 함창파라면 시조로부터 39세에 해당하는구나. 그러니 너는 고추를 달고 나오진 않았어도 40세가 되는 셈이니 이 애비가 죽고 없더라도 네 근본을 알고 잘 처신해 살아라."

"네 아버지. 고로왕 40세손이라는 거죠?"

"그래. 어딜 가 살아도 네 조상의 피가 흐름을 명심해라."

이렇게 해서 난 아버지로부터 가문의 내력에 대해 확실히 각인된 기억을 갖고 있었다.

그러면서 남녀가 서로 혼인을 할 때도 양가의 뼈대 있는 집안과 하는 것임을 그때 내게 인지시켜 주었다.

1944년 12월 섣달그믐. 가을걷이도 다 끝내고 오리골(吾柳洞)이 한가로우나 곧 닥칠 긴긴 추운 겨울을 준비해야 할 때 함창 김씨 댁에 경사가 생겼다. 큰딸 간난이가 시집을 간다. 예로부터 가례는 신랑이 신부집에 가서 초례를 치러야 했다. 신랑집은 포천 신북면에서 온 한양 조가 가문의 조호병이었다. 영락없는 양반집 도령의 얼굴을 한 잘생긴 남자였다. 사돈 될 어르신과 몇몇 일가들과 가마꾼이 동행했다.

김병규 씨 댁 안마당엔 일가를 비롯해 마을 사람들이 남녀노소 할 것 없이 이 경사스러운 혼인잔치를 보기 위해 몰려들었다. 마당엔 벌써 병풍이 쳐 있고, 초례상이 마당 한가운데에 준비되어 있었다. 상위에는 촛불 한 쌍을 켜 놓고 송죽(松竹) 화병 한 쌍과 백미 두 그릇과 닭 한 쌍을 남북으로 갈라놓았다. 그리고 놋대야에 물 두 그릇을 준비하고 수건도 걸어 놓았다. 술상 두 개도 준비해 놓았다.

이제 혼례식을 위한 준비는 다 끝났다. 신랑이 동편에 서고, 김 서방네 아가씨의 부축을 받아 신부가 서편에 섰다. 모여 있던 동내 구경꾼들 중에 갑자기 한 처녀가

"저 봐 신랑이 참 잘 생겼네!" 하며 킥킥거리며 웅성대었다. 하객들의 시선이 모두 신랑에게 쏠렸다. 다들 긍정한다는 듯 고개를 끄떡거

렸다.

"음, 잘생기긴 했구먼", "그려 그려." 여기저기서 맞장구를 친다.

"먼저 신랑이 신부집에 전안례(奠雁禮)로 나무 기러기[목안(木雁)]을 바쳤다. 그리고는 신랑과 신부가 맞절을 하는 교배례(交拜禮)가 시작되었다. 신부가 먼저 두 번 절하니 신랑이 한 번 답했다. 이어서 신랑 신부가 합환주를 나누어 마시는 합근례(合卺禮) 차례였다. 신랑이 신부에게 읍(揖)하고 각각 무릎을 꿇고 앉으면 시중드는 시자가 술을 따른다. 신랑이 읍하고 술을 땅에 조금 붓고 안주를 젓가락으로 집어 상위에 놓았다. 시자가 다시 신부에게로 가 술잔을 부으면 신랑은 읍하고 신부가 술은 마시되 안주는 들지 않는다. 이제 표주박이 신랑 신부에게 각각 주어졌다. 이때 시자가 표주박에 술을 부으면 신랑 신부가 표주박을 서로 바꾸되 신랑의 잔을 위로, 신부의 잔은 밑으로 바꾼다. 서로 바꾼 잔을 들어 마시지만 땅에 쏟지 않고 안주도 들지 않는다. 예를 끝내고 상을 치우면 신랑 신부는 각각 처소로 들어간다."

이렇게 해서 초례청에서의 초례를 끝내니 황지리의 섣달 그믐밤은 아름다웠다.

···

첫날밤을 신부집에서 보낸 신랑은 신부를 데리고 머나먼 여행을 가듯 신랑이 살고 있는 포천 신북으로 가야 했다.

마당에 대기하고 있는 신부를 태울 가마를 가리키며 동네 청년이 나서서 가마꾼으로 나섰다.

"아기씨 어서 가마에 오르세요."

어깨에 흰 광목천으로 된 멜빵을 멘 두 든든한 청년이었지만 신부
는 처음 보는 청년들이었다.

"간난아, 어여 타거라." 하고 아버지의 말씀이 떨어졌다. 엄마도 그
옆에서 어서 타라고 가마를 가리키며 손짓을 하고 계셨다.

이제 가면 언제 아버지, 어머니를 뵐 수 있을까? 갑자기 눈물이 앞
을 가렸다.

아버지와 어머니는 황지리 집에서부터 전곡을 거쳐 창산면 초성리
열두 개울을 건너기 전까지 동행하셨다. 내가 탄 가마는 김가네 동네
청년들 중에 누가 먼저 나섰다 할 것 없이 고맙게도 초성리까지 태워
준 것이었다. 어쩌면 이것이 아버지가 딸에 대한 마지막 배려가 될 것
같은 생각이 문득 스쳤다.

엄마는 딸의 손을 잡고 한참을 하염없는 눈물을 흘리고 계셨다. 그
러시더니 눈물을 옷고름으로 훔치시며

"애야! 장롱을 못 해 보내어 미안하구나. 어쩌면 좋겠니."
"괜찮아요, 어머니. 시집에서 부자 되면 되잖아요. 돈 벌면 얼마든
지 살 수 있지요." 그러면서도 속으로는 작은아버지를 원망했다.

'작은아버지가 내 시집 밑천으로 장롱 하나는 해 줄 수 있을 텐데.
내가 농사일 거들어 드린 것이 얼만데…' 하고 울음이 터져 나오는
걸 억지로 참았다.

"시집 어른들 잘 공경하고 잘 살아라."

"네, 염려 마세요, 어머니."

아버지, 어머니는 우리 가마 행렬의 끝이 보이지 않을 때까지 그 자리에 서 계셨다.

"아버지, 불쌍해서 어떻게 해요. 내가 없으면 농사도 못 지으실 텐 데…"

난, 하염없이 눈물을 훔치며 가마에 의지해 갔다.

가마꾼과 가마가 포천 청산면을 지나 신북면으로 가는 길은 참으로 험했다. 종현산 계곡에서 서쪽으로 흐르는 곳에 열두 개울이 있다. 연천 전곡에서 이 계곡을 건너 신북으로 가려면 옛날, 연천군 청산면 초성리에서 포천군 신북면 덕둔리로 이어지는 길목에는 열두 개의 개울이 있었다. 산도 많고 물도 많은 고장, 연천군이다 보니 다른 고장으로 건너가기 위해 열두 개나 되는 실개천을 넘어야 했던 것이다.

개울을 건너려면 신고 온 버선을 벗어야 한다. 신랑이 먼저 신을 벗고 신부의 버선 벗는 일을 도와주어 둘은 개울을 건널 수 있었다. 하지만 이런 개울은 열두 개를 건너야 신북면으로 가는 산길에 도달할 수 있었다. 이곳서부터는 험한 산길을 넘어가야 하는 힘든 여정이었다. 신랑은 행여 신부가 힘들어 할까 봐 마음을 졸였다.

비교적 완만한 덕둔리 고갯길을 시작으로 차츰 오름길의 갈월리, 계류리를 지나야 내리막길을 만난다. 심곡리에 들어서면 드디어 신랑이 산다는 신평리에 마지막으로 들어선다. 평지도 아닌 골짜기 외길 산

길로 가마를 타고 백 리 길을 갈 수는 없었다. 신랑이 가마 앞뒤로 가마를 멘 장정은 그렇다 치고 신랑도 꼼짝 없이 걸어갈 수밖에 없었다.

빈 가마로 먼 길을 온 가마 행렬은 신평리 들어와서 서원말로 향하는 지점에서 가마를 정지시켰다. 가마꾼이 신부를 위해 가마 휘장을 걷어 주었다. 신랑이 신부의 손을 잡아 다시 가마 안으로 앉혔다. 오랜 시간 신부가 험한 길을 걸어오느라 신부가 힘들어 하는 모습을 보면서 신랑으로선 참으로 미안했다.

그럭저럭 십 리 산길을 휘휘 돌아 내려오는 모든 과정이 결코 쉬운 길이 아니었다. 행랑채에서 조 씨네 대대로 일해 주고 위터를 얻어 농사지으며 살아가는 배 씨, 김 씨 장정 둘이 고생했다.

3.
서원말

　　시집와서 보니 시댁은 한양조가 일가들이 옹기종기 '서원말'에 살고 있었다. 서원(書院)이 있는 마을이라 해서 붙여진 이름이다. 구한말 전국에 걸쳐 대원군의 서원 철폐령에도 온전히 살아남아 있던 포천의 자랑인 '용연서원'이 꿋꿋이 마을 입구에 서 있다. 서원 앞은 너른 들판에 논밭이 있고, 서원 뒤로 가필 씨 댁, 그 뒤로 오원 대부, 숙원 대부, 가하 아재, 그 뒤로 우리 집이 우물 옆에 있었다. 큰댁의 가철 씨는 끄트머리 산 밑에 화산 행산 아줌마와 살고 있었다. 모두가 4촌, 6촌, 8촌 간이거나 이보다 좀 더 먼 친척지간들이 모여 사는 한양조가 마을이다.

　　포천을 대표할 만한 서원엔 한음 이덕형 선생과 용주 조경 선생을 유림에서 배향하는 곳이어서 한양조가 일가들이 가문에 대한 자긍심이 높았다.

　　시댁은 시아버지 대(代)로 거슬러 올라가 보아도 변변한 살림 하나 없다. 선대로부터 물려받은 땅도 없고 하여 서원(書院)말 큰댁 가철 형님네 땅과 몇 칸 방 집에 의지해 살고 있었다. 시골서 농토도 없이 다섯 남매를 두시었다. 큰댁이라고 다르지 않았다. 역시 아들 세 분을 두시었는데 말 못 하는 형님과 함께 삼 형제들이 다 겨우 억지로 사는 것뿐이다. 고모님께서는 틀무시 정(鄭) 씨네로 출가하시어 정하영 씨를 고모부로 모시게 되었다.

막냇삼촌 천병이 9살 때 큰형님의 결혼을 맞은 것이었다. 형님 나이 18세였으니까 나이 차이는 꽤 되었다. 1943년 섣달 그믐날 연천에서 규수를 맞으러 간 형님은 전날 신부집에 가서 거기서 혼례식을 하고 다음 날 신랑집으로 들어오는 것이었다.

원래 신부집에서 초례를 지내고 작은 가마를 타고 서원말 신랑 집까지 들어와야 했지만 길이 먼 경우엔 대부분 신부들이 걸어서 와서 신랑집 동네 근처에 와서야 가마를 타고 신랑집에 들어오는 사례가 많았다. 삼촌은 그때 처음으로 맞는 혼인의 경사이기도 해서 상당히 기쁘고 즐거워했다.

· ...

새색시가 막상 시집에 당도해 보니 광에는 볏가리도 없었고 찢어지게 가난했다. 친정은 이에 비하면 부자였다.

신랑집은 상엿집 같은 곳에 살고 있었다. 이런 집에 와 첫 밤을 자려니 친정집에서 방금 가례를 치르고 첫날밤을 치르던 생각이 미치니 한심하기 그지없다. 원앙금침은 생각할 수도 없었다. 눈앞이 깜깜해지는 걸 억지로 참으며 하룻밤을 보냈다.

이튿날 일찍 일어나 광에 가서 보니 쌀가마가 다섯 겹 제법 쌓여 있었다. 그런데 이게 웬일인가! 쌀가마를 손으로 만져 봐도 친정에서 느끼던 가마가 아닌 것이었다.

그래서 가마를 쑥쑥 찔러 보았더니 짚을 썰어 가마니에 넣고는 쌀가마인 척 위장을 했더란 말이지. 항아리도 두드려 보니 통통 소리가 빈 것임을 금방 알 수 있었다. 새댁이 앞으로 살아간다는 것이 막막한 거다.

...

형수님이 시집오셔서 보니 역시 먼저 이야기한 것과 마찬가지로 우리는 가난하기 한량없었다. 그때 형수님과의 일 중 특히 기억나는 것은 보릿고개에 닥쳤을 때의 어느 날이었다. 형수님과 내가 지게를 지고 보리밭에 가 보니 보리가 누렇게 익어 있었다. 보리를 베어다가 조심스럽게 떨었다. 그냥 껍질을 깔 수 없을 정도로 깔깔한지라 솥에 넣고 볶아가지고 절구로 껍데기를 까서 밥을 해 놓으니까 시커먼 보리밥이 되었다. 여기에 된장에 풋고추를 넣고 바글바글 끓여진 된장찌개에 시커먼 보리밥을 섞어서 비벼 먹으니 그 맛이야말로 어디에 비하랴. 천상의 맛이었으니.

형님이 학교 다니시던 신북국민학교는 당시엔 6년제가 아니어서 5학년까지만 다니고, 6학년은 영중면에 있는 영평(永平)국민학교로 다니신 기억이 난다. 그때 신북면 만세교리에서 학교까지는 시오리는 훨씬 넘는 등굣길이기 때문에 자전거를 타고 다니셨는데 나는 그때 형님이 자전거를 타고 다니시던 모습이 얼마나 부러웠는지 몰랐다.

1942년 내가 신북국민학교에 다니던 시절은 일제 때였다. 초등학교 교장이 일본 사람인 미시마(三島) 교장이었는데 얼마나 극성맞았던지 우리의 이름을 빼앗긴 것은 물론이며 나의 이름은 龍村炳天(다스므라 헤이 뗑)이었다.

그때는 물자가 없어서 아버지가 만들어 주신 짚신과 게다를 신고, 여름이나 겨울이나 눈이 와도 신고 다녔다. 눈 온 날에 짚신을 신고 걸으면 밑이 다져져 발이 차지고, 또 눈 위에 게다를 신고 가다 보면 눈이 붙고 또 붙어서 밑바닥이 공같이 불룩해진다. 그나마 끈이 떨어지면 눈 위를 맨발로 걸어가야 했다.

국민학교 생활이 그랬는데 어느 날엔 학교에 '영미격멸(英米擊滅) 생산증가(生産增加)'라는 큰 표어가 큰 글자로 써 붙여져 있는 것을 보았다. 가을이 되면 겨울에 난방을 위한 나무와 솔방울을 산에 가서 주워 오게 하고 아침저녁으로 퇴비(들에 가서 풀을 베에다가 쌓아서 가름으로 만드는 것) 만드는 일을 시키며 각 부락 대항으로 경쟁을 시켰다.

하루는 내가 풀을 잔뜩 베어서 지게에 지어 놓았는데 너무 무거워서 지고 가지 못하고 고민하니, 형님이 당시에 신읍 우체국에 다니실 때인데 내 짐을 대신 져다 주고 출근을 하시곤 했는데, 지게에서 잔뎅이가 벗어져 고생하신 일들이 기억에 남는다.

제2차 대전이란 그때엔 알지도 못했다. 학교에서 공부하다가 비행기만 높이 날아가면 학교에선 사이렌이 울리고 종을 치고 하여 산으로 대피하고 방공호로 뛰어가곤 하였다. 한때는 사이렌이 울려서 산으로 뛰어 올라가다가 벌에 쏘여 한참 고생하며 울던 생각이 난다.

이제 와 돌이켜보면 젊은이들은 징병으로 끌려가고, 거기 해당 안 되는 사람들은 징용과 부역으로 끌려갔던 거다. 제2차 대전이 끝날 무렵 미국과 소련군들에 의한 공세를 견디다 못한 일본은 히로시마 원자폭탄 한 개 투하로 마침내 일본 천황이 항복을 하였다. 질긴 제2차 대전이 끝난 것이다.

내 나이 열한 살, 초등학교 4학년 때 8·15 광복을 맞았다.

이때를 지나서 우리 식구들은 이사를 했다. 우리 종중 제사를 지내며 묘를 관리하는 대가로 위터(爲攄)를 받아 농사일을 시작했다. 그때는 땅이 꽤 많아 머슴까지 두고 아버지가 농사일을 하신 것을 기억난다.

나는 열두 살이었지만 할 수 있을 만큼 아버지의 농사일을 도왔다. 주말이면 산에 가서 겨울 땔감 준비를 하느라 대부분의 주말은 나무하기에 바빴다. 이런 바쁜 와중에 초등학교를 졸업하고 1947년 포천 중학교를 입학하였는데, 그때만 해도 내가 제2회이며 각 학년에 두 개 반밖에 없었다.

한바위에서 포천 신읍까지는 시골길 이십 리였다. 아침 일찍 일어나 밥 먹고 학교까지 걸어서 등교해야 했는데, 그때 마침 우리 한바위에는 김갑복, 김갑득, 김상래와 김상인 등의 또래들과 같이 다녀서 별로 힘든 줄 모르고 왕복 사십 리 길을 걸어서 다녔다. 어쩌다 대변이나 소변을 보고 쫓아가려면 한참 뛰어 쫓아가야만 했다.

우리 어머님은 잠이 많으신 분이었다. 내가 학교에 일찍 등교하려면 아침 일찍 일어나셔서 아침밥을 지어 주어야 내가 먹고 간다. 그때는 시계도 없는 때이니 우리가 일어나는 것이 대부분 일정한 시간이고 학교 가는 시간이었다. 어머님은 잠이 들면 계속 깨워도 그대로 잠을 자시고 하여 항상 내가 늦어서 아침밥을 먹기 전에 친구들은 이미 학교 갈 준비를 하고 집 앞에서 날 부른다. 그러면 난 어머님께 신경질을 내며 채 뜸도 잘 들지 않은 밥을 찬물에 말아 먹으며 집을 나서며 어머니께 막 투덜대었다

그때에는 자전거도 별로 없었고 자동차라야 트럭들이 조금 다녔는데 다 목탄차들이었다. 그게 가 보았자 빨리 뛰면 거의 쫓아갈 정도의 속도였다. 누가 자전거를 타고 학교에 다니면 얼마나 그게 부러웠는지 모른다. 포천 다니는 신작로는 그 당시 다 자갈로 덮여 있어서 자전거 타고 가도 옆으로 잘 가야 하고 어쩌다 트럭이 지나가면 먼지가 많이 나던 때였다.

학교에 다니면서 시험 때가 되면 등잔불 밑에서 밤을 새우며 영어단어 외우며 시험 공부를 했다. 그래도 주말이면 늘 아버님 농사일 도와드리고 겨울 추위를 위해 나무해다 쌓아놓은 일들을 게을리하지 않았다. 세월은 흘러 벌써 1950년에 들어서며 중학교 3학년이 되었다.

...

8·15 광복 후에 친정아버지가 딸을 시집보내 놓고 어떻게 사는가 보고 싶어 사돈댁에 다녀오셨다. 제대로 변변한 대접도 할 것이 없었지만 시아버지, 시어머니 그리고 시동생들이 나서 찬거리도 잘 장만해 있는 집 흉내라도 내려는 듯 그럴싸하게 성찬을 만들어 대접했다.

아버지는 나와 일부러 눈은 안 맞추시려 했다. 얼른 봐서도 딸이

비쩍 마른 인상을 보신 모양이었다. 그래도 사돈끼리는 껄껄대며 웃었지만 아버진 무슨 죄인인 듯 연신 내 딸을 잘 아껴달라는 표정을 지으시고 있었다.

은근히 화가 났지만 친정아버지에게 달려가 시집 식구들에게 구박받는 얘기를 다 할 수 없는 일이었다. 어머니가 아들 못나서 늘 죄지은 사람처럼 기죽어 살아오신 것과 비교야 할 게 아니긴 하지만 그래도 난 겉으론 당당하게 태연하려 애쓰며 살았다.

친정아버지가 떠나신다. 난 시댁 식구들은 아버지를 서원말을 지나 청산으로 가는 길목까지만 배웅하고 돌아가고, 난 좀 더 친정아버지와 못다 한 말 더 나누고 싶고, 인제 가시면 언제 또 만나리오 하는 맘에 시집올 때 개울 건너온 곳까지 배웅하고 싶어 했지만, 아버지는 만류하시며 들어가라 하신다.

"간난아! 어여 들어가라. 어른들 눈에 날라. 늘 조신하게 구는 것 잊지 말구, 네 서방이 양반집 도령인 건 확실하지만 너도 그에 못지않음을 명심하며 살 거라."

"네 아버지 가르침 가슴에 늘 새기며 살고 있으니 염려 마시고 건강히 사세요."

난 아버지가 산 넘어 모습이 안 보일 때까지 그 자리에서 눈물을 훔치고 서 있었다.

몇 번이고 돌아보시며 "어여 가! 어여!" 하며 팔을 휘두르시며 절룩거리는 발길로 사라지신 산길 뒤를 한참을 응시했다.

그 길로 돌아와 마당에 들어서니 시어머니 눈초리가 신통치 않았다. 으레 짐작에 어서 남은 설거지해야 할 것 아니냐는 심술이 가득한 표정으로 손짓으로 부엌을 가리켰다. 그리 안 해도 내 할 일은 하건만 하여튼 시어머니 입언저리만 보아도 정이 뚝뚝 떨어졌다.

    …

    시어머니의 구박은 새댁이 밤낮으로 아프다 하는 데서 시작되었다. 마을에선 조 서방네 복덩이가 들어왔다며 쑤군대는 데도 정작 며느리가 연일 아프다고 하니 속이 뒤집힐 일이었다. 자기 병은 자기가 잘 아는 법이지만 사실 병 덩어리를 집안에 들였다고 하루가 멀다 하고 시어머니 구박이 심했고, 무엇보다 밥을 못 먹어 배고프고 어지러워서 그런 것이었다. 똥구녕이 찢어지게 가난한 집에 와 살아가야 할 며느리에게 그리 대할 일을 아닌 것이었다.

    시댁이 좀 넉넉하면 친정에도 돈도 마련해 보내고 싶었다. 친정아버지께서 농사는 잘 지으실까? 내가 시집오기 전에 심어 놓은 콩이며 밭농사를 당신이 해낼 수 있을지…. 물론 엄마가 그 일을 대신하고 있겠지만…. 자식 맘이란 그렇다. 동생들이 있으니 좀 안심은 되기는 하지만.

    그런데 어찌해서 내가 부엌에서 엄마 생각이 나서 울고 있을 때였다. 신랑과는 나이 차이가 8살이나 나는 막내 시동생이 성질도 고약했다. 시어머니가 구박하는 것도 참기 어렵건만 형수가 울고 있는 데다 대고 자꾸 울면 눈에 오줌을 갈긴다느니, 눈에 고춧가루를 뿌리겠다느니, 쌍욕을 해대는 경우도 있었다. 시동생 구박도 만만치 않았다.

...

　시집와서 첫애 아들 인행이를 낳았을 때 친정에서 부모님이 아주 대견해하고 좋아하셨다 들었다. 특히 엄마는 당신은 아들 한 번 낳아 보지 못했는데 딸이 첫아들을 선물했으니 시집에서 귀염받고 잘 살 거라 생각했다.

　1946년 추석을 한 달 앞두고 아이를 이웃집 화순네 아주머니더러 좀 봐 달라고 부탁을 하고 남편에게 친정에 좀 다녀오겠다고 했다.

　"가면 같이 가야지 당신 혼자 가려고?"

　"그럼 혼자 가지 누구와 가겠어요. 당신은 출근해야 하고 바쁘실 테니…."

　엄마는 남편이 같이 가 줄 뜻이 있는가 보구나 속으로 생각해 일면 좋았다.

　하지만 그랬다간 시어머니의 날벼락을 당해낼 재간이 없다.

　시어머닌 당신이 며느리에게 한 짓을 사돈에게 가 일일이 고자질하면 양반집 체면상 망신스럽다는 걸 아시는 눈치다. 몇 번을 시어머니에게 친정에 다녀오게 해 달라고 간청을 놓아도 으레 심통을 부리시곤 했다.

　"재미붙어! 친정은 왜 가겠다는 거야. 안 된다. 못 간다."

　"어머니 그러시지 마시고 저 혼자만 살짝 갔다 하룻밤만 자고 올게요."

　"아냐 하룻밤이고 이틀 밤이고 안 된다. 지금 일이 좀 많으냐?" 이렇게 말해 놓고도 계면쩍으셨는지 고개를 돌렸다.

　사실 농사라야 할 것이 없었다. 농사지을 땅도 없었다. 남의 집에

품앗이 나가 일해 주고 쌀 얼마하고 잡곡 받아오면 그걸 가지고 여러 식구가 솥이 닳도록 긁어먹는 날이 일쑤였다. 그러니 시어머니 심통이 며느리는 얄미운 거다.

하지만 어쩌랴. 친정엔 가고 싶고. 며느리인 내가 숙이고 들어가야지.

"아버님 어머님, 진짓상 미리 다 준비해 놓고 후딱 갔다 올게요. 누가 알아요. 친정어머니가 어머니 좋아하시는 거 싸주실지…."

시어머닌 그 소리에 완강히 허락 안 해 주실 듯한 표정을 누그러뜨리시는 모양이다.

결국, 시어머니 허락을 받아내고야 말았다.

시집올 때 가마 타고 온 길로 되돌아가는 것이지만 친정 가는 발걸음이 가벼웠다. 인행이가 순했다. 이제 두 돌 지났어도 말을 또렷하게 따라 할 줄 알았다. 영리했다.

초성리를 지나 전곡에 들어서니 그 옛날 또래 애들과 한탄강까지 와 고기 잡으며 놀던 생각이 새록새록 봄풀 돋듯이 머릿속을 맴돈다. 전곡역 철길 넘어 회진 벌을 바라보니 부모님 만날 생각에 눈물이 앞을 가렸다.

엄마는 밭에서 참외밭에 나가시고 아버지는 동네 어른들과 장기를 두고 계셨다. 엄마와 딸이 서로 맘의 교감이 있었나. 엄마가 참외밭에서 손을 털고 집으로 향하시던 중이었다. 먼발치서 보아도 난 엄마인 줄 알겠지만 엄마도 날 알아보시는 듯했다. 단숨에 밭으로 가서

"어머니! 저 왔어요. 정임이에요!" 어머니는 바로 내 손을 내숭하듯 잡으려 안 하시고 내 얼굴을 물끄러미 바라보시었다.

"애야, 너 쫓겨 왔냐?"

"어머니, 무슨 그런 소릴 하세요. 서운합니다." 그러면서 내가 먼저 어머니 손을 잡으니 그제야 경계를 짐짓 푸시고

"에고, 내 딸이 그 먼 길을 어찌 왔누…."

처음엔 혼자 온 것이 맘에 걸려 그랬던 것이었다. 보따리 하나를 들고 친정에 왔으니 시집에서 소박맞고 왔음이 틀림없을 거란 의심을 하기에 족했다.

"그래, 애는 잘 크고? 네 남편에게 다 들었구나."

난 순간 깜짝 놀랐다. '아니, 엄마가 천리안도 아니시고 우리 집 사정을 어찌 아시누.' 하고 속으로 생각했다. 그리고 남편이 철원 출장 갔다 돌아오는 길에 잠깐 친정에 들려 장인, 장모를 뵈었다고 한 적을 떠올렸다.

이때 아버지께서 장기를 두다 말고 딸이 왔다 하니 바로 집으로 들어오셨다.

집에 들어가니 할아버지가 마루에 누워 계시다가 바깥이 시끄러운 차에 깔깔거리며 한 식구가 들어오는데 시집간 손녀딸이 들어오지 않는가.

"할아버지, 그동안 평안히 계셨는지요?"

"응. 그래. 반갑구나. 그래 어쩐 일로 친정엘 왔느냐?"

그러시면서 할아버지는 내 얼굴을 찬찬히 들여다보시더니

"시집에서 내 손녀딸 다 죽어가게 했구나." 뭘 보신 듯이 대뜸 그러셨다.

난 아무 말 않고 잠자코 있었다.

내 집에 오니 시집에는 없는 밥이며, 반찬이 풍족했다. 어머니가 손수 차려 주시는 밥을 배불리 먹을 수 있었다.

중요한 건 친정 와 밥 잘 먹고 안 아팠다는 것이다. 잔병치레를 많이 했지. 배고파 병이 난 거야. 그래도 친정에선 배는 안 곯았거든. 하지만 시집에서는 조밥 아니면 보리밥, 죽을 쑤어 먹는 게 일상의 밥상이었지. 그나마 밀가루 얻어다가 수제비나 프랭이를 해먹으며 배를 채우면 최상이었으니까. 이러니 내가 배가 안 아팠겠냐 말이다. 아프다 하면 남편과 시아버지 빼고는 병신 덩어리를 집에 데려왔다고 돌아가며 구박을 해댔지 않나. 며느리 사랑은 시아버지란 말처럼 오히려 못사는 집에 며느리가 와 고생한다고 시아버지가 날 더 챙겨 주셔서 참을 수 있었다. 시아버지는 밖에서 뭘 좋은 먹을 거라도 생기면 당신 아내도 모르게 챙겨 주실 때가 있었다. 시어머니가 그 성미에 대판 싸움 날 일이다.

물론 구박하는 이유를 모르지 않는다. 다른 집 색시는 시집올 때 다 자개장을 시집 밑천으로 가지고 오는데 난 그걸 못 가지고 왔다는 것이다. 뭐 그걸로 위세 떨 일을 아니어도 다른 집과 비교되니 심통이 날 수밖에 없는 것이다.

아무튼 친정에서 식구들과의 하루는 금쪽같은 시간이었고, 이날 밤 어머니와는 시간 가는 줄 모르고 이런저런 이야기로 날밤을 새웠다.

이튿날 아침 식사를 마치고 다시 시댁을 떠나야 할 시간이다. 할아버지 할머니께 인사드리면서

"할아버지, 담배 하나 못 사 들고… 와서 뵈었어요. 죄송합니다. 담에 올 땐 꼭 사 들고 오겠어요. 안녕히 옥체 보전하세요."

할아버지는 서운했지만 잘 다녀가라 하시곤 돌아섰다.

아버지와 헤어지던 날 아버지는 산에 꼬리가 안 보일 때까지 딸의 배웅을 하셨지.

그때 아버지의 눈물을 처음 봤지.

"잘 살아라. 시집에서 아녀자가 소는 모는 법이 아니다. 팔자가 세어 과부가 되느니(이 말은 시집오기 전부터 늘 내게 하시던 말씀이었다)."

...

큰댁 가철 형님은 농토가 많아 살기가 어렵지 않았고 해서 서울로 가서 학교에 다녔다. 가끔 방학을 하여 형님이 시골에 오면 유행가를 부르고 태엽을 감는 옛날 유성기를 틀어 놓고 노래를 들으며 즐기던 기억이 난다. 그때에는 유성기 나무통 안에서 흘러나오는 노랫소리들이 얼마나 신기하였던지 지금도 그때 즐겨듣던 노래 「삼천궁녀」 같은 노랫말이 삼삼히 생각난다. 하지만 그때 기억으로 빼놓을 수 없는 것은 무엇보다 잘 먹는 것이 제일이었다. 우리는 쌀밥 한 끼도 제대로 먹지 못했다.

장마가 질 때의 일이다. 서원말 앞에 물이 상당히 많이 흘렀다. 자연히 임진강으로부터 뱀장어, 메기, 쏘가리, 불거지 등 여러 종류의 큰 물고기들이 올라오는데 장마가 지나고 물이 줄어들면 많은 고기를 잡을 수 있었다. 그래서 가끔 가철 형님과 냇가에 가서 고기를 잡아다가 풋고추를 넣고 고추장을 풀어서 매운탕을 끓여 철엽 겸 이밥을 큰 그릇에 수북이 담아 먹고 나면 어려서도 세상 부러울 것이 없었더라. 그래서 가끔 가철 형님이 서울서 내려오고 장마지기만 기다리던 생각이 난다.

...

둥지에 갈등이 서서히 드러난다. 시어머니의 구박이 시작되었다. 이유는 한 가지밖에 없었다. 당시 세시 결혼 풍습이 새 식구가 들어오면 뭔지 모를 기대감이 컸던 것이었다.

신부가 시집 밑천으로 장을 해 오지 않았다는 것이다. 자개장이 얼마나 부러운 일인가. 집은 작아도 자개장은 안방에서 빛나는 존재였든 시대였고, 양반댁 가오를 세우기에 안성맞춤인 혼숫감이었다.

어떤 땐 시동생도 형수에게 대들 때가 있었다. 형수가 들어오면 뭐 집안 형편이 좀 나아질 줄 알았는데 영 자신의 생각과 달리 몸만 달랑 들어온 결혼인 듯싶어 불만이 많았던 터였다.

그럴 땐 여인네는 장독간으로 가 몰래 눈물을 훔치곤 했다. 부뚜막에서 울 때도 있었다. 불을 붙이려면 눈물을 안 흘릴 수 없는 것이다. 솔가지에 성냥을 그어 놓고 불이 붙기까지는 입으로 후후 불어야 잘 붙으니까. 광솔나무가 제대로 불이 붙으려면 자연 눈물이 나지 않을 수 없었다. 핑계 김에 우는 것이니 눈치챌 리가 없었다.

첫애가 죽고 바로 얼마간 실의에 차 도무지 뒤숭숭한 날의 연속이었다. 게다가 손을 이으려면 어서 둘째를 낳아야 한다는 둥 시어머니의 닦달이 이만저만이 아니었다. 가을걷이 타작마당을 마치고 손을 이을 둘째 아이가 섰다. 입덧도 그다지 없이 배 속에서 순순히 놀았다. 순둥이가 나올 모양이다.

예로부터 출산 전후에는 태몽을 꾸는 사례가 있다. 꿈은 산모 당사자가 꾸면 더없이 좋지만 때로는 집안 식구 중에 시아버지 또는 시어머니가 대신 꾸어 주는 경우도 있다. 심지어는 친정어머니가 꾸어 알려 주는 경우도 종종 있었다. 그래 보아야 친정이 멀면 쉽게 들려줄 꿈도 아니었다.

둘째를 가지고 얼마 후 꿈에 한바위 산을 작은동서와 오르고 있었다. 큰집 아버지 댁엔 큰동서, 작은동서가 있었다. 그런데 눈앞 큰 바위에 가지가 네 개나 열려 있지 않은가. 나는 잽싸게 작은집 동서보다 먼저 달려가 네 개 중 제일 큰놈으로 하나를 얼른 따서 치마 속에 감췄다.

서원마을 사촌 큰댁 가철 형님은 재산도 물려받은 것이 많고, 게다가 종손인 까닭에 선대로부터 물려받은 논과 밭 그리고 산까지 갖고 있었다. 집은 ㅁ자 한옥으로 지은 집이었고, 워낙 커서 안채 말고도 바깥채가 두 개 더 있었다. 그중 하나인 문간방은 우리 신혼이 살기에 그나마도 넓었다.

어찌어찌 새살림을 꾸며 놓고 보니 장차 살아갈 일이 막막했다. 이건 집안 명색만 번지르했지 도시 가진 게 없었다.

친정에서 쌀밥 먹다가 시집오니 시댁은 끼니도 못 이를 정도로 가난했다.

불현듯 아버지께서 넌지시 내게 하시던 말이 스쳐 지나간다.

"넌 시집가면 죽더라도 머리도 친정으로 두지 말아라." 그땐 이 말의 의미를 잘 몰랐다. 아니, 몰랐다기보다 그런 일이 설마 내게 일어나랴 생각해 한 귀로 흘린 것이리라.

그래서 시집와 농사를 못 하는 척했지. 난, 시집오기 전에 아들 몫을 했어. 지게 짐도 지고, 논 밭일을 척척 해냈지. 네 외할아버지가 다리를 좀 저시는 편이셨기에 난 딸만 다섯에 맏이로 사내 몫까지 했지.

친정아버지께서 하시던 말씀이 있었지.

"지게 짐을 하면 너 소박맞는다." 그래서 지게 짐은 못 지는 척했지.

...

새댁이 겨울을 나고 이듬해 해방을 맞는 해 1945년 5월 보름에 첫아이 인행이를 낳았다. 아이가 자라면서 꽤나 똘똘했다. 할아버지의 손자 사랑은 이만저만이 아니었다. 나는 젖이 언제나 좋았다. 아이는 엄마 젖을 힘차게 빨다가 젖꼭지를 문 채 멈춘다. 젖을 빠는 힘도 대단한가 보다. 잠시 숨을 고르는듯하더니 연신 며칠 굶은 애처럼 꿀꺽 소리까지 내면서 젖을 실컷 먹더니 어느새 잠이 들었다. 아이는 자는 모습도 신기하다. 어쩌다 배냇짓을 하며 자는 모습에 엄마는 감탄해하고 신비스러워했다. 친정엄마가 떠올랐다. 내가 아들을 낳았다는 소식을 듣고 엄마가 얼마나 부러워하신 줄 아느냐고.

남편이 신읍 우편국에 다닐 때이었다.

철원엘 출장 갔다 친정을 다녀온 낭군의 말을 들은 터였다.

아이의 눈빛과 마주치면 어찌나 좋은지 엄마도 아이도 신기할 정도로 행복해했다. 아니, 행복이라기보다 만족이라고 할지.

...

변변한 농토 하나 없었던 서원말에서 한바위 마을로 이사를 했다.

'한바위'는 해발 100미터밖에 안 되는 평범한 야산이다. 이 산은 정상에서 서쪽으로는 산등성이가 흘러 내려가면서 그 끝이 서원말로 뻗어 있다. 동쪽으로는 등고선을 타고 내려가며 남쪽으로 내려오는 줄기와 계속 동쪽으로 수평을 이루며 흘러가고 가는 산이다. 동쪽 끝으로 가면 조선조 중기 한양 조문의 유명한 조상 묘소들이 있다. 풍수를 좀 볼 줄 알면 정상 아래로 동굴 앞으로 내려오는 곳에다 절터 하나 서면 참 명당일 듯싶은 산자락 밑으로 선대로부터 대대로 조가 가문의 가족들이 10여 호 집성촌 마을이 형성되어 있다. '한바위'란 이름도 큰 바위란 뜻으로 사람들이 바위의 모습으로 보고 지은 이름이었다. 산의 모습을 멀리서 조망하면 전체 구도가 정상에서 내려오는 중간 부분은 엄청난 크기의 화강암이 소나무 참나무 등으로 묻혀 있는 형상처럼 보인다. 그런데 특이한 바위가 중간에 몇 개가 있는데 마을 사람들은 의자 바위라고도 하고 또 어떤 이는 감투 바위라고도 하는 ㄴ자를 180도 돌려놓은 모양이 대감 감투처럼 생겼다.

감투 바위만 보면 미국 소설가 호손이 쓴 『Great Stone Face(큰 바위 얼굴)』를 연상케 한다. 언젠가 저 감투를 쓸 인물이 이 마을에서 나오리라는 상상이 나는 그런 바위가 이 마을에 있다.

할아버지는 문중에서 조상의 시제를 책임지는 일을 맡았다. 시제를 모시면 조상 재산의 위토 중 논과 밭의 위토를 받아 농사를 지을 수가 있었다.

부지런하기만 하면 굶주림에서 벗어날 수 있다.

당시엔 자손이 귀한 시대라서 많이들 낳았다. 삼남 삼녀를 낳았으니 적게 낳은 건 아니다. 자식이 재산 목록이 되었던 시절이었다. 다들 "농자지천하지대본(農者之天下之大本)"이란 말은 농경 사회가 주는 가장 멋진 캐치프레이즈 같은 말이었다. 될 수만 있으면 한 사람의 손이라도 농사에 쓸 양이면 자식이 많아야 했다. 게다가 남아 선호 사상이 중심이었고, 산아제한이란 말은 생각지도 못하던 때였으니까. 그때만 해도 여식을 낳으면 참으로 실망을 하던 때였다.

...

1952년 남편이 군에 가 있는 동안 3년간은 어떻게든 집안을 일으켜야 했다.

떡이라도 만들어 시장에 가 팔 요량으로 화순네 집 신세를 졌다. 쌀 좀 한 말 빌리겠노라 하고 방앗간에 가 곱게 빻아 시루에 쪄서 백설기를 만들었다. 시어머니와 반씩 나눠 신읍 장이 서는 날 맞춰 머리에 이고 서원말에서 아침 일찍 떠났다. 대개 장은 오전 장으로 끝난다. 그렇게 물건이 많이 나오는 것도 아니기 때문이다. 물론 전국으로 다니며 장사꾼들은 다니니까 팔도에서 온 진지한 것들을 구경하거나 사러 시장으로 사람들이 모인다. 지고 온 떡을 광주리에 옮겨놓고 손님을 기다렸다. 마침 출출할 때라서인지 국밥을 먹으러 많이들 모이지만 떡을 찾는 손님도 많았다. 시어머니와 나란히 둘이 벌여 놓았지만 손님은 며느리 것만 사 가는 것이었다. 순식간에 다 팔았다. 하지만 한나절이 지나도록 시어머닌 반도 못 팔고 있었다.

"어머니 아직도 많이 남으셨네요. 전 다 팔았어요."

그러면 시어머니 입이 못마땅하다는 듯 실쭉거린다. "그러면 제가 덜어가서 제가 저쪽으로 올라가 팔아 드릴게요." 하고 몇 덩이 내 소쿠리에 담고 있었다. "옛다, 다 가지고 팔아라." 소쿠리째 내어 주면서 심통을 부리셨다. 난 아무 소리 않고 다 들고 가 또 잠깐 사이 나머지를 다 팔고 시어머니한테로 왔다. "어머니, 이제 집으로 가요. 그런데 우리도 장터 국수 한 그릇 먹고 갈까요?" 마침 장사도 안 되어 신경질도 났지만, 며느리가 사 준다는데 마다할 필요는 없었다.

두 사람은 나란히 장터국밥 집에 들어가 국수 두 그릇을 시켜 먹고는 도로 서원말로 왔다.

그 담 장날엔 아예 수수망텡이도 만들어 가지고 나갔지만 시어머닌 아예 안 나가신다고 한다. "어머님, 그럼 저 혼자 다녀올게요."

그 날도 금방 다 팔고 아예 국밥도 안 먹고 일찍 집으로 들어왔다. 그랬더니 며느리가 신통했든지 "넌 장사를 잘하는구나. 우리 집 금방 부자 되겠구나." 하지 않는가. 처음으로 시어머니 입에서 칭찬 같은 소리를 들을 수 있었다.

...

시아버지도 불같은 성격이셨지만 시어머니도 이에 뒤질세라 심술이 많고 고집불통이셨다. 시어머니에 대해 기억은 하면 할수록 떨치고 싶었다.

어쩌다 서울서 식모살이해 돈 모은 것을 들고 시골집에 오면
역시 먹을 게 변변한 것이 없었다.

"집에 와서 먹을 게 있어야지요."

"이 년아 널 내쫓았냐? 때려 주더냐?"

곁에서 있던 당숙모가 놀라서 날 보더니

"웬일이냐?"

"지가 하나라도 식구를 덜어드려 서울 가서 돈을 벌어야 하지 않느냐?"

"이 년이 사람 있는데…." 하며 머리를 짓자며 때렸다.

그 길로 밖으로 뛰쳐나왔는데 날은 어두워지고 눈, 비 섞어 오는데 요골까지 뛰어 버스 타고 다시 서울 왕십리로 올라왔다.

와서 보니 자야는 바짝 말라 뼈대만 남았지 죽지 않은 게 다행이라면 다행이었지!

"할아버지 장사한다고 흥청망청 계집질해서 쌀도 안 들이고….

친정이 있나. 누구에게 하소연할 데가 있어야지. 나니까 살아왔지. 양반집 김 서방네 딸이 과부가 되어 그냥 살았다." 소리 안 들으려고 고생을 밥 먹듯 했다.

다시 왕십리로 와 식모살이하는데 하루는 뒤꼍에서 젖이 불어 짜고 있으려니까 마침 주인이 보고 가엾어했다.

올라올 때 그래도 시아버지보고 하소연을 했다.

시아버지에게 "저 어떻게 살았는지 아시나요? 시어머니가 그래서 이젠 아버님이 더 무서워요."

할아버지는 그래도 며느리에게 잘해 주셨지.

새 며느리 데려다 굶겨 죽인다고 시아버지는 여기저기 다니며 끼니를 가져다 "이것 죽 써라. 어미야! 미안하다."라면서 가여워했다.

할머니는 쌀 하나 없어도 태평. 그러면 이 어른 불같은 성질에 한 판 싸움이 났지.

"새아기 배고프다잖아!"

그래도 시어머닌 걱정 없이 잠만 잘 자고 있었다. 문득 고향 항지리에서 함께 뛰놀던 영선 언니가 떠올랐다. 언니는 지금 어디서 살고 있을까. 시집은 갔겠지? 신식교육을 받았으니까 아마 부잣집 가문에 들어가 잘 살고 있겠지. 왕십리의 저녁 빛이 왠지 나처럼 가여웠다.

4.
6·25 동란 중에

"1945년 8월 일제의 패망으로 해방을 맞았으나 미국과 소련의 양쪽 군대가 진주함에 따라 38선을 분계로 국토분단의 비극은 포천을 두 동강으로 만들었다. 창수, 청산, 영중, 일동면의 일부와 영북, 이동면은 소련의 군정 하에 들어가고 포천군은 나머지 10개 면 67개 리를 관할하며 미 군정 치하에 있었으나 1948년 8월 15일 대한민국 정부 수립되어 미 군정으로부터 행정권을 이어받았다."

해방 후 5년이 지난 1950년 아버지 나이 23살 때 포천경찰서 경찰 모집에 응모해 합격했다. 그리고 개성에 있는 경찰학교에 입교하여 교육과 훈련과정을 수료 후 포천경찰서에 배치되었다.

다시 예하 직할 파출소로 배치되어 근무하는 동안 첫아들 인형(仁衡)이가 태어났다. 아이가 참 귀엽게 잘 자라고 있었다.

때마침 아버진 포천 감리교회에 다니고 있었는데 청년회에서 활발한 활동을 하며 재미있게 신앙생활을 하고 있었다.

1947년 인행이가 세 살 되던 어느 봄날 장질부사를 심하게 앓아 설사병으로 며칠을 고생하더니 별안간 죽었다. 이게 무슨 변이람! 옥이야 금이야 하며 귀엽게 키워가던 애인지라 이따금 근무 중에도 들어와 보고 나가곤 했는데 이 아이가 죽다니….

그토록 귀여운 첫애를 하나님께서 데려가실지 어찌 알았겠는가? 인형이를 저 세상에 떠나보내고 실의의 나날을 보내며 서(署)에서 근무하던 중에 아내는 둘째를 가졌고, 열 달 만에 참으로 달덩이처럼 잘생긴 아들을 낳았다. 우리 두 내외 품에 태어난 아이지만 얼마나 토실토실하고 탐스럽게 잘 생겼던지 주위에서 아이를 보고 많이 부러워했다. 큰집, 작은집 동서들이 애를 보더니 샘이 나서 난리였다. 그도 그럴 것이 큰집 동서는 아이를 나면 죽고 또 아이를 배서 나면 죽고 했으니 더더욱 우리 애를 부러워했다.

경찰은 보직 이동이 잦았다. 자꾸 각 관내파출소로 이동하다 보니 신읍 본청에 근무를 하다가 산골인 탑동 지서로 전근하게 되었다. 탑동은 숯의 고장이었다. 지서에 근무 중 어머니가 어찌나 극성스러우셨던지 숯섬을 치시었다. 나도 아내와 틈만 나면 어머니와 같이 숯섬을 쳤는데 부업치고는 꽤 수입이 괜찮았다. 또 돼지도 사서 새끼도 치니 재산이 점점 늘어갔다.

탑동 지서에서 6개월 근무를 마치고 근무지를 일동 지서로 옮기게 되었다. 집을 옮기고 일동에 와보니 최전방 38선이 20여 리밖에 안 떨어져 있었다. 그래서 최전방 사직 지서로 밤이면 지원을 나가곤 했다.

야간에는 보통 분대를 편성하여 최전방 지서를 시찰하기 위해 줄지어 가게 된다. 그러다 보면 대원들은 얼마나 피곤한지 걸어가면서도 졸음이 와서 졸면서 가다 길옆으로 빠져 깜짝깜짝 놀라곤 했다.

다행히도 일동에서는 근무하는 것이 편하고 좋았다. 무엇보다도 수

양아버지, 어머니가 일동에서 유지로 살고 있었다. 일동 땅은 거지반 다 수양아버지 땅이라 해도 별로 이상할 것이 없을 만큼 부자였다. 게다가 작은마나님도 두었는데 미모가 출중하셨다. 작은어머니는 서울 왕십리 행당동 한옥 마을에 살고 있었다. 수양아버지 잘 둔 덕에 지서에선 아버지를 무시하지 못했다.

그러던 중에 아들 슨행이의 첫돌이 돌아왔다. 경찰 신분이어서인지 돌잔치는 정말로 남부럽지 않게 치러주었다. 갈비짝도 들어오고, 수수쌀도 들어와서 수수를 절구에 곱게 빻아 수수망탱이를 만들고 떡도 해 주었다. 동네 유지들 덕에 아들의 첫돌은 잘 치러주었다.

일동지서에서 1년 동안 근무하던 중, 어느 날은 38이북에서 총을 발사해 상호 대치하며 교전을 할 때도 종종 있었다. 그러다가 또다시 금주지서로 발령이 났다. 금주리의 지명은 생긴 모양이 삼태기같이 생겼다 하여 붙여진 이름이다.

이 같은 연유로 아버지가 근무하던 일동 지서와 현재의 금주 지서는 사실상 동란 당시엔 최전선인 셈이다. 6·25의 발발의 동태를 가장 먼저 가까이서 본 증인 중에 한 사람이 된 셈이다. 훗날 영중면 양문리에는 지금도 38선의 경계였음을 알리는 '38 휴게소'가 있다.

금주 지서에 근무하던 어느 날 새벽에 최전방에서 "쿵! 쿵!" 하고 포 소리가 들려왔다. 서원(署員)들끼리 삼삼오오 모여 저마다 이상하다고 수군대고 있었다. 여기서 1킬로쯤 나가면 큰길이 나온다. 내가 보고 오겠다고 하고 나가서 큰길을 보니까 이게 웬일인가. 북한 탱크가 그 큰길에 수를 셀 수도 없을 만큼 까맣게 줄지어 포천을 향하여 진격하고 있지 않은가! 이거 야단났다 싶었다. 이제 우리 지서는 꼼짝없이 포위되었구나! 급히 지서로 돌아와 주임 이하 직원들에게 직전 상황을 보고하고 본서(本署)에 유선으로 보고했다. 본서에서는 "모두 재주껏 후퇴하라."라는 지시가 내려왔다.

가다가 붙들리면 어떻게 하나! 상상하기만 해도 끔찍할 것 같았다. 이곳 금주리는 금정(폐광산) 하던 곳이어서 금정굴이 있었다. 주민들과 식구들을 그곳으로 피신시키고 가족들에게 이곳에 가만히 있으라 했다. 아이들은 모두 쥐 죽은 듯이 있었다. 우리 경찰들은 문턱에서 총을 들고 보초를 섰으니 무슨 소용이 있겠는가.

때마침 상부에서 경찰관들은 포천경찰서로 모두 집결하라는 지시가 하달되었다. 하지만 이대로는 적진을 뚫고 갈 수가 없었다. 북한군 때문에 포천경찰서로 갈 수 없는 딱한 상황이다. 이젠 후방으로도 나갈 수 없고 어찌 피할 도리가 없어서 고향인 한바위로 피신하기로 맘먹었다.

금주리에서 함바위까지는 20리 길을 걸어서 가야 하므로 무사히 당도할 방법은 농사꾼으로 위장하는 것이었다. 메꼬모자를 쓰고 고이 적삼을 입고 호미를 허리에 차니 영락없는 농군이었다. 식구들은 뒤에 오라고 하고 논두렁을 타고 집에 가서 한바위 뒷산 바위틈에서 숨어 지냈다.

...

　한편 한바위에선 6월 25일은 농촌에 꽤 바쁠 시기였다. 모를 논에 심어 꺼멓게 잘 자라는 모습을 보며 논물을 주는 때이었다. 이날 아침은 새벽에 비가 억수같이 쏟아졌다. 아버님은 일찍 일어나셔서 논에 가서 물꼬를 열어 주러 가셨다. 논에 물이 많이 차지 않아 논두렁이 망가지지 않아야 하기에 우장을 쓰시고 논에 가셨다가 오시더니 우리 식구들을 빨리 깨운다.

　"병한아! 천이야! 병희, 병순이, 너두 어른 일어나라! 시방 이북에서 쏘는 대포알이 여기까지 날아와 폭파한다." 하시며 빨리 산으로 가자고 재촉을 하시었다.

　우리 식구들은 영문도 모른 채 서둘러 일어났다. 비는 철철 오는데 세 살 먹은 막내는 큰언니더라 안고 가라 하며 재촉하셨다. 아버지는 힘이 좋으셨다. 목청도 쩡쩡 댈 만큼 크셨다. 이제 갓 마흔을 넘기신 양반이니 그도 그럴 것이었다. 식구들이 모두 제정신을 차리고 서둘러 뒷산으로 뛰어 올라가 큰바위 밑에 들어가 숨었다. 바위 밑은 원시 시대부터 있었을지도 모른다 할 정도의 굴이 있었다. 굴 옆으론 샘도 있었다. 우리 식구 아버지, 어머니, 둘째 형, 여동생 셋 나까지 합하면 모두 일곱 명인데도 넉넉히 들어갈 공간이었다. 대포알이 여기까지 날아올 수밖에 없는 것이 우리가 피신한 한바위는 양문리 삼팔선에서 20리밖에 안 되는 거리에 있다. 거기서 포를 쏘아도 포탄이 충분히 우리 있는 데는 지나갈 수 있기 때문이다.

　얼마를 산속에 숨어 있다가 점심 즈음 포 소리가 잠잠해졌기에 집으로 내려오니 눈앞에 벌어진 일을 믿을 수가 없었다. 이게 웬일인가!

누런 인민군 복장을 한 군인들이 동네를 다 뒤엎고 돌아다니며 동네 사람들을 다 불러내지 않는가. 동네 사람들이 다 모였더니 일일이 한 사람 한 사람 신상조사를 하는 것이었다. 모인 사람들이 다 한 일가친척이었지만 그들이 상관할 일은 아니었다. 상부의 지시일 테니까.

내 나이가 당시 16세이었다. 꽤 컸던 날 보고 인민군 중 한 놈이 이름을 먼저 묻더니 "너는 무엇을 했느냐?"라고 묻기에 "중학교 다녔다."라고 답했다. 그러더니 "무엇을 배웠느냐?"라고 또 물어서 배운 것들을 다 말해 주었더니 아무 일이 없었다.

조금 머물다가 거기서 서원말길 쪽 산을 타고 국군 있는 방향으로 도망가는 게 아닌가. 다행히 그들은 나를 향해 총을 쏘지는 않았다. 서원말을 지나 국말을 지나고 가채리 근처에 당도하니 국군들이 보였다. 국군에게 한바위에 인민군들이 왔다고 하니 거기서 조금 수비를 하다가 도로 후퇴를 하는 것이었다.

나 혼자 피난 갈 수 없어 돌아서 한바위로 다시 돌아오니 새터 앞에 도로에는 탱크 행렬이 그칠 줄 모르고 줄지어 포천 읍내를 향해 전진하는 것이었다. 그때만 해도 나는 국군들이 인민군을 다 물리치고 후방으로 가는 것이구나 생각했는데 이것이 잘못 본 것이었다. 이 탱크들은 서울 쪽을 향해 전진하는 인민군 탱크였던 것이었다.

탱크가 다 지나가자마자 군 트럭들과 말 마차들이 계속 지나가는 것을 보았다. 그제야 이북에서 완전히 쳐들어오는 것이구나 하고 생각하니 큰 걱정이 아닐 수 없었다. 그 순간 잠시 형님을 생각이 났다. 형님이 일동 지서에서 순경으로 근무를 하시어서 인민군한테 혹시 잡혀 가시지나 않았는지 큰 궁금증에 빠졌다. 아버님과 온 식구들이 수심에 차서 걱정스러운 밤을 맞이하게 되었다.

...

큰집 옆 지금 묘막 자리가 옛날 우리 집인데 하루는 자수하면 용서를 해 준다는 소리가 내 귀에까지 들어왔다.

그런데 저녁나절 농민 복장을 한 채 형님이 한바위로 오신 것이었다. 이 순간 식구들의 기쁨은 말로 표현할 수 없었다. 그러면서도 한편 인민군들이 와서 형님을 잡아갈까 봐 또한 걱정되었다. 생각다 못해 나와 형님이 곡괭이와 삽을 들고 밤에 산으로 올라가서 바윗돌 밑에 땅을 파고 방을 만들어 놓고 거기서 기거하려는 계획을 짰다. 낮이면 거기서 조용히 잠자고 밤이면 내가 집에 내려와서 만든 음식을 갖고 가서 형님이 들게 하는 계획을 하였다.

이렇게 숨어 지내는 날을 계속 지속하고 있는데 언젠가 동네 김가네 형님뻘 되는 복남 씨가 우리 집을 일부러 찾아왔다. 그는 우리 형님이 경찰이셨음을 알고 있기에 자수해야지 안 하고 있다가 잡히면 생명의 위협을 받을 거라며 자수할 것을 계속 권유하였다. 아버지와 형님과 그 날 이후 며칠 함께 고민 끝에 자수하기로 작정했다. 그래서 포천 경찰서가 북한군 보안서(치안대)로 바뀌었는데 거기에 가서 자수서를 쓰고 자수하였다. 그러자 이제부턴 집에 있으면 하루에 두 번씩 보안서에 와 보고를 하라는 것이다. 그런데도 계속 시찰을 하고 툭하면 정신교육을 받게 하여 여간 성가신 게 아니었다. 웬 회의가 그리도 많은지 늘 불러들이고, 오라 가라 하여 우리 모두 끌려다니며 논에 가서 벼이삭을 세고 밭에 나가 수확량을 계산해야 하는 괴로운 생활을

8월까지 해야 했다.

...

이런 일을 매일 20여 일하며 다니다 보니 아무래도 이상하다 싶어 인제 그만 다니고 피신하기로 맘먹었다. 뒷산으로 피신해 올라가 매일 바위굴에서 동네 근황만 지켜보고 있었다. 그런데 이 난리 통에도 슨행이 밑으로 셋째 아이 수행이가 태어났다.

어느 날 집이 궁금하여 새벽에 집에 돌아와 보니

"야, 어트게 들어왔니? 우리 집은 망했다. 우리가 순경 집안이라 해서 빨갱이들이 와서 집 안에 있는 것 없는 것 다 몰수를 해서 가지고 가 버려서 이젠 아무것도 남은 것이 없다. 너를 찾아내라고 여태껏 협박하다가 지금 막 갔단다. 빨리 피신해라!"라고 아버님은 마치 혼이 빠지신 어른처럼 날 밀며 도망가라고 하지 않는가. 자수는 했지만 피신한 것이 이들에겐 그게 괘씸하게 생각한 것일까?

그 길로 난 오리나 되는 창수면 추동리 가래올에 사시는 당숙(조제원) 집으로 한걸음에 달려갔다. 거기엔 이미 금주리에서 피신해 와 있던 슨행이, 경자와 해산한지 며칠 되지 않은 수형이 춘이까지 다섯 식구가 신세를 지고 있었다. 해산어미가 얼굴이 탱탱 부어올라 오고 있었다. 당숙이 참으로 고마웠다.

하지만 당숙모는 이곳도 안전을 보장할 수 없으셨던지 놀라워하시며 안절부절하셨다. 그러면서 "어쩌면 좋냐?" 하시며 부엌으로 들어가

급히 강조밥과 미숫가루를 만들어 싸 주시며 나더러 어서 피신하라 하신다.

...

동리에 빨갱이가 있기에 그들의 눈에 띄지 않게 가래울 뒷산으로 올라가 숨어 지냈다. 하루를 산속에서 기거하고 있었는데 그곳에서 조요원 아저씨를 만났다. 아저씨도 포천 경찰서에 근무할 때 같이 근무했다. 둘이 산 등을 타고 청산면에 도달해 거기서 몇 날을 함께 지내니 서로 친구가 되어 외롭지 않았다.

거란산 상상봉에서 의정부 쪽을 바라보았다. 포탄이 의정부 쪽에서 마구 쏟아지며 연기가 나고 있어 도저히 뚫고 갈 용기가 안 났다. 우린 서로 며칠간 산속에서 머물렀다.

하루는 요원 아저씨가 무슨 생각에서인지

"우리가 이렇게 모여 있다가는 모두 붙들린다고 서로 헤어지자."라고 한다.

그러면서 날 보며 "나는 집에 돌아가겠네." 하지 않는가. 갑자기 뒤통수에 뭘 얻어맞은 듯 머리가 텅 비는 느낌이었다.

둘이 서로 헤어진 후 나는 다시 가래울 뒷산 높은 상상봉으로 와서 바위 틈바구니에서 누워 지냈다. 산속 생활 중 산길에서 밤에 혹 인기척이 나면 깜짝깜짝 놀래곤 했다. 그때마다 쥐죽은 듯 엎드려 있어야 했다. 산길에선 짐승보다는 사람이 더 무서웠다.

지금 내 몸에 지닌 먹을 것이라곤 당숙모가 마련해주신 미숫가루

뿐이었다. 그걸로 한두 숟갈을 떠먹는 거로 하루하루 연명해갔다. 물이 먹고 싶으면 떡갈잎에 고인 이슬을 홀짝홀짝 마실 따름이었다. 누가 가르쳐 준 것도 아니다. 군에서 훈련을 할 때 전쟁터에선 물이 생명이다. 무장을 할 때 뒷주머니에 수통을 하나 달고 다닌다. 목이 마르면 물을 벌컥벌컥 마시지 말고 수통 뚜껑을 따가리라고 하는데 거기에 수통의 물을 담아 입술만 축일 정도로 마시라 훈련을 받는다.

하루는 하도 목이 말라 물이 마시고 싶어 우거진 가시덤불을 헤쳐 가며 계곡으로 내려가 보니 골짜기 축축한 곳이 있었다. 손으로 파고 보니 흙탕물이 고이는데 어쩌랴. 마음껏 마시고 양재기 하나에 떠 갖고 올라가서 먹어야지 하고 양재기 가득 떠가지고 올라가다가 발이 가시덤불에 걸리는 바람에 넘어졌다. 폭삭 양재기를 엎어뜨리고 물을 다 엎질러 빈 양재기만 가지고 올라갔다. 하는 수 없이 이제 또 떡갈잎에 이슬을 모아 이슬을 마시는 도리밖에 없게 되었다.

거기서 한 20여 일을 머물다가 하루는 마을을 내려다보니 사람들이 삼삼오오 모여 웅성웅성 대는 모습이 보였다. 참 이상하다고 생각하고 전곡 쪽을 바라보니 풋소리가 나고 있었다. 아마 연합군이 인천으로 상륙하여 밀고 내려간다고 생각하여 한번 동리를 내려가 보리라 맘먹고 산 중턱에서 내려왔다.

산 아래 어디선가
"호야~! 호야~!" 하고 애절히 사람 찾는 소리가 들려왔다. 정확히 누굴 찾는 소리인지 확인하기 위해 좀 더 가까이 내려가 보니 날 찾는 것이었다.

"네~! 여기요!" 하고 나는 그 소리에 답하며 어디서 그런 힘이 솟아나는지 모르게 뛰어 내려갔다.

제대로 못 먹어 피골이 맞닿아 있는 날 보고 당숙이 올라오시면서 "해방된 지가 며칠이 되었는데 이제야 내려오느냐? 이제 영 찾을 수가 없어서 시체나 찾으러 다닌다."라고 하시기에 내 눈에선 눈물이 주체할 수 없이 났다.

'해방이 된 지 언젠데.' 당숙은 해방이라는 말을 쓰셨다. 그래, 해방이다. 산속에서! 그러면서 나도 모르게 웃음이 나왔다.

산중에서 다리가 후들후들 떨리듯 하며 내려가던 내게 '해방!'이라는 소리 한마디가 비칠비칠 잘 걸을 수도 없었던 다리가 날아갈 듯 가볍게 했다. 당숙 집엘 단숨에 내려왔다. 거기서 세수를 하고 초라한 내 옷매무새를 대충 손질한 후에 그 길로 20여 리 되는 한바위 집엘 내가 어느 틈에 왔는지 나도 모르겠다.

그 당시 피신하지 않았든 동지들이나 이웃집 사람들은 다 북한 저자들에 의해 비참하게 총살당하거나 무참히 죽임을 당하고 말았다. 특히 공무원 가족에게는 예외가 없었으니 나처럼 경찰 가족은 말해 무엇하겠는가. 그런데 우리 친척들은 한 사람도 상하지 않았으니 하늘이 도와주었다고 주위에서 이야기했었다.

...

서울 쪽에서는 계속 전쟁하는 대포 소리가 은은히 쿵쿵 울려왔다. 가끔 폭격하는 소리가 들려오곤 하더니 9월이 되면서 인민군들이 낙동강 전선까지 내려가서 치열하게 싸우다가 견디지를 못하고 후퇴를 한단다.

연합군이 인천 앞바다에 상륙작전을 시작하고 9월 28일에서야 서울을 탈환했다. 그 여파로 인민군들은 우리가 사는 포천을 지나서 다 도망가기 시작했다. 이때 빨갱이와 인민군들의 포악한 살상행위는 우리가 형용할 수 없을 만큼 포악하고 잔인했다.

국군이 북진하며 인민군들이 쫓겨 가는 중에 나는 열여섯 살에 비교적 키가 크고 건장한 청년이 되어 있었다. 국군들이 나를 본 순간 북진하는데 함께 가자고 하여 운천을 지나서 금화를 거쳐 평강에까지 이끌려가게 되었는데 나는 울며 돌아가게 해달라고 졸라댔다.

그때는 전쟁하는 군인 말고는 군인을 도와주는 보조원들이 필요했었다. 평강까지 가는 중에 너무 끔찍한 일들을 많이 목격하였는데 인민군과 이북 사람들이 폭격에 맞아 온몸이 새까맣게 타고 살이 터져 갈라지고 마치 개가 탄 것처럼 꼬부라진 시신을 많이 보았다.

평강에서 군인이 날 보내주어서 금화 쪽으로 걸어오는데 군 트럭들이 와서 손을 흔들었더니 세워주어 거기서 트럭을 타고 쉽게 새터로 돌아올 수 있었다.

이제 생각하면 내가 거기서 돌아오지 않고 계속 북으로 갔으면 다시 후퇴할 때에 어찌 되었을까? 생각만 해도 진저리가 쳐졌다. 이제까지 내가 산 것도 그때가 내 생의 전환기인 것 같았다는 생각이 떠오른다.

…

11월이 되면서 상당히 불길한 소식이 가끔 들려오는데 북진하였던 국군들이 다시 후퇴한다는 소식이며, 서로 걱정하며 하루하루 지내는 때이었다. 12월이 되면서 추워지며 점점 소식들이 악화되었다. 피난해야지 인민군들과 중공군들이 쳐들어온다는 것이며, 누구네는 벌써 피난 갔다는 소식이 들리고 있었다.

6·25 발발 후 몇 달간이었지만 인민군들과 빨갱이들의 포악함은 끔찍했다. 연일 들볶고 잔인한 일들을 얼마나 많이 하는지 너무도 걱정되어서 우리는 아버님과 온 식구들은 남으로 피난하기로 하였다.

피난길에 들어선 그때(1951.1.4.)는 춘이 나이 만 세 살이 지났고, 슨형이도 세 살을 지났을 때였으며, 희병이가 14세, 순병이는 갓 열 살을 넘었을 때였다. 집에서 덮고 자던 이불들과 옷가지 등을 샀다. 쌀을 가지고 가야만 밥을 지어 먹을 수 있기에 피난 보따리를 다 준비해 놓고 보니, 희병이는 제가 조그만 것을 지고 걸을 수 있고, 순병이는 겨우 제가 혼자 걸을 수 있을 뿐이었다. 짐을 지고 갈 수 있는 사람이라곤 아버님과 나와 어머님과 형수님 등이며, 세 살 넘은 아이들 춘이와 슨행이는 업고 가야만 하는 형편이었다. 그래서 아버지는 이불 봇짐을 지시고 나는 쌀부대를 지고 춘이와 슨행이는 서로 교대로 업고 어떤 때는 내 쌀부대 위에 슨행이를 얹어서 걷고, 아버지는 춘이를 이불 봇짐 위에 얹어서 한바위를 떠나서 서울로 향하였다.

그런데 이게 또 무슨 조화인가. 아군이 도루 밀려 내려가는 게 아닌가? 철원 쪽에서 수도 없이 사람들이 모두 등에 식량과 이부자리, 간단한 봇짐 등을 남녀노소 할 것 없이 이고 지고 메고 하며 남으로, 남으로 내려가기 시작했다. 하필이면 눈까지 와서 피난을 하는데 애를 먹었다.

그때만 해도 꽤 추웠는데 밀려가는 피난민들에 휩싸여 의정부를 지나 창동에 가서 잔 기억이 난다. 며칠 걸려 서울 시내를 통과하여 한강에 닿으니 그때는 한강 다리라고는 제1 한강교와 철교 두 개밖에 없었다. 그런데 인도교는 6·25 후퇴 때 폭파해서 끊어지고 해서 9·28 수복 후 인도교 밑에 고무보트로 다리를 만들어 놓은 부교가 있었다.

한강 다리가 끊겨 한강을 넘어가야 하는데 남자들은 헤엄쳐 가고 여자들은 배에 태워 한강을 넘어가야 했다. 아비규환이 따로 없었다. 서로 살려고 빠져 죽고….

...

이 복잡한 다리를 넘어 노량진을 지나 대방동 고모님 댁으로 가야 했다. 거기에는 고모님과 고종사촌 누님(상미 엄마)이 살고 계시어서 거기서 며칠을 지냈다. 한꺼번에 고향 친척들이 들이닥치니 고모님도 치다꺼리가 만만하시지 않으셨다. 계속 한강 이북에서는 총성이 나고 대포 소리가 나며 전쟁상태가 계속되는데 어쩌면 서울도 다시 내어 줄 것 같은 감을 받았다. 거기서도 많은 사람이 피난을 떠나고 떠날 준비들을 하고 해서 우리도 다시 짐을 챙기고 피난 떠날 준비를 했다.

온 식구들이 추운 겨울에 출발하여 철길을 따라 남으로 가는데 안양역 근처에 도달하였을 때였다. 순간 뭔지 모르게 폭발물이 폭파되며 검은 연기가 치솟고 폭발 후폭풍 바람에 우리 식구들은 날리어서 철길 밖에 나가떨어진 일이 있었다. 다시 정신을 차리어 보니 안양역 근처에 쌓아둔 휘발유 등 군수 물자들을 가지고 후퇴를 못 할 것 같으니까 다 불 질러서 그 큰 화산이 터지듯 불과 연기가 하늘로 치솟은 것이었다.

　그런 와중에도 다행히도 우리 식구들은 다친 데는 없었다.

　하루는 길거리에서 날이 저물어 동리에 유할 집을 구하느라 걱정인
데 동리에도 모두 피난민들인 데다 수용할 수가 없어 길거리에서 볏짚
에 파묻혀서 혹은 길에서 이불을 뒤집어쓰고 자곤 했다.

　자꾸 밀려 내려가다가 하루는 제2 국민병을 모조리 추려가기에 나
도 어찌할 수 없이 가족들과 떨어지게 되었단다. 이들 일행에 섞이어
남으로 내려갔는데 행군하다가 해가 떨어지면 동네 들어가 쉴 자리를
구해야 했고, 청년들끼리 자꾸자꾸 내려가다 경상도 경산국민학교에
수용이 되었어. 큰집 형과 작은집 형이 일행이 되어 남으로, 남으로
내려가는데 가면서 주먹밥과 반찬 없는 소금을 나눠 주기에 양재기와
수저를 얻어다가 비벼 먹으니 참으로 맛이 좋았어. 그럭저럭 대구 경
산까지 왔는데 전시상황이 역전되어 북한 인민군은 다시 퇴각하기 시
작했다.

　　…

　그러나 장남인 내가 제2 국민병으로 차출되는 바람에 가족들과 헤
어지고 나서 가족들의 인솔은 아버님의 몫이었다.

　작은집 식구들, 우리 식구들이 함께(동생 천병이, 희병이, 춘이, 수행
이, 슨행이) 피난 가다가 안양에 들어서니 풋소리가 여기서 저기서 "펑!
펑!" 하지 않는가. 쌕쌕이가 철둑길을 폭격하기에 "엎드려! 엎드려라!"

하는 아버님의 고함 소리에 모두 놀라서 납작 엎드리는 바람에 식구들은 하나도 다치지 않고 모두 무사했지.

안양을 빠져나와 천안까지 내려왔는데 그곳에서 식구들이 둘로 헤어지게 되었어. 엄마는 발가락이 붓고 부르터서 더는 걸을 수 없을 정도로 심했다. 그래서 도저히 아버님을 따라갈 수가 없어 정희네 모녀하고 어린 수행이를 업고 정희네 식구를 따라가서 일행과 떨어졌지.

우리 일행에 사촌 형수님(억병)과 동생인 정희 이모는 같이 갔는데 건강문제여서인지 그 형수님과 네 식구와 우리 형수님이 우리와 따로 헤어지게 되었다.

걸음을 못 걸으면 하루 십 리도 못 갔다. 시어머니는 며느리더러 "저 웬수 덩어리 땜에 우리 식구 다 죽는다고…." 하셨다. 그 난리 통에도 며느리를 아끼려는 생각이 조금도 없었다.

세 살 먹은 아들이 엄마하고 가겠다고 마구 떼를 쓰며 울어대는 통에 털썩 주저앉아 창피한 것도 모른 채 소리 내어 울었다.

"슨행아, 넌 할아버지 따라가야 산다. 어서 할아버지 따라가라."

"엄마~! 아 안 돼. 엄마!" 하며 엉엉 울어대는 아이를 냉정하게 모른 척하고 돌아서서 작은집 일행의 뒤를 서둘러 쫓아갔다.

엄마 찾아간다고 길거리에 떼굴떼굴 구르는 아이를 희병이가 살살 달래며 업고 가는데 시아버지의 눈에서 닭똥만 한 굵은 눈물을 흘리시며 며느리와 작별했다. "운수가 좋으면 살아남을 테니 몸조심하고…." 더 이상 말을 잇지 못했다.

"네, 아버님. 어서 가세요. 염려 마시고요."

철길 따라 피난하면서 결국 그 난리 통에 서정리에 와서 홍역마마를 앓던 수행이는 가엾게도 죽었다. 때마침 정희 언니 정순이도 같이 죽었다. 하는 수 없이 작은집 동서와 함께 인근 과수원으로 가는 야트막한 한적한 곳을 찾아 묻어 주었다. 계속 죽산 아산으로 가다가 인천이 수복되었다는 소식에 인천으로 향하여 갔는데 그 고생은 이루 다 말할 수 없었다.

수행이를 피난길에 죽어 어딘가에 묻어 주었는데 불쌍한 것, 피난길에 먹지도 못하구. 내 나이 25살이었는데 젖이 팅팅 부어올랐다.
어느 집에 들어가 밥 한술 구걸했지.

"할머니 저 거지 아니요." 순간 서러움이 몰아쳐 눈물이 왈칵 쏟아졌다. 포천서 피난 내려오는 중이라고 하면서 눈물을 흘리니 불쌍해서인지 한 사발 고봉으로 퍼주어 그 길로 돌아와 사촌 올케와 아이들과 요기를 했지.

한번은 작은 동서와 밥을 구걸 나섰는데 퇴각하려던 국군 하나가 동서를 붙들고 강제로 겁탈하려는 거야. 우린 사람으로 안 보이나 보지.
엄마는 불의는 눈 뜨고 못 봐주는 성격이었다. 동서는 얼굴도 반반하고 예뻤다. 엄마도 젊었지만, 광대뼈가 있는 얼굴에서 강인함 힘이 느껴지는 사람이었다. 그 짓을 하려는 사내를 향해 대뜸 일갈을 해댔다.
"내 남편도 전쟁터에 나가 죽느냐 사느냐 하는데, 당신네는 아낙네

붙들고 이게 무슨 짓이냐? 눈에 뵈는 것이 없냐!" 하고 엄마가 나서
자, 군복을 입은 사내가 움칠했다. 그러면서 또다시 눈빛이 간 표정으
로 달려들라 하자

"경찰관 아내인 나에게 그따위 짓거리를 하느냐? 차라리 그 총으
로 쏘라!" 형님은 옆에서 벌벌 떨고 있었다. 사내는 경찰관 아내란 소
리에 정신이 번쩍 난 것인지 제정신으로 돌아온 건지는 몰라도 단념하
고 돌아 나섰다. 난리 통에는 별의별 일이 많은 것이다.

중공놈 땜에 폭격이 시작되면 여기저기서 저만치서 사람들이 죽어
자빠졌다. 그러면 "우엑! 엄마 아 아 아이아파!" 소리가 사방에서 들렸다.

피란 중에 남의 집 밥을 훔쳐 먹는 일이 많았다. 피란 떠나고 빈집
이 많았다. 어떤 집은 밥을 하다 말고 한 가족이 피란을 가서 솥단지
에서 김이 모락모락 나는 집도 있었다. 그러면 마치 땡 잡은 기분으로
허기를 달랬다. 도대체 이게 무슨 운명이란 말인가. 고향에 있으면 경
찰 가족으로 남부러울 것 없이 살아갈 수 있지 않았는가? 팔자가 서
서히 꼬여가기 시작했다. 하지만 그게 나만의 일이겠는가.

요행하게도 인천에 와서 시흥에서 여전히 경찰 신분인 한 집안사람
조원극 씨를 만나서 도움을 받고 인천에 온 남편을 만나 경찰 가족 행
세를 하며 살아가는 이병철 씨를 만나 반가웠다. 그는 포천 서(署)에
같이 있었고, 우체국에서도 같이 근무를 하던 참으로 친한 친구였다.
피란 와중에 만나 얼마나 고생이 많으냐며 군화를 팔고 자기네 배급

쌀을 팔아서 돈 1,000환을 만들어 주는 도움을 받으며 그렇게, 그렇게 고생고생하며 살아왔었지.

...

한편 어쩔 수 없이 며느리네 일행과 헤어진 우리는 아버지 인솔 하에 어머님과 나와 희병이와 순이, 춘이, 슨행이 모두 일곱 식구가 함께 피난길을 떠나게 되었다. 오산 근처에 가서 자는데 많은 사람이 기차를 타고 피난하고 있었다. 피난 행렬이 기차 안에는 말할 것도 없고, 곳간 차 지붕에까지 올라가서 가고 있었는데 오산 고개를 올라가다가 기차 뒤 차량이 분리되는 불상사가 생기고 말았다. 여러 칸이 떨어져서 기차가 갑자기 서울 쪽으로 역주행을 하니 기차 지붕 위에서 대난리가 났다.

피난민들이 죽기 살기로 아우성들을 쳐댔다.

"철로에 가마니를 깔아! 철로에! 아 멈추게 해!"라고 사람들이 여기저기서 소리 소리치던 장면은 그야말로 아비규환이 따로 없었다.

우리는 오산에 가서 하룻밤을 자고 또다시 걸어서 천안 못미처 성환에 도착해서 하루 저녁을 잤다. 자는데 추운 겨울 발은 부풀고 힘들어서 도시 잠이 오지 않을 지경이었다.

그 이튿날 다시 걷기 시작해서 천안을 거쳐서 공주 가는 길로 들어섰다. 계속 가다가 광정리까지 와 공주군 정안면 문천리에서 자게 되었다.

이곳에서 더 이상 피난할 여력이 다 쇠진하여 모두가 주저앉았다. 죽어도 여기서 죽자. 다행히 이곳 공주는 주변에 산이 많고 계곡이 깊어 인민군이 여기까지는 오지 않을 거라는 믿음에서인지 난리 중임에도 마을 사람들이 하나도 떠나지 않고 있었다. 주변엔 마곡사가 가깝고, 갑사, 성곡사 같은 유명한 절이 있었다.

일단 그곳 어느 집 사랑방 큰방에서 서울서 피난 온 다른 식구들과 함께 며칠을 자는데 우리를 싫어하고 있었다. 하는 수 없이 아버지께서 수소문하여서 문천리 입구 개울 옆 산비탈에 외딴 오두막살이 빈집이 있다고 하여서 주인이 누구인지는 모르나 허락도 없이 거기로 이사를 하여서 살다 보니 더는 인민군이 쳐내려오지 않는다고 하여 우리도 더 피난 갈 필요가 없어졌다.

결국, 그 집에 머물기로 작정을 하였지만, 막상 많은 식구와 함께 앞으로 살아갈 일이 막막하였다. 아버님은 걱정하시며 궁리 중이었다. 싫어지고 간 쌀도 다 먹고 돈도 없던 처지여서 하루는 아버님께서 거기서 얼마 떨어진 유구읍에 가서 고추를 사다가 광정리에 장날 팔면 이익이 남을 것이란 말씀을 하시기에 별로 하는 것도 없고 하여 아버님과 함께 산을 넘고 또 넘고 하면서 유구시장을 갔다.

마침 그날이 시골 5일 장이어서 시장이 꽤 북적대고 사람들이 많았다. 시장을 다니다가 노점에서 파는 떡과 팥죽을 사 주시어 먹었더니 얼마나 맛있고 좋은지 형용할 수가 없었다. 먹고 다니면서 보아 둔 고추를 사서 부대에 넣고 아버님과 멜빵에 걸머지고 또다시 산을 넘고 넘어 문천리 오막살이집으로 돌아왔다.

광에 두었다가 광정리 장날에 맞춰 아버지와 난 고추를 짊어지고 시장에 팔려 하니 오히려 산값의 제값도 쳐주지 않아 큰 실망을 하고 있었다. 자초지종을 알아본즉슨 저울이 다르고 고추를 사서 지고 와서 두었다가 오니 고추가 바짝 말라서 자동으로 중량이 줄어서 손해를 본 것이었다. 당시 아버지와 나는 미처 그 점을 생각을 못 하였기에 손해를 보고 팔아야 했다.

그럭저럭 피난 생활을 이어가며 살아가고 있었지만, 아이들 먹이기는 해야 하는데 큰 걱정이었다. 저녁이면 멀겋게 죽이나 쑤어 먹고 하니 슨행이는 늘 설사를 하고 눈 뜨고 보기 어려울 정도로 안쓰럽게 껍데기만 남게 점점 말라 갔다. 똥 싼다고 나한테 매도 많이 맞고 했다.

그곳에서 모두 목구멍에 풀칠하기 위해 남의 집 일을 해 주며 고생고생하며 살았는데, 슨행이가 홍역을 치렀다. 이 애가 꼬챙이처럼 말라서 하루는 벽에다 소고기를 매달아 놓았는데 그것을 쳐다보고 입맛을 쩍쩍 다셨다.

우리는 살아가려면 무슨 방안을 내야 했다. 나는 집에서 밥을 안 먹고 나가서 얻어먹어야 식량을 저축할 수 있었다. 어느 날엔 아버님께서 날 불러 산에 가서 매일 나무를 해다 놓으라는 것이다. 그리고는 당신이 어느 집에다 이야기해 놓을 터이니 나무 짐을 지고 가서 부려놓고 그 대가로 아침을 얻어먹고 오라는 것이었다. 난 아버님 말씀대로 지게를 지고 산에 올라 나무를 잔뜩 해놓았다가 아침 일찍 지고 가서 부리고 사발에 수북이 담아 준 쌀밥을 배불리 먹고 왔으나 슨행이와 춘이가 굶을 걸 생각하니 맘이 쓰려 견딜 수가 없었다.

주인 없는 오막살이집에서 얼마간 살다가 문천리 어느 집에서 방을 준다기에 우리는 그 동네로 이사를 왔다. 방 하나에 일곱 식구가 그럭저럭 살면서 지금도 잊을 수가 없는 가슴 아픈 기억이 떠오른다.

어느 날 아버지께서 우리를 모아 놓고 살기도 어려우니 희병이를 출가를 시키자는 것이다. 당시 누이동생의 나이 16세인데 어떻게 출가를 시키느냐고 나는 극구반대를 하였지만, 아버님은 참한 신랑감이 있으니까 그렇게 하자고 했다. 아버지 말씀에 거역할 수는 없었기에 나는 부끄러움과 괴로운 마음이 내 가슴을 억눌렀다.

결국, 희병이를 이곳 터줏대감인 박금석 씨에게 출가시키고 나니 한 식구가 줄었다. 이때 나는 이대로는 안 되겠다 싶어 어느 집에 머슴살이하기로 했다. 그 집에 가서 낮에는 나무를 해다 주고 가끔 봄 농사일을 시키는 대로 하고 밥을 얻어먹으니 어른 식구가 둘이나 줄게 되었다.

내가 머슴 살던 주인은 농토도 많고 젊은 부부였는데 남편이 결핵을 앓는 것 같았다. 내가 그 집에 들어가서 일을 할 때는 창피하기도 해서 그 젊은 주인 앞에서 늘 눈 둘 바를 몰라 했다. 한데 어느 날 주인이 집 안에 있는 변소에서 인분을 쳐다가 봄, 보리밭에 주라는 것이다. 그래서 지게에다 오지로 만든 똥통을 올려놓고 지게를 지고 들어갔다. 집은 ㅁ 자^字로 컸다. 대문 안에 들어가 앞마당에 지게를 버텨놓고 오줌과 똥이 섞인 것들을 바가지로 퍼서 계속 똥통에 넣었다. 얼추 통이 가득 차서 무거웠다. 그때만 해도 겨울철이어서 땅이 얼었을 때였다. 그런데 버티어 놓았던 지게 작대기가 미끄러지며 지게가 앞으로 꼬꾸라지더니 똥통이 깨져서 앞마당이 똥오줌으로 가득 차게 되었지 않은가. 황당하기 이를 데 없었지만, 묵묵히 이것을 다 치웠다. 당시엔 그런 사단이 일어났음에도 그 집에서 밥 먹으러 오라 하는데 그 젊은 여자 앞에서 고개를 들지 못하고 몸 둘 바를 모르고 헤매었던 일도 있었다.

몇 달 그렇게 살다가 4, 5월경 북진이 되었다는 소식을 듣고 다시 보따리를 싸서 걸머지고 고향 길에 나섰다. 희병이는 출가했기에 그곳에 남아 살고 우리 여섯 식구만 북으로 걸어서 서울을 거쳐 포천 고향으로 향했다. 큰딸을 홀로 남겨두고 떠나는 부모의 마음도 아프겠지만, 오빠인 내 맘도 쓰렸다.

아버지는 언제 또 만날지는 모르나 배웅 나온 장인, 장모와 우리 일행들에게 사위는 공손히 안녕히 가시라고 작별인사를 했다.

"장인어른, 장모님, 매형, 모두 무사히 잘 올라가세요."

"그러세. 자네, 내 딸 잘 부탁하네."

"염려 말 아유. 어여 가세유." 피난길에 죽은 것보다 백배 낫다는 생각에 딸이 잘 살아 줄 것을 바라며 아버님은 우리를 다시 인솔해 고향 길에 올랐다. 슨행이가 제대로 먹지 못하여 여전히 말라깽이가 되어 있었다. 불쌍했다.

…

연천은 난리가 나기 전에는 전곡읍, 청산면 초성리는 다 이북지역이었다. 일본이 패망하여 광복이 되기까지는 늘 일본인들이 시키는 대로 동원되어 일할 뿐이었다. 매일 어른, 애 할 것 없이 부역을 해야 했다. 가마니 짜는 일에 마을 사람들이 매달렸다. 뭐에 쓰려는진 몰라도 용도는 빤한 거다. 보통 가마니엔 소금을 담거나 쌀, 잡곡류 같은 곡식을 담아야 했지만, 전시엔 무기 같은 군수물자를 수송하려면 가마니보다 요긴한 것은 없다.

정작 6·25가 되자 언제 나타났는지 수도 없이 무장한 인민군들이 탱크를 앞세우고 남으로 진격하고 있었다. 동두천에서 일차 방어를 하던 국군은 쉽게 후퇴를 하며 의정부까지도 어느 사이에 때 적진이 되어 버린 것이었다. 황지리 마을 사람들도 그제야 정신 차리고 동네 사람들이 저수지 앞에 모이더니 우리도 피난 가야 한다고 소동이 났다. 아니다, 난 안 가고 죽어도 내 마을에 남아 죽을 거라고 버티는 사람 가운데 친정 부모 식구들이 있었다. 둘째 작은아버지는 해방 전에 돌아가셨고, 둘째, 셋째 막내 여동생들과 작은아버지 내외, 온 식구가 우리 집에 모였다. 6촌 만경이네 식구들도 제각기 보따리를 짊어지고 남쪽으로 떠났다.

그래도 친정 식구들은 버티며 근근이 살아가고 있었는데 서울까지 차지하고 있던 인민군이 인천상륙작전으로 후퇴하고 있다는 소문이 돌았다. 뒤늦게 정세를 파악한 아버지가 식구들더러 피난 준비를 하라고 하던 참이었다. 마을에 진을 치고 있던 인민군들은 얌전히 물러나지 않았다. 낮에는 오리골 산속에 진지를 파고 은거하고 있던 인민군 일당이 해 질 무렵 느닷없이 마을 앞에 나타나 이 집 저 집 들이닥치며 느티나무로 모이라고 난리법석이었다. 영문도 모른 채 그때도 피난을 가지 않았던 마을 사람들이 모여들었다.

한둘 마을에 모여 이십여 명이 되자 인민군 복장에 어깨에 국방색에 세로로 긴 줄 중간에 별 하나 새겨진 계급장을 단 자가 지휘하는 거로 보아 대장인 모양이었다.

"동무들 이 자들을 끌어다 뒷등성이 구덩이로 끌고 가라우!"

"예! 상관 동무!"

"달아나는 자는 즉각 처형해도 좋소."

뭐 반항하고 뭐하고 할 새가 없었다. 거기서 도망이라도 간다면 즉결 처형이라도 할 분위기였다. 도망을 갈 수도 없었다. 느티나무 뒤에도, 저수지에도 곳곳에 총을 든 인민군들이 우리를 향해 총구를 겨누고 있었다. 구덩이는 깊지 않았지만, 내년에 농사지을 때 쓰기 위해 두엄을 치려던 참이었던 구덩이로 다 몰아넣었다. 불안하고 공포에 떠는 마을 사람들 머리 위로 일제히 따발총을 퍼부었다. 옆집 김 서방네 식구들, 저수지 너머 이 씨들 가족에, 황지라 마을 입구 이장 댁 머슴들과 아버지, 엄마가 현장에 계셨다. 아버지가 먼저 앞으로 꼬꾸라지고 엄마가 쓰러지는데 그 순간에도 누군가를 품에 안고 쓰러지셨다. 순식간에 일어난 일이었다. 사람 목숨이 파리 목숨만도 못한 것인지. 불한당 같은 공산당 놈들! 그렇게 상황은 끝나고 이 잔악한 인민군 놈들은 어두운 밤 속으로 사라지고 없었다.

그 와중에 생존자가 있었을까? 하나라도 있었겠지. 마침 우리 집에 대광리에서 크게 목재상을 하고 있던 허 씨네 임순이가 제 어미와 함께 여름방학에 외가에 간다며 와 있었다. 아버지 인척이 그곳 허 씨네 부잣집으로 시집을 갔으니까 시집은 잘 간 셈이다. 허 씨네는 왜정 때 개성을 오가며 개성에도 사업장이 있었고, 이곳 대광리에는 목재상을 크게 벌여놓았다. 철원 화천 원주 등지로 다니며 사업을 활발히 하고 있었는데 이 난리를 맞은 것이다.

한 사람의 운명이 바뀌는 건 순식간이다. 인민군 치하에서 부르주 아는 살아남기 힘들었다. 그런 데다 전쟁이 났으니까 폭삭 망하기 직전이었다. 그런데 그 허 씨네 딸 임순이가 마침 이곳 황지리 이모부 집에 엄마를 따라와 잠시 쉬고 있었다. 그때 나이가 9살이었으니 어렸다. 그런데 이 아이가 뒷날에 이모부, 이모의 생사 여부를 알리는 주인공이 될 줄이야. 총소리가 나자 이모는 부지중에 임순이를 끌어안고 쓰러지신 것이었다. 총소리가 끝나고 인민군이 돌아간 그 현장에서 영화처럼 죽은 시쳇더미를 비집고 나온 아이가, 허 씨네 딸 임순이었던 것이다.

...

공주로 피난 갔던 식구들이 용인으로 올라와서 임시 정착을 했지. 그런데 여기 와서도 식구들이 미쳐 먹을 것이 없어 아카시아 잎과 수숫겨를 개어서 먹어가며 사노라니 참으로 한탄스러웠다. 다행히도 천운인지 그동안 서로 떨어져서 고생하던 형수님과 사촌 형수님들과도 상봉한 것이다.

그러는 와중에 나도 제2 국민병에서 해산되어 그 길로 헤어진 식구들을 찾았고, 이곳에서 슨행이도 수소문하여 찾게 되었지. 이때 어미는 제 아이가 하도 뼈다귀하고 가죽만 남았을 정도로 말라서 얼른 알아볼 수가 없었어. 탐스러웠던 돌 때의 얼굴만 생각했지 어미가 자기 아이를 못 알아볼 정도로 깡마른 아이의 모습을 보니 무슨 말이 소용 있었겠어. 결국, 자기가 손수 만들어 해 입힌 옷을 보고서야 아들을 알아보고 "슨행아!" 하고 얼싸안고 우니 그 모습이 참으로 불쌍하기 그지없었지.

용인서 며칠간 근근이 연명하며 지냈지. 그러다가 영등포 대방동 고모 댁으로 올라와 누이 상만이네 집에서 기거하며 당시 시흥에 있던 미군부대 피엑스에서 물건을 떼어다가 살아갔지. 그럭저럭 살던 중에 포천 경찰서가 인천에 와 있다는 소식을 듣게 되었어. 집사람과 난 인천에 가서 포천 경찰서 김필홍 경무 주임을 만나 경찰로 복직을 요청했지.

그러나 불행히도 내겐 인민군 치안대에 자수를 했던 전력이 있어 복직이 안 된다는 거야. 낙심이 커 멍해 있는 날 보더니 그래도 그는 "내가 포천군수한테 추천서를 써 줄 테니 찾아보라."며 추천서를 써 주는 것이 아닌가. 그래서 포천으로 가 추천장을 들고 군수를 만났다. 그는 날 면접한 후에 다시 청산면 면장에게 소개시켜 주었다. 그렇게 되어 청산면 서기로 발령받아 거기서 2년간 근무하게 되었다. 그러다가 27살 무렵 군대 영장을 받아 입대를 하게 되었지.

1953년 6월 15일. 군 입대 날짜가 되었다.

청산 우리 집 앞으로 황 서기, 박 서기, 조 서기 등 셋이 어울려 막 점심을 먹으러 나가려던 참이었다. 이때 다섯 살밖에 안 된 슨행이가 우리 앞을 양팔을 벌리고 가로 막고 섰다.

"우리 아버지 어디에 두고 왔어요?" 하며 우리를 노려보듯 하는 표정으로

"못 가요!" 하며 한 발 더 다가오는 게 아닌가.

이때 황 서기가 "아이참, 어떻게 하냐."라며 난처한 표정을 지었다. 그래서 난 아이를 마냥 청산면에 데리고 있을 수 없어 할아버지한테 가자고 살살 달래었다. 그리고 한 삼십 리 길을 아들 손을 잡고 터벅터벅 걸어갔다. 갔다가 아이가 다시 청산으로 가자고 보채면 "그래 가자." 하고 또다시 청산으로 왔다. 돌아와 순자 어머니(부면장 부인)를 찾으면 우리 애를 반갑게 맞아 주곤 했다.

나는 입대하여 논산 신병 훈련소에 입소를 했다. 그곳에선 학력 순으로, 대졸, 고졸, 중졸, 국졸 등 따로 세워 놓고 신병을 모두 분리하고 있었다. 난 중졸 줄에 서서 중대본부로 편입되어 훈련도 별로 받지 않고 행정병으로 있었다.

그곳에서 전반기 교육을 마치고 후반기 훈련까지 마친 후에 특과병으로 차량 보급중대로 배속되어 원주로 갔다. 거기서 다시 AVD 중대 서무계로 배치되었다. 난 참으로 복이 많은 놈이었다. 그래서 다른 병들보다 훈련도 별로 받지 않고 훈련소집 때도 행정실에 남아 있었다.

거기서 다시 동해안 속초로 이동을 하여 한 2년을 근무하다가 제대가 가까울 무렵 202 병기단 2중대에 근무를 하게 되었다. 차량이 수십 대가 들어왔다 나갔다 하는데 단장 비서관인 배기문 중사의 배터리를 가끔 교환해 주면서 어느덧 친하게 지냈다.

...

난 1955년 4월 신북국민학교에 입학했다. 한바위에서 1학년을 걸어서 성덕 이와 책 보따리를 허리춤에 매고 다녔다. 학교는 어린아이

걸음으로는 포천 천 개울을 끼고 오리는 걸어야 했는데 어른 걸음으론 그보다 못 되는 거리에 있었다. 여동생 자야는 그때 다섯 살이었다. 내가 한바위에서 만세교리 할아버지 댁으로 갔기 때문에 신북국민학교까지 가기는 너무 멀었다. 2학년으로 진급할 무렵에 만세교에서 가까운 영중면 금주리 초등학교로 전학 갔다.

만세교 다리는 만세다리 일동에서 흐르는 고모 천과 축령산에 발원해 흘러온 포천 천과 만세 다리에서 합수해 영평 천으로 흘러들어간다. 금주산은 일제 때 금광을 캐던 곳이다.

아버지의 군대 생활 중에 편지는 엄마가 쓰지 못했다. 초등학생인 내가 몽당연필에 침을 묻혀 가며 엄마가 불러 주는 대로 편지를 써내려갔다.

낭군님 전 상서

"기체후 일양만강 하오십니까?"로 시작하는 글이었다. 집집마다 전봇대에 '문맹 퇴치'라는 문구가 적힌 전단이 붙어 있을 때였다. 군에 간 아버지에게 보내는 편지였다. 시집오기 전 그토록 당신 아버지에게 학교 보내달라고 했을 때 보내 주었다면 이런 수고는 안 해도 될 일이었다. 참으로 야속한 일이 아닐 수 없다.

1960년대까지만 해도 무학자는 참 많았다. 군대 가서 보면 집으로 편지를 써야 하는데 손수 편지를 쓸 줄 몰라 대필해 달라는 병사들이 더러 있었다. 고등학교만 나와도 위세를 부리던 시기였다.

답장이 오면 읽어드리는 일도 내 몫이었다. 아버지에게서 온 편지는 이랬다. "여보! 집안에 대소사를 혼자 하고 있으니 얼마나 고생이 많겠소. 얼마 전 아무개네 집의 아들 혼사가 있었다니 참 즐거웠겠소. 또 밭일이 힘들지는 않았소? 내가 곁에 있으면 당신 고생을 안 시킬 텐데…" 이처럼 서로를 아끼고 배려해 주는 애틋한 사랑을 확인하는 내용의 글이 오갔다.

하지만 시어머니가 날 구박했다거나 시동생이 못됐다거나 시아버지께서 바람이 나서 집안이 뒤숭숭하다는 등의 글은 올릴 수 없었다. 실제로 그런 글을 적나라하게 편지에 써 근무 중에 탈영이라도 하는 날이면 낭패인 것이다.

그럼에도 불구하고 두 번째 편지에는 할아버지가 사업하신다며 그나마 있는 재산마저 다 탕진하고 우리 집은 거리로 나앉게 되어서 거의 반병신이 되었다는 소식을 보냈다. 그 편지를 받아들고 남편이 얼마나 낙심했을까 눈으로 안 보아도 알 수 있는 일이었다.

그런 연고 때문인지는 몰라도 남편은 비서관한테 의가사 제대를 상신했다. 그랬더니 만기가 3년이었지만 5개월 빨리 특별히 제대를 하게 되었다. 왜냐하면, 가장 노릇을 해야 하기 때문에 그 신청이 상부에서 받아들여진 것이었다.

…

의가사 제대를 하고 한바위 집에 와 보니 상황은 한심했다. 지어놓은 농사도 없는 데다가 여러 식구 먹을 양식마저 없었다. 궁여지책으로 나는 서원말 오원 아저씨 댁으로 가서 농토를 빌리기로 하고, 우선 당장 식구들이 먹고 살 쌀과 잡곡류 얼마를 얻어왔다. 그 이듬해 봄부터 힘을 내어 아버님은 농사를 짓고 나는 도와드리며 지내는데 어느덧 가을이 가까워 오고 있었다. 내가 군대 간 동안 식구들이 고생이 많았다. 특히 아내의 내조가 고마웠다. 이 집 저 집의 바느질감을 가져다가 초가집 등잔불 밑에서 바느질해서 풀 먹이고 인두질해서 동정 달고 하는 일을 해서 근근이 집안을 일으켜 오고 있었다. 농토라도 있었으면 그리 고생은 안 할 수도 있었건만…. 그리고 둘째 남동생과 막내 남동생 여동생들도 품앗이 다니며 고생했다.

···

양문과 운천 등 험지에는 미군들이 산과 들에 주둔하고 방위태세로 진을 치고 있었다. 막내 천병이가 어디서 들었는지 미군부대에 가서 짐을 날라주면 먹을 것을 준다는 소리를 듣고 집으로 들어왔다. 병사들이 먹을 양식과 필요한 물자들을 수송하는 차량이 닿지 못하는 산에까지 짐을 져다 주면 먹을 것을 주고, 음식 남은 것도 집으로 가져가 먹을 수 있었다. 짐을 져다 주고 내려오면서 간혹 미군을 길에서 만나면 그때 아는 영어 'Give me~.'로 말을 건넸지만 그래도 나보다 조금 나은 사람들은 'Give me chow chow.'라든지 'chocolate, chewing gum.' 하며 외치기도 했다.

이때 내 나이 17세가 되어 성숙한 체구이었는데, 인부를 다루는 책임자가 나더러 함께 미군부대에 근무하자는 것이다. 그래서 얼떨결에

힘은 들지만 우선 먹는 것이 해결되니까 그를 따라나섰다. 난, 미군부대와 함께 전진하며 군인들이 전쟁에 필요한 뒷일들을 맡아 돕는 전투보조원이 되었다.

우리 부대가 운천 지방으로 옮겨 거기 주둔하고 있는데, 한국 군인복을 입고 장교 계급장을 단 사람들이 와서, 우리를 모두 인솔하여 군인과 동등한 취급을 하였다. KSC(KOREAN SERVICE CORPS) 한국노무대(韓國勞務隊)라는 명칭으로 우리는 미27사단 27연대 전투보조 역할을 하는 임무를 맡았다.

당시 미군부대를 보면 몇 주 동안은 전방에 나가서 전투를 하고 다시 후방으로 나와 쉬었다가 교대하는 것이었다. 전방에 나가 싸울 때는 낮에 전진하고, 저녁에는 땅을 가슴까지 차게 파고 그 위에 천막을 치고 밤에 잔다. 우리들의 임무는 모든 물자들을 전날 저녁에 있던 곳으로부터 오늘 저녁 잘 때까지 날라놓고, 새벽이 되면 후방에서 식사를 만들어 온 것을 차로 싣고 가서, 고지까지 지고 올라가서 부대원들이 더운 음식을 먹도록 해 주어야 한다. 다 먹고 나면 빈 그릇들을 지고 내려와서 차에 실어 주고 실탄을 져다가 전방에 옮겨 준다. 전투가 치열할 때는 밤중에도 산에서 군인이 죽거나 부상당하면 산에 가서 당가를 올려놓고 자동차 닿는 데까지 메고 내려와야 했다. 이 일이 얼마나 힘이 드는지 모른다. 미군들은 체격이 크니까 우리 둘이서나 넷이 산에서 메고 내려오면 온 힘이 다 빠진다. 죽은 군인도 가끔 메고 내려오곤 했는데 그때 힘든 일과 고단함이란 이루 형용할 수가 없었다.

하루를 더 전진하여 금화읍을 지나서 오성산 밑에까지 갔다. 오성산 근처엔 밤낮없이 치열한 전투 중이어서 조명탄이 쉴 날이 없었다. 산이 폭격과 포탄에 맞아서 다 벗어진 것 같은 감을 받을 때였다.

하루는 우리 KSC 대원들이 미군 트럭을 타고 금화읍을 지나 금강산 가는 방향으로 대로를 타고 오성산 밑 가까이 가다가 너무 치열한 전투가 벌어졌다. 결국, 거기서 차를 돌려 다시 내오려고 트럭 뒤꽁무니를 틀어서 비가 와서 모래가 쌓인 돌창으로 후진을 하였다. 그러나 나중에 알았지만, 인민군들이 그곳에 탱크지뢰를 매설해서 트럭이 후진하다가 폭파되는 바람에 나는 공중에 떴다가 떨어졌다. 그 바람에 척추와 홍문에 뼈가 트럭나무 의자를 쳐서 설 수도 없고 누울 수도 없어 다른 부상자들과 함께 의무대 차에 실려 의정부역 옆에 있는 야전의무대로 후송되었다. 후송병원에서 한 달 동안 치료받고 나서 다시 포천을 지나 만세교리 새터 앞길을 통과해 전방으로 원대복귀하였다.

이러한 삶을 계속하는 동안 KSC에서 나와 다시 전방지역으로 들어가 미군 천막 숙소에서 일하게 되었다. 오늘날로 말하면 군내 파출부로 청소하고 군인들의 옷을 빨아 주고 구두를 닦아 주는 허드렛일을 해 주었다. 그래도 월말이면 일 인당 얼마의 월급을 받는 생활을 하고 군인들과 같이 잘 먹으니까 의식주에 관한 한 별 어려움이 없었다.

그러나 고생은 많았다. 겨울에 옷을 빨래면 더운물도 없고 하여 군복들을 군용백 double bag에 넣어서 개울에 나가서 얼음물에 빨아야 하는데 비누는 얼지 않고 손이 시려 왔다. 겨우 비누칠을 하고 바윗돌에 놓고 빨래판을 두드리듯 계속 때리고 또 때리고 했다.

이제 불꽃 튀던 남북 간 전쟁이 소강상태에 들어가면서 미군 측에서 정전(停戰)협상 중이었다. 그래서 조금은 상황이 조용해지자 군부대에서 집으로 편지를 하면 가고 또 집에서 편지를 하면 내가 부대를 통해서 받을 수가 있었다. 어느 날 집에서 온 편지를 받아본즉 아버님과 형님이 나를 많이 걱정하시며 어서 와서 학교를 계속하라는 내용이었다.

나는 마음을 잡고 봇짐을 싸 가지고 집으로 돌아왔다. 어머님과 아버님을 비롯해 온 식구들을 반가이 맞으며 모두 막내아들이 어른이 되어 돌아왔다고 주위에서 칭찬이 자자했다.

제2부

생존

먹기 위해 사는가, 살기 위해 먹는가?

둥지는 둥지일 뿐, 알에서 깨어난 새는 스스로 살 궁리를 해야 한다.

5.
군대

         1957년 조석으로 시원해지는 초가을에 군에 입대하라는 영장이 나왔다. 하기야 이때 내 나이 23세, 첫 번째 영장을 고등학교 3학년 때 나와서 논산 훈련소를 가기 위해 영등포 로터리 구청 앞에서 모여 영등포역에서 곳간차를 타고 군산역에 가서 대기 중 거기서 신체검사를 하고 다음 행로를 대기 중이었었다.

    이때 아버님이 서울에 오셔서 성남고등학교 교장이신 김석원 장군을 만난 일이 있었다. 아버지는 교장에게 수업 중인 학생을 어떻게 군 입대를 시키느냐고 강력히 항의를 하시어 김 장군이 국방부를 통해 조처해 나는 신체검사를 마치고 집에 와서 학업을 계속한 일이 있었다.

    그러나 이번에는 정식으로 군산에 내려가서 신체검사 하는 보충대에 들어가 검사를 마치고 정식 군번 10225680을 받았다. 군번줄을 목에 걸고 논산훈련소에 입소하여 29연대에 배치가 되어 열심히 훈련을 받고 있었다.

    우리는 서울서 온 사람들과 함께 훈련생활을 하는데 주말이면 서울에서 부모 형제 혹은 애인들이 면회를 와서 면회장은 늘 북적댔다. 이들은 가족들과 하루를 즐기고 술에 취해서 기분 좋게 들어오는데 나는 올 사람도 없었다. 내 자신이 쓸쓸함을 위로하고 살아가는데 고모네 사촌 동생 동준이가 한 번 면회를 왔다. 그때 얼마나 반갑게 하루를 면회소에서 보냈는지 몰랐다.

기초훈련을 3개월 반 만에 마치고 제2 훈련소인 이리로 가서 짧은 기간을 마치고 부대 배치를 받으러 가는데 창동과 의정부 사이 도봉산 밑에 있는 101보충대로 가게 되었다. 추운 겨울철에 거기 가서 아는 사람도 없고 하여 좀 편안한 데로 가게 되었으면 하고 기다리던 차에 불행히도 육군 전방부대 동두천과 연천 중간인 신살리에 위치한 육군 28사단에 배치가 되었다. 그 추운 날 눈을 맞으며 트럭을 타고 사단에 도착하니 체격이 좋다며 중화기 중대에 배치를 하는 것이었다. 아무것도 모르고 가라는 대로 갔더니 중화기 중대는 상당히 무거운 직사포와 박격포 등을 메고 움직이는 임무였다. 하루는 훈련을 한다며 그 직사포를 메고 뛰어가서 세워 놓고 조작해서 사격하는 연습을 하는데 중화기를 메고 뛰는데 어찌나 무거운지 허리 척추가 활처럼 꼬부라지는 것 같고, 단 50미터도 걸을 수가 없었다.

조금 시간을 두고 나서 행정요원이 되고 싶었는데 마침내 보급계 행정요원이 되어 무거운 직사포를 더는 메고 다니거나 사역 같은 것도 면할 수 있었다.

이때는 자유당이 집권 시절이어서 이승만 대통령 치하에서 정정이 상당히 시끄러웠다. 신익희 씨가 독재에 항거하며 대통령에 출마를 했다가 세상을 떠나고, 58년에는 그 뒤를 이어 조병옥 박사가 대통령에 출마를 하였지만 건강이 좋지 않았다. 미국에 벌같이 날아서 갔다가 벌처럼 날아 돌아오겠다던 분이 말기 암이어서 미국 병원에서 수술

도중에 세상을 떠나셨는데, 그때 조병옥 박사의 인기란 말할 수 없게 높았었다. 만약 살아 돌아오셨다면 충분히 대통령에 당선이 되셨을 것이라 믿어진다.

이러한 혼란기에 5월 총선 전에는 휴가를 다 중지시키고 자유당 대통령 후보이자 이승만 대통령을 찍으라고 상부에서 강권하기에 거수기 노릇을 했다. 이 박사가 당선된 후에 휴가가 시작되어 첫 휴가를 받아 서울에 나와서 쉬다가 그때 철원이 아저씨가 있어서 놀러 갔다. 만나서 군 생활이 힘들다 이야기하였더니 자기가 육군본부 인사참모부에 아는 일등 상사가 있다며 군번과 소속부대를 알려 달라고 하기에 다 적어서 드리고 부대로 들어와 있었다.

얼마 후에 육특을(陸特乙)로 미제1군단요원이라는 명령이 났다. 그때 어찌나 반가웠는지 모른다. 거기서 누구도 내가 그런 전출명령을 받으리라는 생각도 못 했다. 바뀐 내 처지에 다들 부러워하며 중대장도 그때서야 내가 만만치 않을 존재임을 알아차린 듯 기다리는 동안 대우가 금방 달라져 감을 느낄 수 있었다.

거기서 전속 봇짐을 싸 가지고 영등포 구로동에 있는 제2보충대로 출두하게 되어서 날짜에 맞추어 부평에 있는 ASCO서 미군병원으로 가서 신체검사를 마치고 합격하여 며칠 후 의정부 제1군단본부로 인솔되어서 갔다.

거기서 우연하게도 부관부(副官部)에 한국군(KATUSA) 인사문제를 담당하는 고등학교 동창인 오철수가 있어서 반가이 맞으며 나도 미부관부 서식 및 규정 등(AG-PUBLICATION)과 같은 출판물을 취급하는 사무실로 배치를 받고 힘들이지 않고 사무실에서 근무하게 되었다. 덕분에 잠 잘 자고 늘 양식을 먹으며, 자주 서울 외출도 나올 수 있었다.

의정부 시내는 저녁마다 나가서 외출을 할 수가 있었는데 지금도 잊지 못하는 것이 있다. 주말을 맞아 외출을 받아서 포천 고향 한바위를 갔다. 걸어서 억병 형님네 집에서 들어가는데 계속 짖던 개가 조용하더니 뒤로 쫓아 들어오더니 나의 발뒤꿈치를 물었다. 순간 신발을 벗고 양말을 벗어 보니 피가 나는 것이 아닌가. 그리 아프지는 않았지만, 부대에 들어와서 군 의사한테 보여주었다. 군의관이 진단하고 보더니 사무실로 가라고 하여 와서 근무를 하고 있으니까 미군 헌병(MP)이 찾아와서 군의관으로부터 연락이 왔는데 나하고 같이 가서 그 문 개를 잡아오라고 한다며 거기가 어디냐며 함께 가자는 것이다.

그래서 헌병과 지프차(JEEP)를 타고 포천 한바위까지 가서 개를 잡으려니 영 짖으며 잡히질 않아 고생을 하다가 그냥 가자 했더니 헌병이 총으로 쏘아서라도 잡아가야 한다기에 고생 끝에 잡아가지고 입마개를 해가지고 부대 옆 미군병원 소곡 동물병원(ANIMAL HOSPITAL)에 인계하였다. 2주간 그 개의 광견병 증세를 매일 조사를 하더니 다행히 광견병 증세가 없었다. 그간 그 개에게 포식하게 하여 다시 끌고 한바위 형에게 인계를 하고 돌아온 일이 있었다. 만약 개가 광견병이 있었더라면 나는 병원에 들어가서 말할 수 없는 힘든 예방주사(RABIES)를 가슴과 목 분야에 맞을 뻔하였다. 정말 큰 다행이었다.

이러한 쉬운 군 생활이건만 1960년에 들어서며 벌써 제대할 걱정에 휘말리게 되었다. 앞으로 무엇을 해야 하나 은근히 걱정이 되었다. 이제 나를 따뜻하게 받아드릴 곳도 사람도 없다는 걱정을 하며 5월 말이 되어 제대 특명을 받았다. 그동안 정든 미1군단을 떠나 영등포에 있는 제2보충대로 가서 제대수속을 하고 사회인으로 탈바꿈을 하게 되었다.

6.
객 지

아버지는 꽉 찬 만 3년의 군대생활을 마치고 30살 되던 해 제대하여 서울 남쪽 영등포구 대방동에 정착해 미곡상을 시작하였다. 이곳에 살면서 고종사촌 누님과 쌀가게를 시작하기로 했다. 그런데 쌀가게를 개업하긴 해야 하는데 자본이 없으니 참으로 막막하기 짝이 없었다.

우선 군에서 막 제대를 했을 뿐이지 사업을 시작하기엔 무일푼이었다. 다행인 건 군대에 있을 때 금반지 5돈을 해서 나온 것이 있었다. 그것하고 누님이 갖고 있던 금반지를 합쳐 장사 밑천으로 장사를 시작했다. 가게는 대방동 시장 안에 임시 건물에 터(지금의 가게 자리)를 잡았다.

생전 장사를 해보지 않으신 아버지가 누님과 동업을 시작한 것이다. 그것도, 쌀장사라니!

…

대방동 우리 집은 일제가 패망하고 떠난 적산가옥들이 도시정비가 잘 된 계획도시처럼 바둑판 모양으로 50여 호가 밀집해 있는 동네에 있었다. 내부 구조는 다다미방이어서 마루방에 침대 생활을 하게 되었었다. 그 바람에 생각지도 않게 어린 날 침대 생활을 할 수 있었다. 문은 미닫이여서 열고 닫을 때 드륵 드륵 소리가 났다.

객지에서의 삶은 고단한 일이었다. 연고도 없는 곳에 홀로 와 산다면 마른 땅에 헤딩처럼 어려운 일이었다. 특히 6·25 이후 월남한 가족들은 그야말로 작은 인정이라도 있으면 고마운 일이었다. 각박한 세상에서도 인정 많은 사람도 살았다. 길을 지나다가 문패를 보고 같은 성씨이면 무조건 대문을 두드려서 들어간다. 처음엔 낯선 방문을 꺼리지만, 이북에서 내려와 단신으로 내려왔는데 친척일 것 같아 찾아 들어왔노라 하면 인정 많은 사람은 대개 말문을 터 주고 살길에 대한 조언을 주기도 한다. 좀 더 인정을 베풀면 당분간 기거할 공간도 내어주며 안정이 될 때까지 살라 하는 경우도 있다. 이처럼 비빌 언덕이라도 있어야 산다는 말처럼 사람이 살아가는 것도 그 언덕이 중요했다.

다행히 포천 시골에서 서울로 온 우리 식구가 대방동에 둥지를 틀며 정착해 삶의 터를 잡게 된 것은, 1·4 후퇴 때 잠시 끊긴 한강 다리를 넘어 남하하던 중에, 잠시 들러 숨 돌렸던 정동선 씨 댁의 도움이 컸다. 그 집엔 고향 대고모부가 살고 있었고, 동선 씨 부부 슬하에 딸 셋에 아들 둘이 있었다. 대고모는 포천 신북면에 사는 조 씨 가문의 종 자 구 자 함자를 쓰시는 분의 삼남매 중에 첫째 딸이었다. 신읍 가채리 정 씨 가문의 하 자 영 자 함자를 쓰시는 분과 결혼해 정 씨 가문과 인연을 갖게 되었다.

무슨 이유인지는 알 수 없으나 대고모가 혼자되셨지만, 그때 생활이 넉넉했기에 아들 동선 이를 서울 유학 보내 두고 있었다. 그는 내 아버지와는 두 살 터울의 형님이었는데, 머리가 명석해 집안의 기대에 맞게 왜정 때 지금의 을지로 6가 국립의료원 자리에 있던 경성제국대학(지금의 서울 대학 전신) 수학과를 나와 교편을 잡고 있었다. 물론 그가 대방동에 터를 두고 살게 된 동기도 어쩌면 해방이 되자 그의 스승이었던 일본인이 남기고 간 적산가옥을 물려받았을 것으로 추정된다. 집은 어림잡아도 100여 평쯤 되었고, 밭 또한 오백여 평은 조금 넘어보이는 집이었으니 객지에 와 이종사촌 집에 세 들어 사는 우리에겐 얼마나 부러운 일인가.

아버지는 동준 씨의 큰아버지 정근영 씨 하고 영등포 경찰서에서 경사로 근무하고 있던 누님의 삼촌 도움으로 대방동 시장에 점포를 외상으로 하나 얻었다. 난생 처음으로 쌀 5가마를 갖다 놓고 누님하고 동업을 시작했다. 그런데 참 난감했다. 장사 수완이란 게 하루아침에 이루어지는 일이 아니잖은가. 쌀장사를 하려면 단골을 잡아야 하는데 누님이 대방동에 살면서 쌓아온 안목으로 거래 손님들에게 외상을 주어가며 단골을 늘려갔다.

차츰 장사 규모가 늘어나 이제 사채도 얻어 써가며 가게엔 쌀 10여 가마씩 늘려 쌓아 둘 정도가 되었다. 그러자 영등포 시장의 미곡 도매상도 차차 알게 되어 서로 거래가 이루어지면서 이제 도매상에서도 외상으로 쌀을 미리 대주게 되었다. 당시 도매상의 주인은 강 씨 성을 가진 사람이었는데, 이북 해주에서 월남한 사람인데 키도 훤칠하고 피부색도 하얀 미남이었다. 그런데 성격이 어찌나 꼬장꼬장하고 빈틈이 없었던지 처음엔 외상으로 쌀을 대오기가 여간 힘든 사람이 아니었지만, 도매상도 자기의 소매상 거래처가 많을수록 사업이 번창하는 것을 아는 까닭에 차츰 우리와도 안면을 트면서 서로 친절히 대해 주었다.

가게가 제법 틀을 갖추게 되어가니 이제 단골을 잡는 것이 문제였다. 단골을 만들자니 쌀을 외상으로 주는 사례가 많아 자연 장사하는 입장에선 현금 확보가 어렵게 되었다. 그나마 월급쟁이 공무원이 외상으로 대 먹으면 월급날 따박따박 외상값을 받는 재미가 있었지만 그렇지 않은 집에 외상을 대준다는 것은 한 달 후에도 도무지 현금이 돌지 않게 될 정도로 외상값을 받기 어려웠다. 아버지는 어떤 땐 외상값 받으러 가면 허탕 치기 일쑤가 되어 돌아오지만, 그땐 엄마가 나서 외상값을 받아 온다. 오히려 내 배 째라 못 주겠다 할 정도의 몰 인심은 없었지만, 엄마는 말을 잘했다. 맨날 학교도 못 다녔다고 아버지가 골려 댔지만 정작 좀 배웠다고(그것도 초등학교) 으스대던 아버진 외상값도 제 때에 받아 오지 못하는 게 아닌가. 그럴 때마다 엄마는 저 인간이 펜대나 굴리고 살 사람이고 이렇게 장사나 하고 살 사람은 아니지 하며 남편의 주변머리 없음을 탓하듯 쏘아붙여야 직성이 풀렸다. 그러면서 우리 아버지가 날 학교만 보내주었어도 이렇게 살진 않는다고 투덜대시곤 했다.

...

사실 아버지는 포천 신읍 우편 편집국에서 편지나 소포를 배달하는 일을 한 2년 했었다. 그러다가 포천 경찰서에 시험을 쳐 합격해서 순경으로 관내 지서를 돌며 근무하던 중에 6·25 동란을 맞은 것이다. 동란이 끝나고 다들 경찰로 복직했는데, 아버지는 인민군이 잠시 고향 포천 한바위에 머물러 있는 동안 자수하면 살려 준다는 소리에 포천 신읍에 잠시 있던 인민위원회 치안대에 자수한 이력 때문에 복직신청이 상부에서 받아들여지지 않았다. 그러다가 포천군수의 도움 받아 청산면 사무소 서기로 2년 재직 중에 군대에 가게 되었다.

사람의 운명은 자신도 알 수 없는 곳에서 뒤틀리나 보다. 제대 후에 아버지의 운명은 바뀌어 서울로 오게 되었고, 급기야 한 번도 해본 일이 없는 장사를 시작한 것이었다. 그러니 엄마가 저 양반은 장사할 사람이 아니란 걸 딱하다는 듯 말해 버린 것도 일리가 있었다.

그런 말 듣고도 아버진 엄마에게 별 대꾸도 할 수 없었다. 자신이 생각해 봐도 장사는 내가 할 일이 아니었음을 수긍하는 듯했다. 다만, 목구멍이 포도청이고 자식들은 무 자라듯 쑥쑥 커 오고 있으니 장사라도 해서 생계를 꾸려 나가지 않으면 안 되겠기에 시작한 게 아닌가. 그 바람에 아내에게 미안한 일이었다. 집 안에 들어앉아 각이 지게 빳빳이 다림질해 놓은 남편 경찰 제복 매무새를 잡아 주고 모자를 씌워 주며 출근길을 돕던 아내를 생각하면 가장으로 미안했다. 이런 힘든 육체노동을 같이하게 했으니 자책이리라. 그러나 어쩌랴. 달리 살 방도가 없지 않은가.

　…

대방동은 무슨 이유에서인지는 모르지만 군사적으로 요충지임엔 틀림없다. 왜냐하면, 6·25 동란을 맞아 대구 등지로 이전하는 우여

곡절 끝에 국방부 산하 육해공군 중에서 공군은 1948년 1월 1일 창설해 49년 육군항공사령부에서 독립, 회현동 임시청사에서 출범했다. 출범 직후 6·25를 맞았다. 1955년 대구에 이전해 주둔하고 있던 공군의 본부가 이듬해 1956년 6월 대방동에 터를 잡고 들어섰다. 그리고 보라매의 상징인 공군사관학교도 56년 당시엔 경기도 시흥시의 북쪽 끝자락인 대림동과 맞닿아 있었다. 당시엔 서울공고와 사관학교 사이엔 온통 논밭이어서 밤이면 불빛이 보이지 않았다. 조선 시대엔 가장자리를 뜻하는 번댕이라는 마을이 있어 번대방리로 불리던 이곳은 경기도 시흥군에 소속돼 있다가 1936년 서울로 편입된 역사가 있다. 1956년 부대 설립 때만 해도 논밭뿐이었던 곳에 문창동과 대림동을 경계로 있었던 공군사관학교는 훗날 1989년 대전 근교 계룡대로 이전할 때까지 대방동에 남아 있었다.

한편 광복 직후 1946년 창설된 해군은 6·25 이후 전쟁 시련을 딛고 필승 해군의 기틀을 다져 나갔다. 정부와 함께 부산으로 이동했었던 해군본부가 1960년 9월 1일 신길동에 새 둥지를 틀었다.

구한말까지는 시흥군 하북면 신길리(또는 신기리) 상방하곳리 및 번대방리 우와 피리 일부였다. 1914년 시흥군 북면 신길리였다가 1936년에 경성부로 편입되어 신길정이었다가 1943년 영등포구에 편제되어 1946년 법정동 신길동이 되었다.

일제 강점기에는 물맛이 좋기로 유명해 일본인들이 대방동에 몰려 살고 있었다. 물은 식수로 쓰고, 목욕탕은 폐결핵 환자들의 요양소로 쓰일 정도로 괜찮은 곳이기도 했다. 주택가 산 밑에 용마 우물이 있었다. 용이 우물에서 나왔다는 전설에 따라 붙여진 이름이다. 공군본부

뒷산 이름도 용마산이었고, 그 산을 둘러싸고 성남중·고교가 들어섰는데 용마산 또한 용이 하늘로 올라갔다고 해서 붙여졌다.

1956년 여름 내가 대방동으로 이주해 와 살 때는 이미 반듯한 사립 성남중·고등학교와 공립 서울공업고등학교 두 개의 학교가 있었다. 둘 다 역사가 있는 학교들이었다. 초등학교 시절에 동네 또래 친구들과 두 학교 운동장에 가서 많이 놀았다. 1926년부터 시작한 성남중·고등학교 정문에 들어서면 현관 높은 곳에는 '의에 살고 의에 죽자'는 교훈이 한 눈에 쏙 들어오는 높이에 달려 있었다. 어린 눈에도 그 말의 의미는 잘 몰랐어도 눈에 쏙 들어왔다.

1899년 5월 고종황제 칙령으로 상공학교로 설립된 서울공업고등학교의 역사는 더 찬란하다. 1939년 대방동 교사로 이전해 5년제 경성공립공업학교로 개편되어 1951년 서울공업고등학교로 교명을 바꾸어 오늘날까지 이어오는 명실상부한 공업계의 으뜸리더가 되어온 학교였다. 교훈은 '개척·협동·봉사'였으니, 6·25 동란 후 폐허가 되었던 나라에 성장 동력으로 이만한 구호도 없을 듯했다.

이처럼 시골 촌뜨기였던 내가 서울로 이주해 와 살기엔 주변이 너무나도 좋은 교육환경이었다.

...

우선 시골에 있는 아이들을 서울로 데려와야 했다.

"여보, 당신이 시골에 가 애들을 데리고 와요."

엄마는 그간의 고초에 많이 지쳐 있었지만, 애들을 데리러 간다는 생각만으로도 힘이 나는 듯했다.

　고향에 당도하니 큰애는 학교엘 가고 없었고, 딸이 밖에서 동네 아이들과 고무줄놀이를 하며 놀고 있었다. 엄마를 보자 반가워 와락 달려들어 안기는 딸을 안고 보니 엄마의 눈물샘이 터지지 않을 도리가 없었다. 옷고름으로 눈물을 훔치고는 방 안으로 들어가니 시어머니만 계시고, 시아버지는 장사를 하시느라 밖에 계셨다. 시아버지는 푸줏간을 하고 있었다. 장사는 그런대로 잘 되어 가고 있었지만, 버는 것보다 쓰는 게 더 많으신 양반이다. 허우대도 좋고, 힘이 장사였다. 목청은 어찌나 큰지 만세교리에서 그만한 목소리를 낼 줄 아는 사람은 없었다.

　누구와 시비라도 생기면 당해 낼 자가 없었다. 배운 건 없어도 윗대로부터 들어온 학자풍한 풍월 때문에 조목조목 따지듯 말하면 상대는 할 말을 잃어버린다.

　며느리가 서울서 내려왔다니 장사하시다 말고 달려 왔다.

　"며늘애야 왔니? 서울서 내려오느라 고생했겠구나. 시장하겠구나."

　"아뇨. 아버님. 오다가 의정부 시외버스 정류장에서 잠시 쉬는 동안에 간단히 요기를 해서 괜찮아요."

　이런 얘기는 시어머니가 먼저 해 주면 좋았다. 시어머닌 며느리가 와도 딴청이었다. 시어머니의 표정을 보면 알 수 있었다.

　'며느리 온 게 뭔 대수라고…' 속으로 중얼거리시는 것 같았다.

　아들 슨행이가 금주리 금주국민학교 2학년에 다니고 있었다. 그때 대문간에서 "학교 다녀왔습니다." 하고 보고하듯 외치며 학교에서 돌아온 아들에게 엄마는 대뜸 서울 가서 공부하자고 했다.

　물론 아들은 영문도 모르지만 서울 간다는 소리보다 엄마와 함께 간다는 소리에 "네, 엄마. 아이 좋아라." 하며 신나 했다.

아들은 아버지, 엄마가 서울 가서 장사를 시작하는 동안 제 밑 여동생 자야와 동갑내기 고모와 함께 할아버지, 할머니 밑에서 살고 있었다.

할머니는 우리들에게 핀잔거리가 생기면 으레 슨행이에게 먼저 돌아갔고, 당신이 40살에 늦둥이로 본 춘이는 각별히 따로 챙기셨다. 밥상에서 보면 할머니의 편애가 금방 나타난다.

엄마가 시골 다니러 오셨다가 우리들 주라고 신읍에서 사 온 생선을 시어머니에게 맡기고 돌아간 일만 봐도 그렇다. 조기나 꽁치 토막이 밥상에 올라오면 아이들은 그게 얼마나 먹고 싶었겠는가? 할아버지 밥상을 따로 아랫목에 챙겨 드리고 아이들 셋은 윗목에 따로 음식을 먹을 때도 유독 할머니의 딸 사랑은 유별났다. 할아버지가 먼저 식사하시다가 맛있는 반찬을 남겨 줄 때도 할머니는 당신의 딸 먼저 챙기고 그다음으로 우리 둘에게 주셨다. 물론 그 양이라야 별것도 아니었어도 어린 나의 눈에도 층하를 두시는 할머니가 못마땅했다.

엄마는 1957년 영등포구 대방동에 두 아이를 데리고 왔다. 시골 금주초등학교에서 대방초등학교(1955년 4월 27일 개교)로 7월 전학을 오게 되었다. 당시 1915년 일제 강점기에 영등포 신길리에 개교한 초등학교가 8·15 해방으로 우신초등학교(1945. 9. 24.)로 재개교를 하고, 이후 1955년 4월 7일 대방초등학교로 분리되었다. 그러므로 내가 다닐 초등학교는 때마침 교사 신축공사 중이어서 교실 세 칸에 바닥에 앉아서 공부를 해야 했다.

"여러분! 이번에 새로 전학 온 조슨행을 소개해요. 다들 조용!"

바닥에 앉아 산만하게 떠들던 학생들이 일제히 내게 시선이 쏠렸다. 갑자기 수줍어 난 고개를 숙였다. 숙맥 같게도. 그렇게 촌뜨기의 하루가 지나갔다.

...

내가 다니던 대방국민학교는 지대가 높은 산을 깎아 지은 학교여서 직사각형의 네모 모양으로 북쪽에는 교문이 나 있었고, 남쪽엔 쪽문으로 후문이 있었다. 학교에 들어서면 정면에 동서로 일자 건물의 교사와 남북으로 일자 건물로 제법 큰 교사가 있고, 그 밑으로 운동장이 있었다. 물론 교무실 동 옆 건물에는 소사가 묵는 숙직실도 있었다.

담장은 돌로 축대를 쌓아 올렸다. 담 밑으로 빙 둘러 집들이 다닥다닥 붙어 있었다. 동쪽 담장 밑은 대로변에서 50미터쯤 나오면 대로가 있다. 대방동과 신길동을 가르는 도로이다(어쩌면 난 이 도로를 타고 안양 쪽으로 엄마 아버지의 손에 이끌려 피난 간 길이리라). 길옆엔 서울공업고등학교가 일제 강점기부터 터를 잡고 자리한 곳이다.

주로 큰 도로 동쪽에 살던 어린이들은 이 도로를 넘어 북쪽의 교문을 이용하는데, 교문에 들어가기 전 담장 밑으로 낙농 농장이 하나 있었다. 축사 우리 안에는 10여 마리의 젖소가 있었고, 등굣길엔 두엄 냄새가 진동했다. 가끔 하굣길에는 젖 짜는 모양도 볼 수 있었다. 더 신기한 일은 젖소가 새끼를 낳는 장면이었다. 젖소의 큰 엉덩이에서 새끼가 나오는 장면을 어찌 볼 수 있겠는가. 여러 애들하고 몰려들어 지켜보고 있으면 목장 주인은 조용히 하라고 주의를 주거나 소가 놀라지 모르니 빨리 집으로 가라고 일부러 가라는 시늉을 했다.

소는 앉아서 큰 핏덩이를 엉덩이에서 반쯤 내어내는 신비로운 장면을 볼 수 있었다. 그 모습이 마치 붉은 해가 하나 젖소에게서 나오는 모양처럼 보였다.

그리고 담장 남쪽으로는 논이었고, 서쪽으로는 '구부락' 동네가 있었다. 그런데 이 동네는 참 희한했다. 골목을 벗어나면 얕은 동산이 있는데 그곳엔 곳곳에 만신 깃대가 꽂혀 있었다. 그곳엔 무당들이 많았다. 큰 굿이 있으면 아이들과 구경 가서 무속인의 작두 타는 모습도 볼 수 있었다. 무당은 울긋불긋한 치장을 한 옷을 입고, 한쪽 손엔 요령을 들고 딸랑딸랑 요란하게 흔들어댄다. 오른쪽 손엔 부채를 들고, 옷은 긴 남색 치마 붉은색 치마 위에 마치 포도청에서 나온 대감 모양같이 위엄이 있었다. 어린 맘에도 그 모습은 섬뜩했다. 촛대에 촛불이 켜 있고, 제사상은 이리도 화려하게 올릴 수 없을 정도로 최상품의 사과 배 감 등이 올려져 있고, 사모관대 꿩 깃을 꼽은 전통 복장을 한 사람이 뭐라 뭐라 주문을 외면 신주 앞에다 대고 곱게 한복을 차려입은 공양을 의뢰한 신도들은 양손을 공손히 모아 비는 시늉을 한다.

신복은 굿의 종류에 따라 다르겠지만, 일반적으로 빨강 색동저고리에 남색 감색 치마저고리 도사복 머리띠 등이 현란한 색깔이 많았다.

무당을 찾는 사람들은 공수를 통해 길흉화복을 점치고 신탁으로 자신의 처지를 셈하게 된다. 무당은 신의 말씀을 듣기 위해 격렬한 도약무를 추어 신명을 돋우고 접신을 해 신탁을 전한다. 이런 일련의 굿이 자주 있었다. 굿을 하고 병이 낫다는 소문이라도 나면 그 집 무당은 그 날부터 유명인사가 되는 것이다. 시골에 살아도 못 보던 장면을 서울에 와서 보는 것이니 신기했다.

   …

교사 신축이 끝나고 3학년부터 새 학교에서 초등시절을 보냈다. 그때만 해도 도시락을 벤또라고 자주 썼는데 점심시간은 늘 즐거웠다. 벤또에 쌀밥에 계란 프라이를 얹어오는 학생은 부유한 집 자식 축에 들어갔다. 대부분 학생들의 점심 벤또엔 꽁보리밥에 반찬은 고추장, 된장, 콩자반 등이었다. 고기반찬에 다꾸왕(단무지)을 싸 온 학생은 웬만한 유복한 가정의 자제가 아니면 구경도 힘들었다. 실제로 학교 정문 옆에서 산부인과를 하는 김위원이란 애는 벤또가 화려했다. 점심시간이면 무슨 구경거리라고 그 애 책상으로 우르르 몰려들곤 했다. 그렇게 모두 어렵게 살던 시절이었지만, 조기와 오징어는 풍어를 이루어 서민들에게도 흔하던 시절이었으니까 더러 도시락에 조기 따위의 생선을 반찬으로 넣어 보내는 부모들도 있었다. 젓가락 하나만 들고 돌아다니며 남의 도시락을 뺏어 먹는 친구들도 있었다.

내 친구 가운데는 어릴 때 천연두를 앓아 살짝 곰보가 있었다. 곰보는 참으로 천형처럼 여기던 시절이었다. 아이들 때는 그 말이 얼마나 듣기 싫은 이름이었던가? 자신의 몸 안에 핸디캡을 갖고 산다는 느낌은 당사자가 아니면 모르리라.

아무튼 내겐 단짝 셋이 있었는데 얼굴이 살짝 곰보인 귀연이와 공부를 잘하는 똑똑한 친구여서 붙여진 별명이 똘이인 종이와 아버지가 순대 장사를 해서 별명이 순대인 남이이었다. 남이네 집은 길가에서 순댓국집을 하고 있어서 가끔 그 집을 지나칠 때마다 식구들이 옹기종기 방 안에서 순대를 벌리고 양념이 잘 된 밥을 밀어 넣는 장면을 볼 수 있었다. 어떤 땐 일손이 달리면 나더러 자기 집에 와서 도와 달라고 할 때가 있다. 돼지 창자에다가 밥을 밀어 넣는 일이었다. 손에 창자 냄새가 나기는 했어도 재미있었다.

큰 양은 통에 순대를 넣고 푹 끓이면 국물에서 올라오는 김 냄새가 묘한 냄새를 풍겼다. 뜨거울 때 칼로 조각조각 썰어 놓고 손님을 기다린다. 손님이 오면 따끈한 국물에 순대를 넣고 다시 끓여 내놓는다. 한 잎 물면 돼지 곱창의 냄새가 입안에 감돈다. 그땐 밥을 먹었다는 기분보다는 오히려 고기를 먹었다는 기분이 더 좋은 음식이었다. 명절 외에는 고깃국을 먹기 어려운 형편에 순대란 인기 있던 시절이었으니까.

...

내가 처음 서울 와 산 집은 일본인들이 집단으로 살다 떠난 잡단 거주지였던 모양이다. 그곳에 일찍이 대고모님 따님이신 아주머니가 살고 있어서 아버지 어머니가 서울 와 처음 둥지를 만들어 살기 시작한 곳이었다. 일본인들의 관사였던지 50여 호가 바둑판 모양으로 가로세로로 10호씩 다섯 줄로 줄 맞춰 똑같은 집으로 지어져 있었다.

건물 안은 현관으로 들어서면 신발장이 있었고, 각 개의 방으로 이어지는 바닥은 나무 바닥인 마루를 깔았다. 물론 방도 바닥이 마루이긴 마찬가지지만 침대 생활을 했나 보다. 안방과 거실은 아주머니가 살았는데 나보다 한참 위인 누나와 비슷한 또래의 딸과 막내딸까지 딸만 셋이 아주머니와 함께 살았다. 남편은 일찍이 돌아가시고 딸만 있어 먼 친척에게서 양자를 해 온 상석 형님이 함께 살아가고 있었다. 나보다 10살 위였다.

엄마, 아버지, 여동생 그리고 나. 우리 식구 넷은 그 집 방 하나를 세 들어 살게 된 것이다. 문밖엔 화단도 있고, 집과 집 사이에 직선으로 그 폭이 차가 한 대는 충분히 드나들만한 길이 있었다. 일부러 도시계획을 세워 지은 집단 거주지였나 보다. 이런 집들은 해방을 맞아 거저 주운 것처럼 들어가 산 사람들이 많았다. 어쩌면 일제 말기이긴 하나 돈 푼 꽤나 있고 신식 교육의 물은 먹은 사람에게나 그런 복덩이를 차지할 수 있었던 것 같다. 말하자면 일본인들이 떠나고 난 빈집, 이름 하여 적산가옥인 것이다.

"적산가옥은 패망한 일본인 소유였던 주택을 지칭한다. 1945년 8월 15일 일본이 제2차 대전에서 패망한 후 한반도 38선 이남을 통치한 미 군정청은 패전국 소속 재산의 동결 조치를 내리고, 이어서 「조선 내 일인 재산의 권리 귀속에 관한 건(1945년 12월 6일 제정)」을 제정했다. 따라서 남한 내 일본인 소유재산을 법적 절차에 따라 모두 인수하였다." 당시에 적산은 큰 사회적 이슈가 되긴 했지만 좀 배운 사람들은 그런 토지나 땅 가옥 등을 불하받아 떵떵거리며 살 수 있었다. 우리네 무지한 사람들이야 언감생심 그 같은 횡재를 꿈도 못 꾸던 시절이었다.

1956년은 내가 시골서 국민학교 2학년 2학기에 전학을 와 이 집에서 살기 시작했는데 오자마자 경사가 생겼다. 엄마가 남동생 주영이를 낳으신 것이었다. 산월일이 되어 남산만한 배를 이끌고 아이를 낳을 곳이 없어 대고모 집으로 갈 수밖에 없었다. 아버지는 장사를 하시고 우린 어렸기 때문에 아무도 엄마가 아이 낳은 일을 도울 사람이 없었기 때문이었다. 우리 집에서도 잰걸음으로 가면 5분 거리에 대고모님이 사시고 계셨고, 엄마 해상관도 잘 해 주실 수 있었기에 그 집으로가 동생을 낳았다. 일주일만에 애를 안고 집으로 오셨는데, 아이의 눈이 참 예뻤다. 여동생 자야와 번갈아 가며 애를 돌봐주며 아이는 커갔다. 식구가 하나 더 늘어났으니 부모님은 걱정이셨지만 이웃 양공주집 도움도 받았다. 우유가 얼마나 귀하던 시절인가. 피엑스 물건을 몰래 몰래 구해 쓰던 시절에도 그 아줌마는 내 동생을 위해 분유 한 통을 가져다 주었다. 얼마나 고마운 일인가. 간혹 우리를 만나면 우리 남매가 깍듯이 인사를 하면 검둥이 남편도 우리를 귀여워 해 주곤 했다.

...

우리가 아버지 이종사촌 집에 세 들어 1년을 살던 집은 큰 도로변에 있는 첫줄 중간에 있었다. 무슨 이유에서인지 모르지만 내가 3학년 때 우린 이사를 해야 했다. 이사 간 곳은 관사 단지의 세 번째 줄의 중간에 있는 집으로 이사를 했다. 그 집엔 딸 둘과 혼자되신 엄마가 살고 있었다. 그 당시 남편이 없다면 필시 동란 중에 잘못되어 죽었거나 병으로 죽었든지 둘 중 하나였다. 거기까지는 알 필요가 없었지만 내겐 성장하면서 오래도록 내 인성의 근본을 잘 다지게 해 준 고마운 인연의 집이었다. 우선 큰딸은 나와 나이 터울이 누나뻘 되니 그렇고, 둘째 딸은 나와 동창이고 이름은 인자였다. 그 애는 머리가 명석해 학교에서 공부도 잘했다. 나와는 비교가 안 될 만큼 똑똑했다. 창피하지만 학교에서 숙제를 가져오면 그 애를 나의 과외교사처럼 의지

했다. 주인아주머니는 참으로 인자하시고 자상한 분이셨다. 아버지 어머니가 둘이 장사를 나가셨으니까 집에 오면 아이들과 나가 놀거나 했지만, 인자와 같이 사내들처럼 노는 일은 없었다. 그 아이는 늘 책을 가까이했고 난 밖으로 나가 또래들과 놀이에 바빴다.

그런데 이사 간 집에는 아코디언이 있었다. 이전에 세 들어 살던 사람이 아버지에게 물려주고 간 것이었다. 난 학교에서 집에 돌아오면 내 신체에도 안 맞는 아코디언을 양 어깨에 둘러매고 늘렸다 좁혔다 하면서 소리를 내는 게 좋았다. 그때마다 주인집 누나는 내게 한 수 가르쳐준다면서 연주하는 시늉을 하면 난 곁에서 지켜보곤 했다.

그러나 무엇보다도 내 일생에서 중요한 순간은 주인아주머니가 어느 날부터인진 몰라도 날 데리고 대방동 성당에 다니기 시작했다. 새벽 기도회까지 함께 다니셨다. 그것도 5학년 초까지 3년 동안이나 날 데리고 다녔으니까 알게 모르게 내 안에서 어린 신앙이 싹 트고 있었다. 신부님 설교와 연보하는 것, 주기도문과 사도신경 외우기, 미사 등을 어릴 때부터 보아왔지만 어린 내겐 그저 아주머니가 데리고 다니는 대로 따라만 다녔다. 심지어는 주변에서 내게 영세를 주어야 하지 않느냐고까지 하며 대견해 했지만 내가 어린 데다 부모가 성당에 안 다니면 영세를 줄 수 없다고 했다. 난 어린 맘에도 주일날 교인들이 단 앞에 나아가 신부님이 주는 영성체를 받아먹는 교인들을 보고 부러워했었다. 세례교인이 아니면 영성체를 받아먹을 수 없었기에 과연 어떤 맛일까 하고 어린 맘에도 마냥 궁금했었다.

내가 그 집에 세 들어 사는 동안 두 가지 사건이 있었다. 하나는 나도 모르게 아버지가 아코디언을 트랜지스터라디오와 바꾼 사건이었다. 누구로부터 체계적으로 아코디언 연주법을 배운 적도 없지만 학교

갔다 집에 오면 나도 모르게 그 악기에 손이 갔었다. 어깨에 걸치고 펼쳤다 닫았다 하며 왼손가락으로 음반의 음계를 누르며 시간을 보내는 것이 좋았다. 어린 맘에도 속상했다. 내게 일언반구 말도 없이 아코디언을 팔고 쪼그만 라디오로 바꾸시다니! 하지만 직사각형 모양의 라디오는 책상 위에 놓여 있었다. 생김새가 마치 장난감 같았다. 라디오의 겉색상은 빨간색이었다. 채널을 돌려 주파수를 수동적으로 맞춰 방송을 들을 수 있었다. 난 울고 싶었다. 며칠째 밥도 먹기 싫었다.

라디오로 바꾼 그다음 날 저녁 늦은 시각에 장사를 마치고 부모님이 들어오셨다. 아버지는 내가 아코디언을 팔은 걸 서운해하는 표정을 보시고 내게 조용히 자초지종을 설명해 주시었다.

"슨행아, 라디오는 아빠가 군대에서 많이 들었다. 이 조그만 상자로 세상의 소식을 다 들을 수 있단다. 물론 노래도 들을 수 있고…"

"…(말은 안 했지만 아버지가 못마땅했다)."

여동생 자야와 이제 첫돌 지난 주영이도 곁에서 무슨 일인가 궁금해 귀를 쫑긋댔다.

아버지는 주파수 손잡이를 돌리며 전파가 잘 잡히도록 맞춰 주었다.

"음악을 들어볼래?"

엄마는 내 맘을 달래려는 듯 곁에서 "당신은 아들에게 미리 말해 주시지 않고 그랬어요." 한다.

또 한 날은 쥐 소동이었다. 천장에서 쥐가 마구 쿵탕탕탕거리며 이리저리 돌아다녔다. 어떤 땐 찍찍 소리까지 냈다. 천장은 얇은 나무

살에 창호지를 초벌로 바르고 그 위에 다시 꽃무늬가 있는 벽지를 사방 벽과 천장에까지 이어 발랐었다. 하지만 2, 3년 지나면 벽지도 색이 바래고 때도 많이 타기 마련이다. 새로 이사를 오는 경우엔 주인집이 새로 단장을 해 세를 놓곤 했었다. 우리 방 천장은 오래된 벽지인지 가운데가 아래로 볼록 축 처진 데다 구석 모퉁이는 쥐들이 다니며 오줌을 쌓는지 지린 표시가 나기도 했다. 그런데 쥐가 쿵탕거리며 다니다가 한 마리가 다락에 떨어졌다. 주인아주머니와 누나가 빗자루를 들고 한쪽으로 모는데, 그 쥐가 내 정면으로 오지 않는가? 난 순간적으로 그 쥐를 오른손으로 덮쳤는데 손아귀에 잡힌 쥐가 내 손바닥 아래 두툼한 부위를 갑자기 물지 않는가. 제 놈이 살겠다고 날 무니 난 별수 없이 순간적으로 놀라 바닥에 내팽개쳤다. 그놈은 쏜살같이 사라지고 없었다. 내 손에선 피가 나고 있었다. 누나가 신속하게 집에 비상약으로 비치해 놓은 아까정기를 솜에 묻혀 핀셋으로 쥐에 물려 피가 나고 있는 부위를 알코올로 닦아내고 물린 자국이 선명한 내 손바닥에 발라 주었다. 그리고는 압박붕대로 감아 주었다. 언제 그 같은 응급처치 하는 법을 배웠는지 누나가 고마웠다.

그런 일이 있고 6개월이 지나 5학년 초인가 우린 다시 이사를 해야 했다. 내 숙제를 전담으로 도와주던 인자와 헤어지는 것은 참으로 아쉬웠다. 주인아주머니는 늘 자애로운 분이셨기에 헤어지기가 싫었다. 서운했다. 인자는 이삿짐을 쌓는 일도 도왔다. 살림이 그다지 많지는 않았다. 이불과 옷가지 그리고 그릇을 보자기에 싸는 일과 책상이 전부였다. 리어카를 빌려와서 짐을 다 싣고는 떠날 채비를 마쳤다.

"아주머니 저를 데리고 성당을 데려다주셔서 고마웠습니다."

"그래, 잘 가라. 나도 서운하구나."

어른들은 어른대로 세 살면서 삼 년간 쌓아온 서로의 정을 아쉬워했다.

"우리 사는 동안 인자 어머니 고마웠수. 애들이 소란 피워 많이 귀찮으셨을 텐데…."

"아니, 아니지요. 애들이 아주 귀엽고 순했어요. 슨행 엄마, 내가 애 데리고 성당 가는 거 막지 않아 주셔 고마웠다우. 나두 이런 아들 하나 있으면 했다우. 애가 워낙 순하니…."

주인아주머니는 날 아들처럼 아껴주셨다. 뭔 좋은 일이 있으면 당신 딸보다 날 더 챙겨 주신 분이었다. 그러면서 내 얼굴을 보며 "넌, 내겐 좋은 동무 같았구나. 가서 잘 커 훌륭한 사람이 되어라." 하고 날 안아 주며 머리를 쓰다듬어 주셨다.

아주 먼 동네로 이사 가는 것도 아니고 큰 사거리에서 언덕으로 올라가는 길옆이 새로 살 집이었다. 인자는 자잘한 짐을 이사 갈 집까지 들어 날라다 주었다.

인자는 돌아서며 "학교에서 봐" 하고 뛰어갔다. 난 그 뒤에 대고 "응, 학교서 봐!" 하고 큰 소리로 답했다.

그런데 이곳에서도 얼마를 살지 못하고 육 개월 만에 우린 또다시 이사를 했다. 이번에는 우리 집에서 대각선으로 50미터 왼편에 있는 양옥집 2층이었다. 여기서도 얼마를 못 살았는데, 이유는 동생들이 이층에서 막 뛰면 쿵쿵거리는 소리 때문에 아랫집 주인이 시끄럽다는 것이다. 아이들이 크면서 천방지축이었다. 혼나고 나면 또 뛰고 그러니 주인도 짜증 낼 만하다. 엄마, 아버지는 가게 일에 매달려서 우리들이 주인아줌마에게 혼나는 일은 거의 모르고 있었다. 애들이 살면서 뛸 수도 있는 게 아니냐고 엄마가 항변하듯 주인집과 언쟁이 나기도 했지만, 이게 다 세 사는 설움이 아니었나. 그런데 이 집에서 사는 동안에도 난 인자의 엄마 도움이 없이도 성당에 다니곤 했다. 성당에서 날 만나면 반가워서 날 포근하게 안아 주셨다.

1960년 봄이었나 보다. 성당에 구제품이 들어왔다고 동네 사람들이 줄을 서서 차례를 기다리고 있었다. 강냉이 죽을 타 먹기 위해 서 있는 줄이었다. 나도 집에서 냄비를 갖고 줄 섰다. 집 안에 있는 사람들은 식구대로 나와 줄을 서서 죽을 타 먹는 사람도 있었지만, 난 엄마가 장사를 하고 계셔 혼자서 줄 섰다가 죽을 타서 집에 와 다른 그릇에 옮기고는 잽싸게 다시 줄을 서서 죽을 타왔다.

그날 타 온 강냉이 죽은 정말 맛있었다.

그 일 후에 또 구제품이 왔다는 것이다. 또다시 줄을 서 이번에는 의류, 밀가루, 우유, 신발류 등 종류가 많았다. 자기 차례에 오는 것은 뭔지 모른다. 복 길 복인 셈이다. 난 하이힐을 받았다. 그땐 그게 뭔지 몰라서 난 그걸 '뾰족 구두'라 했다. 우리 집엔 그걸 신을 사람이 없었다. 서로 구제품을 받은 걸 자랑하며 무얼 받았느냐고 서로들 물어보던 중에 서울 와 사는 데 큰 도움을 주셨던 대고모님 따님 중에 얼굴이 예쁜 아주머니가 계셨다. 내가 받아온 그 구제품을 자기가 신겠노라 해서 엄마가 그 집에 가져다주었다. 당시에 하이힐 신고 다닌 여자들은 양공주뿐이었다. 고무신을 신고 다니던 시절에 하이힐을 신다니! 그 집에서 온 가족이 보는 가운데 안방에 그 선물을 풀어 놓고 아주머니가 하이힐을 신는 시늉을 했다. 신고 일어서려니 굽이 높아 일어서다가 몸의 중심이 곧게 펴지를 못하고 앞으로 기울어져 넘어질 듯했다. 몇 번의 시도 끝에 신을 신고 서 보니 과연 키가 한 치는 더 커진 사람 같았다. 모두들 깔깔거리며 웃어댔다. 난 본의 아니게 그 집에 귀한 선물을 한 사람처럼 대접받았다. 양공주 소리를 듣고 싶지는 않았지만, 그때 대학생 처녀들은 일부 고무신 대신에 하이힐도 신고 다닌 학생이 있었나 보다.

그런 일이 있고 얼마 후 주일날 성당 갔다 집으로 오는데 누가 내게 쪽지 같은 주보를 하나 주었다. 바로 주일학교 주보였다. 그 날 이후론 난 일요일이면 주일학교에 다니게 되었다. 대방교회는 그리 크진 않았다. 구조물은 본당은 이층으로 들어가게 되어 있었고, 텅 빈 교회당 끝에 설교단이 있는 소박한 교회였다. 바닥에 앉아 찬송하며 박수 치고 하는 모습을 볼 수 있었지만, 난 주로 아이들과 주일학교 선생님 예배를 보았다. 우릴 가르쳐 준 선생님은 남녀 두 분이 있었는데 대학생이었다. 나의 신앙은 이때부터 시작이었던 것이다. 물론 성당을 삼 년간 다녔지만, 체계적으로 신앙 공부를 해 준 것은 그때부터였으니까. 스스로도 부끄러울 만큼 학교에선 둔재였는데 교회에서 머리가 트이기 시작했다.

우리 동네에 유독 문둥병 환자가 한 사람이 살고 있었다. 그는 이

집 저 집 동냥해 먹고 다녔다. 우리 집 가게에 와서도 동냥을 하면 인정 많으신 엄마는 쌀을 한 봉지 담아 건네주곤 했다. 전염이 될까 봐 쌀을 담아 놓으면 그는 고맙다는 인사를 하며 가져가곤 했다.

그런데 그는 지금의 교회 옆 신작로 가에다 텐트를 치고 기거하고 있었다.

성당에선 구제품을 주던 배고픈 시절이었다. 성당에서 강냉이 죽을 받아다가 먹기도 하지만 어떤 땐 손수 밥을 해먹기도 한다. 밀가루를 구제품으로 받은 것을 텐트 안에 차곡차곡 정리해 놓고 반찬은 김치, 무, 단무지, 고추장, 어떤 땐 통조림도 있었다. 아마 그 통조림은 말고기 통조림이었던 것 같다. 그런 고급 통조림을 어디서 동냥했을까? 궁금했다. 언덕 넘어 우리가 살던 집 근처에는 양색시가 살고 있었다. 검둥이와 살고 있었는데 어쩌면 미군 피엑스에서 가져와 먹다 남은 것을 동냥해 온 것일 수도 있었다. 왜냐하면, 일반 서민들은 돈푼 꽤나 없는 사람이라면 미군 피엑스 물건을 만질 수 없었기 때문이다. 그런데 양색시 아줌마는 아주 예뻤다. 화장을 짙게 해서인지는 모르지만, 화장기 없는 맨 얼굴로 동네 사람들과도 아주 잘 지냈으니까. 어린 내게도 참 예쁜 아줌마였다. 그녀는 장사를 했다. 미군이라고 다 피엑스 물건을 다 가져올 수는 없는 것이다. 각자 할당량이 있기 때문이다. 아무튼 양색시 아줌마와 잘 통했던 마을 사람들은 미제 좋은 물건을 써보는 덕을 많이 봤다.

문둥병 아저씨가 텐트에서 음식을 만들고 있었다. 밀가루를 반죽해서 수제비를 끓이는데 그 냄새가 배 속을 긁듯이 배가 고파졌다. 그는 눈썹이 없었고 손 등에서 진물이 늘 나왔다. 난 텐트 옆에 쭈그리고 그이 요리를 지켜보았다.

나보고 먹어 보겠냐며 내 얼굴을 빤히 쳐다보았다. 그때 아저씨의 표정은 어린 내게도 참으로 선하신 사람의 모습이었다. 난 먹겠다는 뜻으로 고개를 끄떡거렸더니 아저씬 텐트 안에 있던 쭈그러지진 양은 냄비 하나를 꺼냈다. 못생긴 그릇이긴 해도 그땐 그런 양은 양재기는 많았다. 그래도 깨끗이 헹굼이 된 양재기에 국자로 버너에서 폴폴 거리며 끓는 수제비를 가득 담아 주었다.

난 맛있게 아저씨와 같이 음식을 먹었다. 동네 어른이고, 애들이 나와 문둥병 아저씨와 음식을 먹는 장면을 보며 이상한 표정을 지으며 지나갔다.

음식 먹는 것이 이상한 것이 아닐 것이다. 그땐 문둥병 환자 곁에는 얼씬도 하지 말라고 어른들은 아이들에게 주의를 주었다. 심지어 아이들을 잡아다가 간을 빼 먹으면 문둥병이 낫는다는 말도 돌은 터여서 아예 접근도 못 하게 했다. 그런 아저씨를 만나거나 하면 일부러 멀리 돌아서 가곤 했었다. 그런데도 내겐 상관없는 일처럼 그 아저씨의 기거하는 곳엘 이따금씩 들렸다.

이름도 모르는 낯선 이방인이었지만, 아저씨는 내가 학교에서 돌아오다 만나면 반가이 인사를 해 주며 학교에서 공부 잘 하고 왔냐고 말을 건네주기도 했다. 그러면서 동냥해 온 것 중에서 좋은 것이 생기면 일부러 남겨 두었다가 내게 주었다. 그때마다 난 미제 초콜릿, 사탕, 껌 같은 것 받아 들며 좋아했다. 어떤 땐 아저씨에게 간수매라도 받아오는 날이면 정말 신나는 날이었다. 어디서 그런 것을 맛보랴. 신나서 자랑스럽게 엄마에게 가져다 주면 오히려 엄만 어디서 나온 거냐고 다 그치셨다. 그러면 문둥병 아저씨한테 받은 것이라고 하면 재수 없으니 갖다 버리라고 거들떠보지도 않으셨다. 난 좀 서운했지만 그 길로 나가 내 친구 똘똘이, 순대, 곰보를 불러내어 동네 골목길에 모여 간수매 깡통을 열고 먹으려 했다. 똘똘이 좋이는 누가 똘똘이가 아니랄까 봐 그거 어디서 났느냐 묻는다. 난 주저 없이 문둥병 아저씨한테 받은 거라고 자랑했다.

"난 안 먹을 테야!"

"왜? 맛있는데 먹어봐! 맛있잖아."

"아니 불결해."

"이 음식이 이렇게 좋은데?"

사실 간수매 깡통에서 열어 놓은 말고기는 좀 이상한 냄새가 나기는 했다. 한 번도 맡아본 일이 없는 것이었으니까. 내가 먼저 먹어 보았다. 짭짤하고 부드러운 고기 맛이 얼마나 좋던지 "싫으면 나 혼자 먹을 테니 너희들은 구경이나 해." 하며 내가 맛있게 먹는 모습을 본 곰보 순대도 한 입만 달라며 입맛을 다셨다.

"싫어! 나 혼자 다 먹을래. 너희들 불결하다며?"

그러면서 한 숟가락을 순대 입에 넣어 주었다. 순대의 표정이 사뭇 우스웠다. "어? 이거 순대맛과 다른걸? 나 좀 더 주라." 그때서야 곰보도 달려들고 "어디 나도 먹어 보자." 마지못해 똘똘이도 달려들어 순식간에 우린 간수매를 다 비웠다.

"하! 하! 하!" 맛있게 먹었다. 넷은 만족한 듯 이따 구슬치기하자고 하며 골목에서 헤어졌다. 골목엔 난데없이 간수매 냄새가 퍼져나갔다.

그런데 나에게 얻어먹는 작은 기쁨을 주었던 그 문둥병 아저씨 얼굴이 어느 날부터인지 안 보였다. 물론 기거하시던 텐트도 감쪽같이 사라졌다. 주변 사람에게 물어보았지만 아무도 모른다 했다. 경찰이 와 잡아갔다는 말도 떠돌았지만 동네 어른들은 왠지 무슨 걱정을 덜은 듯한 표정이었다. 어린 맘에 참으로 서글펐다.

...

이번에 이사 간 곳은 거기서 더 안쪽으로 비좁은 골목이 구불구불나 있는 판잣집으로 이사했다. 나는 5학년 내 나이 12살이었고, 여동생 자야는 8살 초등학교 1학년, 남동생 주영이는 4살이 되던 때였다. 어려서 잘은 모르나 대방시장이 새로 짓는다는 소문이 있었고, 그곳에서 가게 터를 잡고 장사하던 이들은 뿔뿔이 공사 기간 동안은 일을 쉬어야 했다. 신림동 못 미쳐 보라매로 넘어가기 직전 신망원이 하나 있었다. 이곳은 전쟁고아들을 수용해 성당에서 육영하는 곳이었다.

아버지는 그 공사 기간의 틈을 타 그 근처에 점포를 임대하여 잡화가게를 열었다. 우리에게 가게 터를 내준 주인집 아주머니는 아들 하나와 살고 있었다. 어쩌다 아버지 가게를 들렀는데 아주머니와 아들이 다투는 장면을 우연히 보았다. 전후의 사연은 모르지만, 아들은 엄마에게 막말을 하며 대드는 것이었다. 심지어 엄마에게 폭력을 휘두르기라도 하는 시늉까지 했다. 어린 나이에도 못 볼 걸 보았다는 듯 맘이썩 좋지 않았다. 엄마를 때리는 시늉을 하다니! 깡패나 할 짓이었다. 그 시절 동네 깡패들이 많기는 했다.

그런데 난 이날 처음으로 아버지께 죄송한 일을 했다. 아버지가 잠깐 가게를 비운 사이에 있었던 일이다. 가게에 진열된 여러 가지 물건 중에 사탕류가 있었다. 유가와 알사탕이 수북이 쌓여 있었다. 그게 그렇게 먹고 싶었다. 파는 물건이라 마구 먹을 순 없어 눈치를 보고 있었는데 마침 아버지가 안 계시니 호주머니에 유가를 양쪽 주머니에 넣었다. 그런데 아버지가 멀리 가 있으셨던 것도 아니고 길 건너 아저씨와 볼 일이 있어 간 사이였는데 그 아저씨가 내가 호주머니에 아들이 뭘 넣더란 말을 귀띔해 준 모양이었다. 아버지가 가게에 오시더니 내 호주머니에 넣어 둔 유가를 하나하나 끄집어내어 도로 진열대에 놓지 않은가. 난 어린 맘에도 아버지 몰래 물건을 훔친 것에 대해 죄지은 맘이 들었다. 비록 우리 집 물건이지만 도둑질을 한 셈이었다.

5학년 2학기 시작 무렵 9월에 교회 앞 유원이 형 집으로 또 이사 갔다. 주인아저씨, 아주머니는 한 고향 사람이고, 아저씨 하시는 일은 의치를 만드는 일이었다. 정식 허가를 맡아 하는 일이 아니고 야매로 알음알음 소문 듣고 오는 손님에게 이를 빼고 의치를 해 주며 살아가고 있었다. 당시엔 의원도 그다지 많지 않았지만, 치과는 더더욱 찾기 힘들었다. 아마도 아저씨는 어깨 너머로 일정 때 치과에서 일을 해 본 이력으로 그 일을 시작한 모양이다. 물론 치과 일을 하려면 틀니에 필요한 입안의 모형을 뜰 장비와 이를 빼고 의치를 박으려면 빼지나 그라인더 같은 기계도 집에 들여놓았다. 다만, 간판을 내걸지 않았을 뿐 알음알음 싼값으로 이(齒)를 하고 싶은 고객들에게 틀니를 해 주었다.

...

까치들이 둥지를 만드는 모습을 지켜보는 것은 재미있다. 이른 봄 아직 새잎이 나기 전 느티나무에 날아든 까치가 두리번두리번하면서 있더니 마침내 찾았다는 듯 잔가지를 부리에 물고 근처 학교 담장 위에 수문장처럼 서 있는 소나무를 향해 날아간다. 며칠을 두고 소나무의 제일 정수리 되는 줄기에 까치가 부지런히 잔가지를 물고 날아오른다. 드디어 둥지를 만든 모양이다. 더 이상 까치가 부리에 가지를 물고 주변을 날아다니는 일이 없었다.

새들도 부지런히 어디론가 날아가 부리 짓을 해야 하고, 그 부리로 가지를 모아다가 가장 안전하고 살기 알맞은 곳을 찾아 둥지를 만든다. 새들로 그러한데 사람이라고 다를까?

고향 포천을 떠나 서울 한강 이남 영등포 대방동은 우리 식구들에겐 객지였다. 이곳에서 살아가며 생존하는 것이 다른 짐승이나 새와 다를 것이 없었다. 이 집 저 집으로 이사를 12번은 다녀야 했다. 그땐 계약 기간이라고 딱히 정해진 것이 없었다. 계약 조건이라면 물론 계약금은 있어야 했지만 우선적으로 고려 사항이 식구가 얼마나 되는지, 아이들은 몇 살인지가 주인의 관심사였다. 본의 아니게 아이들의 숫자를 속여 계약을 하는 경우도 주위에서 있었다. 아이들이 많으면 집 안이 시끄러울 테니 계약이 깨지기 쉬운 첫 번째 사유였다. 우린 소문에 도는 것처럼 전세나 사글세를 살 때 주인에게서 쫓겨나는 일은 없었다. 나나 동생들이 다 순둥이들이었으니까. 아니 어쩌면 엄마에게서 들은 두 가지 엄한 유의 사항을 지키려 한 이유가 더 맞을지도 몰랐다. '주인이 있을 땐 무조건 조용할 것과 혹시 주인집에 아이들이 살고 있으면 잘 사귀고 놀 것'이었다. 그래서 막 떠들며 놀다가도 주인이 밖에서 들어오는 기척이라도 있으면 마치 훈련받은 애들처럼 쥐죽은 듯 조용했다.

그런데 드디어 우리에게도 집이 생긴 것이다! 6학년 초입인가 보다. 우리가 처음 대방동에 와 살던 일본인들 관사가 좌측으로 50미터 앞에 바라다보이는 판잣집의 맨 아래 큰길 옆에 다 쓰러질 듯한 흙담집을 아버지가 계약해 샀다. 알고 보니 이 집은 같은 학교 철수네 집이었다. 그의 아버지가 시골 평택으로 이사를 가야 하는 사정이 생겨 우리와 인연이 되어 팔고 간 것이었다. 그동안 열세 번에 걸쳐, 그것도 몇 달 못 살고 전전하며 이사를 해야 했다. 인자네 집처럼 3년을 산 곳은 없었다. 자주 이사할 수밖에 없었던 이유도 대개는 주인의 성품이 까탈스러워 우리가 적응이 어려웠거나 허구한 날 부부싸움을 하거나 아예 아이들을 싫어하는 주인의 성품 탓이 주원인들이었다.

비록 다 쓰러질 듯한 집이었을망정 내 집을 갖는다는 것은 집 없는 설움에서 해방된 기분 좋은 일이었다. 우선 주인의 눈치를 볼 필요가 없어 좋았다. 새로 산 집은 큰 도로에서 약간 언덕이 진 황토빛깔의 땅에 지어진 집이었다. 바로 위로는 축대까지 쌓고, 철 대문에다가 집 안에 들어서면 기역자 기와집에 양철 채양이 넓어서 세찬 비에도 걱정 없는 집이었다. 내부는 안방과 마루와 건넌방 두 개와 부엌이 딸렸다. 문갑이며 자개장이 있어 한마디로 부러울 게 없었다. 게다가 화단이 컸다. 이 집의 주인은 순경인데 가끔 오토바이를 몰고 오는 장면을 집 앞에서 보기도 했다. 그 집 아들은 나와 잘 어울렸는데 나보다 두 학년이 어린 4학년이었다.

우리 집 우측엔 리어카 하나 다닐만한 골목이 있었는데 창문을 열면 그 집 대문과 마주 본다. 그 집에 같은 학교 다니는 봉위와 누나가 하나 살고 있었다. 그런데 그 집은 우환덩어리를 갖고 살았다. 누나의 얼굴에 오른쪽 광대 부분이 시퍼렇게 멍든 자국이 있었는데, 멀리서는 잘 안 보이지만 가까이서 보면 굵은 털이 몇 가닥 나 있었다. 그래서 누나는 늘 앞머리를 길게 해 가리고 다녔다. 고양이에게 물린 자국이라는 등 소문도 있었다. 여자의 얼굴에 평생 한이 될 증표를 달고 살아야 하니까 얼마나 불행한 일인가. 부모는 자기 딸이 엇나갈까 봐서 늘 노심초사하며 살아야 했다. 그래서 무슨 죄를 지은 듯이 딸이 해 달라는 대로 다 해 주어야 했다. 옷도 최고급으로 입어야 직성이 풀렸다. 자식이나 부모는 서로 수형자처럼 살아야 했으니까. 하지만 난 내 친구의 누나였으므로 잘 어울리며 지냈었다.

왼쪽은 어림잡아 백 평 남짓한 큰 집이 있었다. 아마도 이 집 때문에 어린 내게도 언젠가는 큰 집에 살리라는 꿈을 가지게 됐는지 모른다.

정작 우리가 살 집은 부엌과 안방 그리고 건넌방이 있었다. 건넌방은 안방에서 통하게 쪽문이 나 있어서 그곳으로 드나들거나 밖에서 드나들 수 있게 만든 방이었다. 난 그걸 개구멍이라 했다. 부엌은 시골집처럼 아궁이가 있어 땔감나무로 밥을 짓고 안방의 난방을 대신 책임졌다. 아침에 밥을 할 때 땔감을 충분히 넣으면 겨울철 추울 때는 안방 아랫목의 온기가 오래가도록 담요를 늘 덮어놓았는데 엄마는 아침밥을 넉넉히 해 놓고 식구 수대로 늘 밥을 담요 밑에 넣어 두었다. 쌀가게는 고개 너머에 있었다. 아버지, 어머니가 아침밥을 드시고 장사하러 나가셨다가 점심은 집에서 따뜻하게 먹을 수 있게 아랫목을 늘 따뜻하게 해야 했다. 장작은 사다가 집에 쌓아 두었다. 이따금 난 동생들과 용마산에 가 잔솔가지를 주어와 부엌에 쌓아 두기도 했다.

우리 집 앞은 큰 도로가 남북으로 나 있었는데 길 건너편엔 밭이 성남고등학교 담장까지 나 있었다. 오른쪽으로는 공군시설대대가 위치 해 있어 늘 군용트럭과 지프차(Jeep)가 드나드는 모습을 볼 수 있었다. 도로의 개울은 서울공고 뒷담 밑을 흘러 오리정도 되는 곳 개울인 도 림 천으로 이어졌다.

학교 담을 타고 모두 논으로 둘러싸여 있었다. 시골이 따로 없었 다. 서울 변두리 지역인 이곳 대방동도 허울만 서울이었던 것 같다.

...

나도 처음 시골에서 올라왔을 때는 시골뜨기의 굼뜨고 칙칙함에서 서서히 벗어나 서울 놈들처럼 약삭빠르게 변해가고 있었다. 또래 동네 애들끼리 모이면 칼싸움, 구슬치기 놀이를 좋아했다. 우린 칼싸움을 하려면 무기가 있어야 했다. 그래서 남의 집 판잣집 담에 판자와 판자 사이를 잇는 세로로 이음새를 해놓은 판자를 떼어다 칼을 만들어 칼 싸움을 했다. 주인이 알면 난리였겠지만 아랑곳하지 않고 그 짓거리를 하며 놀았다. 못이 귀했다. 남의 집 담장의 널빤지에 붙은 못을 일부 러 빼어다 고물상에다 가져다주며 엿 바꿔 먹기도 하고, 집에 있는 양 은 양재기를 일부러 찌그려 뜨려 강냉이를 사 먹기도 했다. 학교 앞에 는 별사탕 만드는 장사꾼들이 애들이 하교시간이 되기를 기다리며 진 을 치고 있었다. 나비나 새, 별 모양 등 다양한 모양의 별 사탕의 단맛에 빠지면 그 유혹에서 벗어날 수 없었다.

집 앞 빈터에 할아버지를 따라 고구마와 감자, 무, 배추를 심고 똥지게 지고 한 바가지씩 거름을 주기도 했다. 학교 담당을 따라 개울에서 붕어, 버들치, 미꾸라지를 잡았다. 메뚜기가 해수병에 좋다고 해 정종 병에 한가득 잡는 일이란 참으로 오래 걸리는 일이었다. 사자암 가는 길. 개구리 잡아 발로 몸통을 밟아 뒷다리를 분리해 구워 먹는 잔인한 일을 해도 죄책감 같은 건 없었다. 올챙이 잡아 어항에 넣고 관찰하는 재미도 쏠쏠했다. 이렇듯 농촌에서 하지 못했던 경험들을 서울 와서 한 것이었다.

어떤 때는 여치를 잡아 두꺼운 마분지를 오려 성냥개비로 여치집 만들어주어, 여치를 집어넣고 호박잎 따서 오이와 함께 먹이로 주면 한동안 집에서 여치 우는 소리가 나 듣기 참 좋았다. 죽는다는 것에 관심이 많았다. 여치가 죽으니 양철을 구부려 삼각형으로 관처럼 꾸며 그 안에 여치를 넣고는 화단에 묻어 두었다. 얼마를 지났는지 잊고 잊다가 여치 생각에 이르러 흙을 헤집고 보면 여치가 썩질 않고 그대로 있는 모습을 볼 수 있었다. 다시 흙을 덮어 주고는 그 후론 다시 열어 보지 않았다.

...

덴찌(후레쉬)를 들고 밤에 다니던 시절에 성냥은 귀한 물건이었다. 어릴 때 성냥은 기린 표 상표가 붙은 성냥이었다. 누가 이사한다고 하면 집들이 때 가져갈 선물로는 성냥과 초는 최고였다. 성냥은 집안이 불같이 일어나라는 뜻이 담긴 것이니까 다 좋아했다.

한 날은 책상에서 촛불을 켜 놓고 공부하다 꽂아 둔 초가 넘어지는 바람에 벽에 불이 붙는 일이 있었다. 순간 당황해 불을 끈다기보다 "불이야!" 하고 소리치는데 소리는 안 나오고 입안에서만 '불이야!' 하고 있었다. 물론 그때 벽지는 얇은 창호지로 초벌 해 놓은 것이어서 낡은 창호지는 불이 붙으면 쉽게 번져나갔다. 하마터면 부모님이 어렵게 장만한 둥지를 다 태워 버릴 뻔했다. 그때 생각만 하면 모골이 송연하다.

전기는 야매로 썼다. 우리 집 위로 양옥집은 순경 가족이 살고 있었다. 잘살았다. 공무원이 어떻게 그렇게 잘사는지 모르지만, 아무튼 정원에다 없는 게 없을 정도로 부러웠다. 그 집 밑에 다 쓰러져 가는 우리 집 뒤꼍으로 전봇대가 있었다. 골목에 있는 우리 집 지붕 위를 지나는 전깃줄이 늘어져 있어 사다리를 타고 전깃줄의 피복을 살짝 벤치로 자국을 내어 우리 집 전기선의 끝을 갈고리 모양으로 걸쳐 이어 놓으면 밤에 촛불 대신 전깃불을 쓸 수 있었다. 밤에 쓰고는 낮에는 다시 선을 거둬들인다. 이런 일을 매일 반복하며 야매로 전깃불의 혜택을 볼 수 있었다. 투명한 전구의 필라멘트가 빨갛게 변하면 거기서 나는 광채가 어두운 곳을 밝힌다. 초등학교 기초 공부에서도 누가 전기를 발명했는지는 배울 수 있었다. 책방에 가면 위인전도 많이 진열되어 있던 시절이었으니까 과학에 흥미를 가진 어린이라면 에디슨 위인전기를 읽어 잘 알 것이었다. 한 사람의 위인의 노력 덕분에 세상 사람들은 밤을 낮처럼 밝힐 수 있는 혜택을 누릴 수 있었으니…. 하지만 아이러니하지만 우린 가난하다는 이유로 그것이 불법인 줄은 알지만 그리하며 살았다.

...

초등학교 6학년 때인 1960년은 나라가 혼란스러웠다. 정치야 알 턱이 없는 나이였는데 4월 19일 아침 대방동 큰길은 대형 태극기를 좌우 X 자로 고정시키고 버스 문 발판에 발을 딛고 대학생 한 사람이 입구 손잡이를 잡고 태극기를 흔들며 서행으로 여의도 방면으로 전진 하고 있었다. 물론 버스 안에서도 이미 대학생들이 승차한 채 창문을 열어젖히고 연도의 시민들을 향하여 태극기를 흔들어댔다. 대학생들 이 쓴 대학모가 저마다 다른 거로 보아 여러 대학생들이 연합하여 혁 명 대열에 합류한 것 같았다. 왜 학생들이 저렇듯 구호를 외치며 거리 로 나섰는지는 모른다. 그러나 이들이 외치며 지나가는 구호를 듣고 있으면 어린 내게도 알 수 있을 것 같았다.

시위대 앞에선 대학생 하나가 확성기에 대고 3·15 부정선거를 규 탄하는 연설을 한다. 구호를 선창한다. 그러면 시위대들은 같은 구호 를 합창으로 따라 외치고 있었다. 연도에서는 시민들이 데모대를 향 해 박수를 치고 일부 시민들은 데모 행렬을 쫓아가기도 했다. 각종 구 호가 난무했다. "이승만 정권 물러가라! 이기붕을 몰아내자! 부정선거 규탄한다! 고무신 선거가 웬 말이냐!" 시위대가 지나간 자리도 어수선 했다.

...

그런데 이 무렵 시골 할아버지께서 장사하시다가 쫄딱 망하셔서 빚 만 지고 의기소침하여 매일 집에서 멍하니 계시다고 한다. 당신이 사 업을 한다면서 남의 소를 끌어다가 장에 내다 팔아먹고 하여 결국 그게 큰 빚이 되어 돌아왔다. 할아버지는 아버지에게 "네 어미와 내게 먹을 것을 대주든지 아니면 서울로 데려가라"는 기별을 보내왔다.

엄마가 이 기별을 받고 먼저 나섰다. "당신 아버지가 빚져 멍청이가 다 되어가요."

아버지는 그 소리가 의외란 듯 금방 맞장구치기 어려웠다. 아니, 냉정하게 현실적으로 생각해 보면 이제 겨우 집 한 칸 장만해 어떻게든 자식들과 살아갈 앞일을 궁리하던 부모를 모셔야 하니 난감하기 이를 데 없는 일이었다.

대답을 망설이고 있는 아버지에게 한날

"여보! 할아버지 빚 갚아줍시다."

"무슨 수로?"

"부모가 진 빚 갚지 않으면 자식이 안된대요."

"그런 얘기 어디서 들었어?"

"시집오기 전에 친정아버지한테 들었지요."

"그래? 장인어른은 한학을 하셨으니 공부가 많으신 분이지…."

"아무려면 우리가 안 모시겠어요?"

"…."

시아버지는 빚만 지고 덩그러니 시어머니와 봇짐 하나 들고 쌀장사해 겨우 마련한 다 쓰러져가는 집으로 들어오셨다.

엄마는 삼 년을 두고 네 할아버지 빚을 다 갚아 드렸다. 자식들에게 그런 유산을 남겨주지 않으려고 이를 악물고 살았지. 참 힘들었다.

아버지는 엄마가 지극히 고마운 아내였다. 셋방살이를 전전하다가 세 칸짜리 흙벽돌집을 싸게 산 이후 억척같은 아내의 내조 덕분에 집을 다섯 칸으로 늘렸다. 그리고는 부모님을 서울로 모시기로 하고 순병이와 춘이 합해 4식구가 함께 올라와 살게 되었다. 순병이는 그때 시외버스 차장을 하며 서울을 오갈 때였다.

...

1965년 고등학교 2학년 때 옛말에 "고생 끝에 낙이 온다."라고 했지. 판잣집 집을 헐고 내년엔 아담하게 벽돌집을 지을 계획을 세우고 빨간 벽돌을 싸게 사 두었다. 게다가 도로 사방공사에 사용하는 잡석도 사다가 한길 옆에 쌓아 두었다.

집 지을 기초준비는 착착 진행되었다. 문틀 감은 목수들이 한가한 겨울철을 이용하여 박 목수, 김 목수, 최 목수를 데려다가 준비하게 하고 이듬해 봄에 건축을 시작하였다.

우리가 준비한 벽돌은 다른 집들이 쓴 벽돌과는 좀 달랐다. 보통은 가로가 길고 세로가 짧은 벽돌을 쓴다. 그러나 우리 것은 정사각형으로 일반 벽돌을 두 개 붙여놓은 크기였다. 그래서 벽 안쪽 시멘벽돌을 먼저 쌓고 다시 빨간 벽돌을 바깥에 쌓는 이중 일을 안 해도 될 정도로 벽돌 한 장으로 쌓아 가면 되었다.

설계에 따라 창문과 방문 그리고 유리는 이미 목수들이 다 준비해 놓았으니 벽만 쌓고 가져다 끼면 된다. 기초공사 마치고 벽돌을 쌓기 시작한 지 1달 만에 상량식(上梁式)을 하고, 뒤이어 기와를 올리고 2달 만에 반듯한 양옥집이 완성되었다. 안방, 건넌방 그리고 여분의 방 두 개에 다락방, 부엌방까지 하면 방이 6개나 된다. 대문 옆으론 광도 만들었는데 대문을 나서면 길이 나오니까 광의 용도로 가게를 만들어도 좋을 공간이 나왔다.

처음 다 쓰러져가는 흙벽돌집을 늘리고 해서 수돗가까지 늘려 집이 제법 컸다. 옆집 양옥집은 원래부터 컸지만, 그 집만 한 공간의 집이 만들어진 것이다. 식구들은 너 나 할 것 없이 행복해했다. 그런데 이 집을 짓는 두 달은 식구들이 뿔뿔이 흩어져야 했다. 아버지 어머니는 가겟방에서, 할아버지 할머니는 대고모 집에서, 여동생은 상미네 집에서, 난 순댓국집 동창 집에서 각기 신세를 져야 했다.

6·25 동란 후 서울 와 살면서 집 없이 이사하며 서러운 삶을 살던 내가 비록 다 쓰러질듯했던 집을 사서 그 자리에 반듯한 양옥집 지어 놓고 보니 이 집이 어찌나 아름다웠던지…. 그 기쁜 마음을 어찌 다 말할 수 있을까. 강아지 한 마리가 돼지가 되고, 돼지가 수십 마리로 불어나 마침내 우리에게 양옥집으로 변하였으니 그동안 알뜰살뜰 살아온 보람이었다.

…

한편 둥지에서 어쩔 수 없이 독립해야 할 식구가 하나둘 생기기 시작했다. 살기 위해서였다. 셋째 삼촌 이야기다.

2년 전 1950년 6·25 당시 그는 중학교 3학년이었는데, 포천중학교에 가서 알아보니 다시 중3을 다니고 졸업을 하라는 것이다. 그리하여 다시 한바위에서 신읍까지 걸어서 일 년을 더 다니어 1954년에 중3을 졸업하게 되었다. 그리고는 많은 졸업생들이 서울로 간다 하여 나도 마음을 잡고 아버님께 서울에 있는 고등학교로 보내달라고 말씀을 드렸다. 마침 대방동에 아버님의 누님이신 고모님이 살고 계시고 하니 그리하여 보자는 아버님의 말씀이었다.

그때 한바위 친구들, 갑복, 갑득, 상래, 상인이 등이 함께 포천중학교에 다녔는데, 상래만 빼고 다 서울로 가기로 결정을 하고 어른들이 대방동 형님네 집으로 가서 잘 말씀드려 허락을 받았다.

그 후 난 곧장 서울 와서 대방동 고모님 댁에 와서 고모님과 거기 형님께 말씀드렸더니 옆에 성남고등학교에 입학하라고 권하시어 입학원서를 가져다가 입학시험을 치렀다. 경쟁은 적었지만 점수가 부족할 듯해 고모님이 건너편 음악 선생님한테 찾아가 말씀드리어 겨우 입학을 하게 되었다, 하기야 시골서 중학교 다니다가 전쟁 중에 2년을 쉬었으니 나의 실력이야 경쟁이 안 될 수밖에 없었다. 갑복이와 나는 성남고에 입학하고, 우리는 대방동 고모님 댁에서 하숙하기로 아버님과 갑복이네 부모님과 다 합의를 했다. 학교 입학문제와 있을 곳이 다 결정되어서 이보다 기쁜 일은 없었다.

성남고는 이사장이 김석원 장군이어서 규율이 엄하고 군사훈련이 심하고 6·25 동란 중에 교사가 다 파괴되어 학교 수업 외에 군사훈련 학교 복구 작업이 상당히 많았다. 고모님네 집에서 먹고 자고 있으면서 아버지가 나 먹을 양식 쌀 다섯 말씩 한 달에 드린다고 하시었는데 일 년이 지나자 그 쌀도 고모님네 드리지 못하는 처지가 되었다. 게다가 학교 등록금도 잘 보내어 오지 못하게 되자 나는 정말 마음이 편치 못하였고 공부에 열성이 자꾸 약해지고 있었다.

그의 어릴 때 기억이지만 서원말 살 때 고모부께서 시골에 오시면 아버님을 부르시고 늘 아버님과 그리 친하게 지내셨는데 처남 매형 간에 절친하게 지내시던 일이 생생하다.

고모님 또한 늘 우리를 극진히 사랑하시고 무엇 줄 것 없나 하고 늘 신경 써 주셨다. 한번은 형님들 두 분이 서울서 학교 다니실 때 양복 입다 작아져서 못 입으면 늘 모아 두었다가 시골 오실 때 갖고 오셨다. 그와 친구 갑복이 등이 합하면 열네 식구가 된다.

그 중에도 둘째 동진이 형님은 폐결핵으로 늘 고생하며 긴 병 치료와 동숙이 학교 다니고 동윤이 건강이 좋질 않아 고생하며 학교 다니어서 고모님네 가정도 늘 넉넉지 못한 삶이었다.

맏형인 동준 형님은 8·15 해방 전부터 경성대학 사범학부(서울사범대학)에 다니시어 교복을 입고 사각모자를 쓰고 다니시면 그때는 시골에 있는 일본 순경들도 경례를 하는 대학생이었다. 해방 전후 수학과를 졸업해 당시 성동고와 성동공고에 교편을 잡으셨다. 대식구들을 거느리시기에 힘이 부쳐 심지어 가정교사까지 해야 했다. 인상이 늘 자상하시고 묵묵하셔서 영락없는 교육자상이었다. 형님이 아니었으면 내가 오늘날 이렇게 성장하지 못하였을 것이다. 그뿐이랴. 형수님에 대해서도 내 어찌 지나갈 수가 있으랴. 그 큰 식구들과 폐결핵으로 고생하시는 시동생을 거느리고 시어머님 슬하에서 시집살이하시고, 날마다 그 큰 대식구들을 건사하며 크고 작은 일을 감당해내기란 쉽지 않으셨을 것이다.

한때는 이런 일이 있었다. 그는 학교에 등록금을 못 내서 등교정지 처분을 당해서 책을 들고 용마산 기슭에 올라가서 공부도 안 되고 고심하던 적이 있었다. 그때는 시골 온 식구들이 풍비박산이 되다시피 되어 어린 여동생 순병이가 서울 올라와 있었다. 공군본부 뒤에 가서 식모살이하며 받은 월급으로 학비를 낸 적이 있다. 동생이지만 그때의 일을 생각하면 늘 마음이 아프다.

그것뿐이랴. 형님이 군대생활을 원주에서 하시는데 내 학비가 힘드니까 나더러 원주 근처 부대로 오라고 해서 한 번 찾아갔다. 형님이 밥을 사 주어 잘 먹었다. 형님의 부대가 군용차 보급창이어서 자동차들이 들어오면 예하부대에 할당하게 되는데, 예하부대에서 차 인수하러 오면 좋은 차 달라며 담배값 조금씩 준 것을 모았다가 나를 주려 하신 것 같다.

원주에서 형님과 하룻밤을 잤다. 형님과 자 본 일이 언제 있었던지 까마득한 것 같았다.

"너 그냥 돈으로 갖고 가느니 내일 아침에 요 원주 시장에 나가 고추를 사서 가면 어떠냐. 그걸 동대문 시장에 팔면 돈 갖고 가는 것보다 낫지 않겠니?"

형님이 그리 권하시어 일면 일리가 있는 것 같아 "그러지요." 하고 잤다.

형님과 작별하고 그 길로 시장에 가서 고추를 사 가지고 기차에 싣고 와서 동대문 시장에다 팔았다. 아뿔싸! 이때도 원주에서 사 온 고추의 제값도 못 받았지 않았는가? 1·4 후퇴 때 공주 피난 시절에 아버지와 고추 팔다 손해를 본 기억의 재판이었다.

이러는 중 형님이 군에서 제대를 하시고 대방동 시장에서 쌀장사를 시작하여서 겨우 유지하고 살아오고 있었다. 나는 잠은 고모님 댁에서 자고 밥은 형님 댁에 와서 함께 먹고 하는 생활을 하며 그럭저럭 고등학교 4학년 2학기가 되었다.

다른 친구들은 대학 갈 준비에 바쁘고 입시준비에 바빴다. 나는 그러한 희망도 없고 늘 풀이 죽어지내며 토요일 하교 후 다들 책가방 던지고 극장구경 가는데 나만 돌아서서 혼자 집으로 올 때 그 심경을 생각하면 지금도 눈물이 난다.

드디어 1957년 3월에 졸업식 날이 왔다. 아버님이 상경하시어 졸업식 끝나고 고모님 댁에 돌아와 고모님과 형님께 그동안 살펴 준 일에 감사하며 눈물을 흘리며 절을 올렸다.

"고모부님, 형님 형수님 저를 거두어 주신 은혜 잊지 않겠습니다. 언젠가는 갚아드리겠습니다."

...

둥지는 또 격동기를 겪어야 했다.

안양에서 서울 대방동으로 오는 길, 50미터 도로, 시흥대로에 차도 없는데 운동장만큼 큰 도로를 만들었다. 대방동으로 들어오는 길은 좁아졌다. 서울공고에서 공군본부 앞 도로 폭은 당시만 해도 고속도로 길만큼 넓었다. 좀 이해가 가지 않을 만큼 넓기는 했지만 사는 사람들은 없었는데 아마도 공군본부와 해군본부가 있어서 군사적 목적의 작전도로가 아니었나 생각된다. 특히 고등학교를 갓 들어간 내겐 플라타너스 가로수 길은 참으로 좋았다. 여름이면 넓은 잎이 우거져 그늘을 만들어주고, 가을이면 그 잎이 바닥에 떨어져 쌓인 보도를 걷는 기분은 운치가 있었다.

내가 중학교 때는 60년대 초반이었으니까 이때만 해도 시민들은 버스보다 전차를 많이 이용했다. 왜냐하면, 버스는 그다지 많지 않았으니까 자연히 전철로 통근이나 통학하는 사람들로 전차는 늘 만원이었다.

전차는 공중에 가설한 전선으로부터 전력을 공급받아 궤도를 달린다. 전차는 1898년 구한말 한반도에 처음 등장한 역사를 가지고 있다. 영등포에서 동대문까지 전차가 운행되었다. 종점인 영등포에서부터 타고 온 승객들은 거의 서울 도심지로 들어가는 것이어서 대방동에서 타려면 전차 안은 늘 만원이었다. 전차의 천장에 앞에서 뒤까지 줄이 매달려 있었는데, 내릴 때는 그것을 잡아당기면 내린다는 신호였다. 달리 차장이 없었다. 노선은 영등포를 종점으로 해서 신길동 대방동 노량진을 거쳐 한강대교 건너 용산 남영동 서울역 남대문을 지나고 명동, 을지로, 종로, 동대문이 마지막 종착지였다. 그런데 이것도 1974년 서울에 지하와 지상의 전기철도가 생기면서 역사 속으로 사라졌다.

그러나 서울은 그렇다 치고 시외를 오고 가는 승객들에겐 버스가 중요한 교통수단이었다. 50, 60년대만 해도 시골은 우마차가 운행수단이기도 했지만, 버스의 등장은 구세주 같은 존재였다. 운전자도 사랑과 존경을 받았지만 버스 차장은 아리따운 아가씨들의 몫이었기 때문에 인기도 많았다.

승객들이 버스에 승객이 오르고 내릴 때 조수석 문을 열고 닫으며 동업자인 운전수에게 신호로 버스 옆구리를 때리듯 때리며 "오라이!" 소리는 그녀에겐 신나는 일이었을 것이다. 승객이 돈이었으니까 만원이 되어도 좀 일이 되어 피곤할지언정 행복한 일이었다.

그런데 우리 식구 중에 둘째 고모가 중학교만 졸업하고 그 차장을 한 것이었다. 안내양에겐 투피스의 제복과 모자가 지급되었다. 당시엔 제복 입는 게 멋있어 보였다. 둘째 고모의 버스 회사는 서울 미아리 의정부 포천 운천을 오가는 시외버스였다. 미아리에 시외버스 종점이 있었다.

내가 시골 갈 때 어쩌다 고모가 안내양 하는 시외버스를 타면 난 공짜로 갈 수 있었다. 게다가 고모는 내 좌석에 빵과 박카스 음료까지 안겨주어 즐거운 고향 길이었다.

...

그럭저럭 대방동 오빠가 셋방살이를 전전하다가 세 칸짜리 흙벽돌 집을 샀고 억척같은 올케의 내조 덕분에 집을 다섯 칸으로 늘렸다. 그 덕분에 부모님과 둘째 고모와 막내 고모가 합해 4식구가 함께 서울 올라와 살게 되었다.

둘째 고모는 오빠네 집에 살면서 버스 안내양을 그만두고 대림동에 있는 대한모방으로 직장을 옮겼다. 주변에는 아모레 화장품 회사도 있었다. 회사에 다니는 동안 우연히도 같은 회사에 다니는 김동녕이라 총각이 우리 집에 세 들어 살고 있었다. 어느 날엔가 고모가 그 총각 옷을 가져다 빨래를 해 주는 모습이 엄마에게 목격되고, 나도 두 사람이 언제 저리 가까워졌을까 하고 궁금해했다. 당시 주위에서도 둘이 눈이 맞았다는 말을 많이 했다.

서로의 눈빛 표정을 보아도 예사로운 눈빛이 아니었다. 고모는 좋은 반찬이 있으면 일부러 그 총각 방문을 열고 방에 슬쩍 넣어 두기도 했으니 꼬리가 길면 밟힌다고 했던지 식구들이 둘 사이를 다 인지하게 되었다. 어른들이 나서 기왕 그럴 바엔 결혼시키는 게 어떠냐고 했다. 그 말이 있은 후 급속도로 혼담이 오고 갔다. 총각 쪽은 여수가 고향이었는데 여수의 해산물이 풍부했던지 그 덕에 우리 식구들은 조기 대신에 진귀한 해산물도 먹을 수 있었다.

두 사람은 마침내 결혼에 골인했고 살림을 대림동 회사 근처로 옮겼다. 첫째 여동생은 피란 길 공주에서 결혼했기 때문에 오빠가 관여할 수가 없었기에 둘째 고모는 오빠가 동생에게 치러준 첫 경사였다.

...

집 앞엔 상수도 시설이 없던 시절이어서 남의 집 우물에 의존하는 것도 하루 이틀이지 힘든 일이었다. 그래서 마당에 대개는 집집마다 펌프가 있는 집이 있어 그 집에서 물을 퍼다가 독에 붓고, 그 독에 물로 밥 짓고 세수하고 했다. 웃지 못할 일이긴 했지만 그땐 물이 귀해서 대야에 물 하나로 윗사람부터 차례로 세수를 했다. 할아버지가 하고 난 그 물에 내가 세수할 때면 좀 찜찜했지만 어쩔 수 없었다. 심지어 발 닦은 물에 또 나도 담그고….

물 때문에 이런 일이 반복될 수는 없었다. 아버지가 어느 날 마당에서 업자들과 이야기하는 듯하더니 집 앞에 업자들이 와 관정을 팠다. 며칠 후 집 앞에 펌프가 설치되었다. 알고 보니 그것은 공중 펌프로 사용하게 설치했다. 다행히도 지하엔 물이 풍부했던지 펌프질을 열심히 하면 신기하게도 물이 콸콸 쏟아져 나왔다. 이젠 식수 차에 바케쓰를 들고 줄 세워 차례를 기다리던 지루한 날도 사라졌다.

수도 시설이 없는 곳에서, 사람이 손잡이를 상하로 되풀이하여 움직임으로써 그 압력에 의하여 땅속에 수직으로 박혀 있는 관을 통하여 지하수가 땅 위로 나오도록 하는 기구인 펌프는 그야말로 구세주 같은 존재였다.

깊은 샘에서 펌프로 물을 퍼 올리려면 먼저 한 바가지쯤의 물을 넣어야 한다.

겨울엔 얼지 않도록 짚으로 쌓아 묶어 주었다. 바깥에 있어 펌프가 얼어 버리기라도 하는 날이면 큰일이었다. 장독에 담아 놓은 물도 꽁꽁 어는 추운 겨울이 많았다. 펌프 바람에 우리 집 대문 앞은 동네 빨래터가 돼 버리고 말았다.

하지만 날이 가물 땐 지하수도 마르는 것인지 아무리 펌프질을 해 대도 물을 퍼 올릴 수 없었다. 물론 처음 펌프질을 하려면 마중물을 넣어주어야 *끄악끄억거리다* 물이 펌프 몸통까지 차오르면 물을 받을 수 있었다. 펌프질도 쉬운 일이 아니다. 일부러라도 운동을 할양이면 펌프질을 하면 될 일이다. 좋게 생각하면 펌프질은 완력운동도 될 것이었다.

마중물이란 무엇인가? 펌프질을 할 때 물을 끌어 올리려고 위에서 붓는 물을 말하는데 펌프 몸통에다 한 바가지쯤 물을 붓고 펌프를 위아래로 몇 번 펌프질을 하면 그제야 물이 합수되어 끌어 올려지는 신기한 현상이다. 아마도 이 물이 그대로 땅속에 있는 물을 마중하러 가는 것이라 하여 옛사람들이 지어낸 말(造語)일 것이다.

...

집에 누렁이 새끼 강아지 하나 사다 키웠다. 이름을 '복슬이'라 지어 주었는데 이놈이 무럭무럭 잘 자라 주었다. 음식 먹다 남은 걸 양재기에 담아 놓기만 하면 알아서 잘도 먹었다. 강아지가 먹는 걸 보면 알뜰하게도 먹는다. 그릇을 설거지하듯 혀로 핥아 엄마가 설거지한 냄비보다 깨끗할 정도였다. 그걸 보면서 아 그릇은 저렇게 비워야 두 번 일을 안 하지 하는 생각이 들었다. 나도 언제부터랄 것 없이 밥그릇에 쌀 한 톨 안 남기고 그릇을 깨끗이 비웠다. 그런데 이상하게도 할아버지는 꼭 식사를 마친 그릇을 보면 밥 한 숟가락 정도는 꼭 남기셨다. 왜 남기냐고 물어볼까 했지만 어느 날 손자에게 그 이유를 설명해 주셨다. "짐승도 먹어야 하지 않느냐? 다 먹어버리면 무엇으로 개며 돼지를 키우겠니?" 하시지 않는가.

우리 복슬이는 특별히 간수 안 했어도 굶는 법이 없었나 보다. 집을 다 비우고 밥을 챙겨 줄 수 없을 때도 알아서 돌아다니며 제 밥거리를 챙겼나 보다. 아주 튼실하게 살이 찐 데다가 개 목걸이를 해서 함께 끌고 다니기에는 힘들 정도로 덩치가 커져 있었다. 복슬이를 보는 사람마다 탐 날 만큼 잘 자랐다. 식구들이 학교에 가거나 가게에 가고 나면 집 지키는 건 복슬이 몫이었다. 그래서 집 안에다 개집을 지어 주고 목걸이를 만들어 기둥에 매어 두고 외출을 했다. 학교 갔다 돌아오면 벌써 문밖 주인의 발자국 소리를 듣고 귀를 쫑긋 세우며 살짝 멍멍 짖어 보이다가 내가 집 안에 들어서면 꼬리를 흔들고 앞발을 들어 안기는 시늉을 한다. 짐승이지만 그 반기는 모습이 여간 좋은 게 아니다.

어느 날 동네에 개장수가 돌며 개를 사러 다녔다. 필시 복날을 위해서 장사꾼들이 돌아다니는 게다. 엄마하고 내가 정성 들여 키운 개를 팔았다. 그때 돈으로 만 환이었다. 개가 튼실했으니 장사꾼의 눈으로 봐도 좋은 값을 줄 만했다. 그 돈으로 돼지 새끼 두 마리를 샀다.

돼지 우리는 서울공고 담 밑 개울가에 지었다. 돼지 먹이는 미곡상을 하다 보니 풍구를 돌리고 나온 쌀겨와 집집이 다니며 얻은 쌀뜨물이나 음식 찌꺼기였다. 그 당시에도 돼지를 기업적으로 키우는 집도 있었다. 음식물 찌꺼기와 다른 배합물을 섞어 만든 특수 사료가 있었는데 그 모양이 마치 팥죽 색깔처럼 붉었다. 대방초등학교 뒤 구부락에는 돼지 사료를 만드는 공장이 있었다. 그런데 이런 공장이 있다는 것은 우연히도 내 초등학교 동창인 인수로부터 알게 되었다. 그는 공군사관학교 후문으로 가는 신망원 근처에 살고 있었다. 그 시절 못 먹던 다른 아이들의 키와 비교해 보면 키는 아주 컸다. 상대적으로 비쩍 마른 체형이었다. 성격도 아주 좋았고 끈기가 있는 아이처럼 보였다. 그가 리어카를 끌고 구부락에까지 가 공장에서 돼지 사료를 싣고 신망원으로 끌고 가는 장면을 여러 번 보았다. 그는 앞에서 끌고 그의 아버지는 뒤에서 밀며 갔다. 우리 집 앞엔 두 개의 고개가 있었다. 먼저 고개는 서울공고 북쪽 담장으로 신작로에서 대방동 시장을 거쳐 시설부대를 지나기 직전에 있었다. 고개를 넘으면 바로 우리 집이 나온다. 이곳을 지나치면 난 그를 볼 수 있었는데 시설대대와 성남고교 운동장 끝 사이로 오름길이 있어 그가 리어카를 끌고 바로 고개를 넘어가기에는 힘든 길이었다. 리어카에서는 펄펄 끓는 붉은 죽 같은 사료가 여전히 푹푹 소리를 내고 있었다. 나는 그를 도와 고개를 다 넘도록 뒤에서 밀어주곤 했다. 그는 물론 내게 고맙다고 했다.

우리 집은 기업으로 돼지를 키우는 게 아니라 부업으로 시작한 것이었다. 아이들은 자꾸 커 오고 쌀장사만으로는 장차 학비도 부담스러운 때였다.

돼지 새끼를 한 마리 키웠는데 이것이 자라서 새끼를 낳게 되었다. 그 새끼들이 또 자라서 새끼를 낳고 하였는데 돼지가 큰 것이 한 십여 마리가 되다 보니 돼지 먹이가 딸렸다. 그래서 동네 가까운 곳은 물론 멀리까지 뜨물만 있으면 지게를 지고 모아다 돼지를 먹였다. 이때부터 엄마는 철인의 길을 걷게 된 것이다.

참으로 집사람이 많이 고생했지. 돼지는 새끼가 어미 되어 새끼를 낳고 계속 이어져 수십 마리로 불어났지. 키우는 재미가 쏠쏠한 데다가 덕분에 가계수입도 늘어났고….

쌀뜨물과 음식 먹고 남은 것은 통을 가져다주고 받아달라고 집집마다 양철로 된 통을 하나씩 주었다. 어차피 음식쓰레기는 처분하기도 번거로운 것이기도 해 각 가정에서 친절하게도 잘 받아 주었다. 쌀뜨물지게를 져보니까 처음엔 비틀비틀거리며 걸을 때마다 쌀뜨물을 엎지르게 되어 정작 집에 오면 반 통밖에 안 남았다. 지게질도 저벅저벅 걷는 게 아니라 사뿐사뿐하게 걸어야 한다. 그것도 자꾸 지면 기술이 터득되는 것이다. 다 먹고 살게 돼 있다.

엄마는 여자의 몸으로 아버지와 힘든 쌀장사를 한 것이다. 은근히 쌀장사도 일이 많았다. 우선 도매상에서 차로 가게 앞에 대면 가마로 쌀을 옮겨 가게로 옮겨야 한다. 당시 한 가마는 80킬로의 무게가 나갔다. 쌀 도매는 한 집만 배달하는 게 아니고 이곳저곳 장사하는 곳에 배달하는 것이어서 짐차는 5톤 트럭 이상이었으니까 트럭 위로 다섯 겹의 쌀가마가 차곡차곡 쌓여 있는 것이었다. 그때야 따로 기중기가 없을 때니까 일일이 적재 차량 위로 올라가 높은 데 있는 쌀부터 내려야 했다. 운전수 외에 짐을 부리는 사람이 두 사람은 딸려 있었다. 그 조수들이 가게 안으로 옮겨주지 않으면 일일이 아버지가 가마를 어깨에 짊어지거나 등에 짊어지고 날라야 했다. 힘이 없으면 못 할 일이었다.

쌀을 다 부리고 가게 한쪽에 쌓아 놓으면 왠지 부자가 된 듯 가슴이 뿌듯했다. 한 가마를 외상으로 가져다 놓고 소매를 하며 장사하던 때보다 열 가마씩 쌓아 놓고 장사를 하면 고객은 그런 가게를 들려 매매하고 싶은 게 심리다. 그렇다고 없는 돈에 쌀을 많이 가져다 쌓을 순 없는 일이다.

그 큰살림을 억척스레 하지 않았으면 이렇게 살지도 못했을 것이다.

...

엄마가 시집온 지 15년 만에 1959년 봄에 연천 친정을 찾아 나섰다. 마땅히 아버지도 따라나서야 했음에도 장사를 핑계로 어머니 혼자 고향 길에 나섰다. 대방동에서 버스를 타고 용산역까지 가 경원선을 타면 한 번에 갈 수 있다. 물론 영등포역으로 가 거기서 기차를 타고 용산역에서 갈아타고 경원선으로 가는 두 가지 길이 있었다. 엄마는 갈아타는 것보다는 한 번에 가는 노선인 용산역까지 가 경원선을 타고 전곡역에 내리면 거기서 버스로 남계리를 거쳐 황지리 화진벌 앞에 내려 오리골은 금방 도달할 수 있었다.

그보다 황지리엔 아무도 없으니까 납계리 고모네 집을 찾아가는 것이다.

아침에 떠나 용산에서 기차를 갈아타고 왔으니 어영부영 점심 무렵에 고모네 집에 들어섰다.

대문에 들어서며 "고모!" 하고 부르며 문을 열고 들어가니

친정 고모가 날 보더니 반갑기도 했지만 깜짝 놀라셨다.

"아이고, 이게 누구냐! 니가 어떻게 왔냐?"

"고모 그동안 잘 계셨어요?"

"그럼 잘 있고 말구. 남편은 같이 안 왔냐?"

"네. 혼자 왔어요. 장사하느라 바빠서요…."

"그래도 그렇지. 널 혼자 보내더냐. 쯧쯧."

"다들 일 나갔나 봐요."

"응 재섭이는 전곡 장에 간다고 나서고, 재범이도 형 따라간다고 나섰구나. 시장하겠구나. 내 밥 차려 오마."

하고 고모가 부엌으로 들어가시는데 나도 따라 들어갔다. 이것저것 반찬을 챙겨 내가 손수 상을 들고 대청마루에 놓고 한 숟갈 뜨기 시작했다.

"고모님, 이왕 온 김에 부모님 산소나 들렀다 가려구요."

"산소가 있기나 하냐. 어딘지도 모르는데. 그때 아마 저수지 근처 구덩이에 시신들을 다 몰아 묻었다지 아마?"

이때 장에 갔다던 재섭이가 돌아오고 해서 둘이는 서로 반갑게 인사했다. 나이는 차이가 져도 촌수는 같은지라 "누님 어떻게 오셨어요?" 하지 않는가. "그래. 동생. 잠시 친정에 들렀네."

재섭이는 이럴 때 모습으로 어렴풋 기억나는 듯하지만 재범이는 잘 모르겠다. 우리 아들하고 같은 해에 났을 테니 14살이겠네.

"누님 가시죠!" 하고 재섭이가 먼저 마당으로 나서 대문을 향한다.

15년 만에 고향에 와 부모님 산소를 찾아가는 것이다. 오리골 내가 살던 집 뒤로 야트막한 산이 있다. 산 주위로는 군부대가 주둔하고 있었다. 그래서 산에 올라가려면 군인들의 허락을 받아야 했다. 산에는 벌써 진달래가 여기저기 피어나고 있었다. 푸릇푸릇 새잎도 여기저기 기운이 나는 모습처럼 싹이 나고 있었다.

엄마는 산 중턱에 평토장처럼 보이는 곳에 멈추어 이곳이 산소일 거라 생각해 절을 했다.

처음 찾아간 고향 아버지 엄마의 산소는 없었다. 하지만 엄마는 그 이듬해 다시 두 번째 고향 길에 나섰다. 이번엔 날 데리고 가기로 맘먹고

"슨행아, 너 엄마하고 연천엘 가보지 않으련?"

"왜 엄마. 또 산소 찾아가시게요?"

"왜, 그럼 안 되니?"

"아뇨. 가셔야지요. 엄마 맨날 우시는 거보다 가서서 실컷 우시면 되잖아요."

"녀석. 날 그렇게 생각해 주었니?"

엄마는 속으로 흡족해하시는 것 같은 표정이셨다.

두 번째에도 엄마는 고모와 재섭 아저씨와 같이 산으로 올라갔다. 이번에도 군인들에게 양해를 얻고 올라갔다.

엄마는 전에 봐준 평토장 같은 곳에 털썩 주저앉아 통곡을 하시기

시작했다.

"아이고! 엄마! 나 왔어요. 큰딸 정남이요. 아이고, 어머니~."

하고 울어대니 그 자리에 있던 네댓 명의 군인들도 우는 시늉을 하더라.

"당신들 다 보라구. 나 15년 만에 친정 와서 엄마를 찾아와 우는데 무덤도 없지 않소."

"아줌마 정말이에요?"

또 당황한 듯한 표정을 지으며 군인들은 저희들끼리 수군수군거렸다.

"아이고, 엄마 아버지 왜 나만 남겨 두고 가셨나요. 아이고, 어어 아버지, 불쌍한 내 엄마!"

고모는 엄마를 진정시키고, 나도 간신히 엄마를 부축해 남계리 고모 집으로 들어왔다. 이때 당신의 부모가 어떻게 돌아가셨는지 고모로부터 자초지종을 들을 수 있었다.

"너 저 연천읍 너머 대광리 사는 허임순이 알지? 기억나니?"

"아버지 친척 집 애 말이죠?"

"그래, 방학을 맞아 그 애가 외가댁에 놀러 왔다가 6·25가 터졌지 않냐. 그 애가 기적적으로 따발총 속에서 살아난 애가 아니냐."

"네? 그래요?"

"그때 인민군인지 국군인지 분간은 할 수 없었지만, 마을 앞 저수지 앞으로 마을 사람들을 모두 모이라고 해놓고 구덩이에 한데 몰아놓고 그대로 따발총으로 쏘아댔다는구나."

"그래서요."

"그래서요는 웬…."

엄마는 여태껏 부모님이 어떻게 돌아가셨는지 모르던 비밀을 알게 되어 입에 침이 바짝 말라가며 고모 얘기에 집중해 들었다.

"마침 이른 저녁상 물리고 이게 웬일인가 하고 저수지 앞으로 나와 보니 여기저기서 먼저 나온 순서로 대충 30여 명은 모여 있다더라."

잠시 말을 쉬다가 이내 계속하며 "모두 오리골 사람들이었대. 총을 어깨에 멘 인민군 하나가 모인 사람들을 향해 갑자기 따발총을 갈겨댔다는구나. 그때 누군가가 '엎드려!' 하고 소리쳐서 저도 엎드리려는 순간에 용케도 외숙모가 총을 맞고 쓰러지면서 나를 안고 쓰러지셨다지. 그 바람에 저도 함께 쓰러졌다는구나."

"끙."

"외숙부는 먼저 쓰러져 있었는데 돌아가신 건지, 살아계신 건지는 모르고 나는 가만히 숨죽이고 있었다지."

한탄강을 경계로 연천 일대는 동란 때 모두 북쪽의 공산당 치하에 있었기에 1·4후퇴로 밀려났던 유엔군과 국군이 북상하는 중에 일어난 일이었다. 누구의 짓인가 모른다. 정작 인민군인지, 이웃 마을에서 온 이들인지 아니면 실제로 국군이 그랬는지 미스터리한 일로 찜찜하게 남아 있던 사건이었다. 연천 지구의 집단학살은 거의 그런 형편이었다.

빨리 엎드린 사람은 살아남았을까? 모두 순식간에 저질러진 일이어서 총소리에 쓰러지고 만 것이었다. 도당골 박 씨네도 그날 같이 쓰러졌다.

허임순 씨는 훗날 영화에서 주인공으로 나타날 법하게도 용케도 그 학살 장면에서 살아남았다.

그런데 이해할 수 없는 것은 그때 북으로 퇴각하던 인민군 대열을 따라 작은외숙과 큰댁 막내딸이 함께 이북으로 들어갔다는 것이다.

...

엄마는 섬처럼 살아오셨다. 그런데 그 섬에 갈매기가 날아와 희망이 생겼다. 그 갈매기도 무척 외로웠나 보다. 6·25 동란 후 생사를 몰라 했던 동생 은경이를 찾은 것이다. 친정아버지 어머니는 연천에서 피란길에 가려던 걸 포기하고 고향에 눌러 있다가 변을 당해 돌아가셨지만, 그 와중에 동생은 피란을 한 것이었다. 안성에 피란 와 그곳에서 역시 피란 온 연천 백학면이 고향인 이 아무개 씨와 결혼해 아예 고향으로 돌아가지 못하고 눌러산 것이다. 고향에 돌아가 보았자 부모님도 없었고, 북쪽보다는 남쪽 안성이 살기가 좋았던 거다.

당시 안성에 가려면 용산 시외버스터미널을 이용해야 했다. 엄마는 장거리 버스 길에 멀미를 했지만, 동생을 만난다는 기쁨에 다 극복할 수 있었다. 주소지대로 일죽면에 살고 있는 동생을 찾아가 상봉했다. 시집온 지 20년 만에 만남이었지 않은가. 두 사람은 서로 부둥켜안고 하염없는 눈물을 흘렸다. 아버지 어머니의 유일한 혈육이었다. 막냇동생과 작은아버진 이북으로 가 분단된 세상에서 영원히 만날 수 없이 이산가족이 되었다. 물론 고향 연천에 고모와 일부 친척이 있기는 했다. 동생은 슬하에 이남이녀를 두었다. 그 후로 안성의 이모 댁에 가는 재미도 좋았다.

7.
희 망

　　"여호와의 말씀이니라. 너희를 향한 나의 생각을 내가 아나니 평안이요 재앙이 아니니라. 너희에게 미래와 희망을 주는 것이니라(예레미아 29장 11절)"

　　둥지가 해체되어가고 있었다. 자식은 품 안에 있을 때 자식인 거다. 각자도생이 시작되면 살길을 찾아 나서야 하는 것이다.

　　지금 가진 가게와 집이 두 채가 되어 세놓을 수도 있었다. 그러던 중 큰아들 슨행이가 대학에서 미국 연수를 다녀오겠다고 하면서 그때 돈으로 80만 원이 있어야 한다는데 우리에게 그렇게 많은 돈을 갑자기 어떻게 장만해야 할지 막막했어.

　　그때 생각엔 미국에 가면 동생도 있고 하니 혹시 아들이 그곳에 정착할 수 있겠다는 생각하였지. 고심 끝에 우리 내외는 어렵게 지은 우리 집을 팔아서라도 아들의 연수비용 80만 원을 마련해 주기로 하고 집을 복덕방에 내놓게 되었지. 결국, 작자가 나타나서 280만 원에 팔아 80만 원은 아들에게 주어 미국 연수에 보태주고 나머지 돈은 돈놀이해서 주형이와 재형이 둘이 전문대학을 진학하여 공부하는 데

썼다.

강아지 한 마리가 우리에게 행복을 물어다 주었었던 그 집은 그렇게 날아가 버리고 말았지. 그런데 이 자식들이 자기들 앞가림이 부모의 기대에 미치지 못하였어. 그래서 가게와 가게 위층 살림집만 가지고 미곡상을 하며 살아오다가 이제 나이가 미곡상도 너무 힘에 부치고 해서 업종을 문방구 업으로 바꿨지.

큰아들이 대학을 졸업하고 해외 취업을 한다면서 집에서 놀고 있으면서 어쩌다 교회에 다니게 되었어. 1년 남짓 비자를 기다리며 해외에서 적응하기 위해 이것저것 배우던 중에 충남 당진에 있는 중학교 교사로 가게 되어 해외 취업은 포기하고 말았지.

결국, 아들이 교사로 첫발을 디뎠고, 한시름 놓았어. 그런데 매주 주말이면 그 먼 데서 상경하여 교회를 잘 섬겼는데 신앙이 점점 성장하더니, 어느 날 우리 부부에게 "엄마, 아버지! 교회에 갑시다." 하고 전도를 하는 것이 아닌가.

당시 우리 내외는 물론 식구가 모두 불교를 믿고 있었는데 자꾸 교회에 가자 하니 거절을 할 수밖에 없었어. 이제 큰아들 나이가 어느덧 30이 넘어 서둘러 결혼을 해야 했어. 우리가 "아들, 어서 결혼해야지." 하면 그때마다 "나 엄마 아버지가 교회에 안 나가면 결혼을 안 해요." 하지 않는가. 자식을 이기는 부모 없다는 옛말이 우리를 두고 하는 말처럼 되어 결국 우리는 아들 따라 교회를 나가게 되었지.

그런데 하나님께서 큰아들 결혼 상대로 참 과분한 아내를 주셨어. 이제 나의 신앙이 성장하여야 할 텐데, 게다가 이제 담배를 끊어야 할 텐데 하다가도 교회에 갔다 집에 오면 다시 담배를 피곤했지.

...

언젠가 대학원 박사 과정에 영어발달사를 가르치던 한 모 교수님과 식사를 한 적이 있었다. 그때 한 말이 갑자기 스치듯 떠오른다. 자기는 역학도 공부를 조금 한 일이 있어 관상도 볼 수 있다는 것 아닌가. 뭐 특별히 부탁한 것도 아니건만 그 교수가 K대 영어영문과 출신인 데다 나도 대학원을 K 대학원 영어영문학에서 소설 쪽을 전공한 것이 다를 뿐 인지상정으로 끌리는 교수였다. 그러니 평소 주임교수를 통해 내 논문 지도교수가 되고 싶어 하던 분이었다.

"조 선생은 이미 관상이 좋아요. 그런데 이마에 왼쪽 흉터 같은 게 있는데 무슨 사연이라도…?"

"아, 네. 이건 어렸을 때 시골 동네에서 수탉이 무서워 도망치다가 마차 뒤 짐 실을 때 줄을 고정시키는 쇠고리에 부딪쳐 입은 상처지요. 지금 생각해 봐도 이해가 안 가지만 그땐 참으로 무서웠어요. 제 나이 아마 6살인가 했을 때죠. 동네 아이들이나 심지어 어른들까지도 그 수탉은 무서워했으니까요."

먹던 국그릇에서 숟가락을 놓은 채 말을 이어갔다.

"어른이 된 지금 보아도 수탉은 마치 무서운 인디언 추장 같은 위용이 섬뜩하지요."

닭벼슬을 바짝 세우고, 붉고 큰 눈과 턱밑까지 늘어진 벼슬은 마치 칠면조와 견줄 듯 크고 날개는 가슴 아래에서 꼬리에 이르기까지 울긋불긋했다.

"날개를 펴고 펄쩍 뛰며 날카로운 부리를 앞세워 달려드는 모습을 보시면 아마 교수님도 그때 거기 계셨어도 달아났을 걸요?"

우리는 차 한잔을 나누며 서로 껄껄대며 웃었다.

...

나는 그때고 지금이고 고모님과 형수님의 은혜를 늘 잊지 않고 고마워하며 내가 이곳 미국에 들어와 살 때 동준 형님이 가끔 들어오시거나 친구들이 오신다고 안내하라고 하시면 바쁜 미국생활 가운데서도 만사를 제치고 손님 대접하고 형님을 도와드리고 받들었다.

하루는 명지대학교 학생 열댓 명과 인솔 교수님이 들이닥쳐서 동석이와 함께 차로 몇 번씩 싣고 다니며 SEARS TOWER 등 CHICAGO를 관광시켜 준 일이 있다.

그런데 1983년 10월 25일 밤늦게 명지대학 학장실에서 전화가 와서 또 오시려나 하고 전화를 받았다. 그런데 이게 웬 청천벽력이냐. 형님이 뇌일혈로 운명을 하시었다는 소식이 아닌가! 나는 너무도 뜻밖의 일이어서 잠도 자지 못하고 괴로워했다.

전에도 들어오시면 얼굴색이 검었고 핏기가 없으셨고 피로하신 기색에 보여 나는 왜 그러시냐고 걱정스레 물었다. 형님이 들어오시면 늘 내가 여기서 사는 것이 마음에 좋으셔서 친구들한테 자랑하시며 많은 형님의 친구분들을 소개해 주시어 여러 지인들을 알게 되었다.

...

동생은 고등학교를 졸업하고 나니 제대로 밥 얻어먹을 데와 잘 데도 없었다. 그래서 상미네 누님 집에 그때 미국 군인이 한국 여자와(양색시) 동거하고 있었는데 누님을 통해 미군부대라도 취직을 시켜달라고 청을 넣어 달라 했다.

얼마 후에 그 미군이 왔을 때 동생은 취직 이야기하여 동두천 근처 군인 영내에 들어가서 미군들의 옷 세탁하고 막사 청소하고 구두 닦아주는 일명 house boy(지금의 파출부)의 일에 취직이 되었다.

거기 가서 기거하며 열심히 일하여 주고 가끔 서울도 나오며, 월급 받는 것을 조금씩 저축하니 집에서 시간 허비하는 것보다는 형편이 상당히 나았다. 가끔 서울 오면 친구들은 대학교 교복을 입고 책가방 들고 학교 다니는 것이 너무도 부러웠다. 자신이 천해지고 학교 내의 말들만 나오면 어쩐지 열등의식이 앞서며 더욱 괴로웠다. 이러는 생활 가운데 벌써 아침, 저녁으로는 산들바람이 부는 추석 때가 지나가고 9월 중순이 지나 초가을을 맞았다.

그때만 해도 오늘날과 달리 생산 공장이나 회사들이 있지 않고 취직이란 거의 없고 조금 쉬운 것은 미군부대에 취직하는 것이 조금 있었다. 그리하여 의정부에 가서 취직을 하여볼까 하고 거기에 갔다가 미1군단본부를 갔다 시내로 나오는데 길에서 우연히 내가 있던 부사관 참모 DON DALTON 중령을 만났다. 그는 군 생활 중에 열심히 일해 주고 나의 부처 총책임자이었기에 잘 알고 한데 웬일이냐고 묻는다. 그래서 제대 후 취직자리나 알아볼까 하고 왔다 하니까 차에 타라고 해서 탔다.

그때 의정부역 옆에 VINNELL CORP가 있었는데 이 회사에서는 미군 주둔지역에 용역사업을 하고 있었다. 미1군단공병대에서 나와 고문들을 관리하고 있었는데, 나의 옛 참모 COL(중령) DALTON이 함께 고문인 공병부 소령에게 날 데리고 가서 취직자리 하나 만들어 보라는 것이다. 그러자 공병부 고문이 회사 사장을 불러 즉시 지시하니까 빈자리를 열람해 보더니 이미 다른 사람을 채용하기로 된 그 자리를 내가 뚫고 들어가게 된 것이다. 참으로 감사해서 지금도 옛 참모의 이름은 잊히지 않는다.

이 해 1960년은 정말로 정치적으로 국가가 소란하였고 날마다 데모를 하며 독재정치 물러나라 하며 거리가 사람물결로 찼고, 게다가 최루탄 등으로 정말로 정국이 시끄러웠다.

마침내 4·19를 맞아 자유당 정권이 무너지고, 이 박사는 하야하여 하와이로 망명하고, 부통령이었던 이기붕의 가족은 다 자멸하고 말았다. 조병옥 박사가 뜻을 이루지 못하고 타계한 뒤 결국 장면 박사가 들어서서 국가수반이 되었다.

이때 나는 수도국에서 근무를 하고 있었다. 24시 근무하는 곳이니 나의 시간 내기는 비교적 쉬웠다. 근무시간표만 잘 짜면 내가 하고 싶은 것을 해 나갈 수 있는 여가시간이 있었다.

직장이 의정부이다 보니 가끔 서울 나와서 놀고 친구들을 자주 만날 수가 있었다. 그때마다 늘 마음속에 간절히 풀어야 할 숙제가 있었다.

그때에는 대학생들도 정복을 입고 배지를 달고 모자까지 쓰고 다녔다. 하루는 내가 한남동에 있는 단국대학교 이사로 있는 김봉명 씨의 아들을 알게 되어서 김창송 씨를 만난 일이 있었다. 그는 서울공고를 다니고 하여 가끔 만났다. 서로 대화 중에 내가 대학을 가야 하겠다고 하자 그러면 아버지가 단국대학교를 입학시킬 수 있다면서 손수 원서를 가져다가 입학수속을 하였다. 그 바람에 나는 단국대학교 정법학부 법률학과에 입학하게 되었다.

나는 의정부에서 하숙을 하던 것을 정리하고 서울 중심지 회현동에 자취방을 하나 구했다. 밤이면 의정부로 출근을 하고, 낮에는 학교 다닐 준비를 마치었다. 그때엔 주·야간이 다 있었는데 친구들로부터 야간 다닌다는 소리가 듣기 싫어 주간을 다니기로 결심하고 4월부터 시작하는 학기에 수강신청을 했다.

시간표를 짜는데 가능하면 일주일에 16시간을 4일 이내에 끝낼 수 있도록 시간표를 짜가지고 학교를 나가기 시작했다. 나름대로 열심히 하여 따라가려고 노력을 하고, 노트 정리가 잘 안 되면 공부 잘하는 학우들에게 빌리어 공부를 하였다.

당시에 우리 학교에도 유능한 교수님들이 많이 있었는데 대법원장을 지낸 백한성 씨, 행정법의 권위자 한태연 교수, 서울대 법대 이철수 교수 등이 강의를 하였는데 열심히 들으려 하고 노력했지만, 밤에 근무하고 잠도 못 자고 나와서 공부해야 하니 강의 도중에 졸은 적도 한두 번이 아닌 것 같다.

이때 시골 막내 여동생 춘이를 데려다가 밥을 시켜 먹고 춘이도 학교에 입학시키려고 계획하고 대방동 고모네 형님께 입학을 도와달라고 부탁하였지만 끝내 실현되지 못했다. 지금에 와 돌이켜 보아도 그때 실천하지 못한 것이 늘 한이 되었다. 일을 미루면 안 된다는 철칙은 그때나 지금도 같다.

1961년 들어 정국은 비교적 조용하였는데 군인들이 무엇을 하는지도 파악을 못 하고 교수 타입의 장면 대통령이 군사 쿠데타를 일으킨 박정희한테 무릎을 꿇고 물러났다. 서울 거리는 삼엄했고, 연일 포고령이란 무서운 호외만 나돌고 있었다.

5·16을 맞이해서 공부도 잘 안 되고 말 좀 하는 교수들은 다 잡아다가 가두어 두고 정국이 상당히 어수선한 때이었다. 이러한 가운데서도 1962년을 맞으며 학원을 정화한다, 깡패를 일소한다는 등 여러 가지 계획들로 깡패들은 많이 소탕되고 학교는 바야흐로 대학을 졸업할 때 학사고시를 치러 합격해야 학사증을 준다는 규정이 나오게 되어 1963년에는 학사고시를 보는 일까지 생겼다.

이러한 어수선한 가운데 대학을 끝내고 1963년 8월에 대망의 졸업을 하고 학사증을 수여받았다. 이러고는 나는 의정부에서 고양군 삼송리 뉴코리아 컨트리클럽이 있는 근처로 직장을 옮기는 동시에 시끄러운 회현동에서 사직동 262의 36호로 방을 얻고 옮겼다. 이제부턴 조금 여유 시간을 가질 수 있었다.

벌써 내 나이 30이 되어서 앞으로 살아갈 일을 곰곰 생각하던 터였다. 주변 지인들로부터 나의 결혼문제에 대해 관심을 두시고 종종

선을 보라는 권유를 받으며 영락교회로 출석한 일이 있는 것 같다.

둥지를 떠난 새는 또 다른 둥지를 만들 준비를 하는 게 자연의 이치다.

1965년에 접어들면서 동대문구 용두동에 사는 이은숙이를 친구로부터 소개받았다. 우린 데이트를 하며 영화 구경을 가곤 하다가 서로 의사가 일치되어 장래를 언약하고 결혼하기로 작정했다.

2월에 결혼식을 거행하려고 날을 잡았는데 장인 이봉희씨가 대방동에 오셔 오막살이집에서 나의 아버님을 만나 보셨다는 것이다. 말씀인즉 본인 하나만 보면 되니까 사는 것은 형편없더라는 말씀을 하시려는 것이다.

그리하여 2월에 약혼을 하고 4월 28일에 결혼식 날짜를 결정하고는 신혼집을 얻으러 다니다가 사직동 고개 너머 서대문구 행촌동에 있는 연립주택 아래층을 얻었다. 결혼 전에 이사를 하고 방도 빼야 하고 제법 바쁜 일정을 보내는데, 다행히 그간 내가 조금씩 저축한 것이 있어서 전세를 얻을 수 있었다.

결혼식장은 종로예식장으로 결정하고 결혼 하루 전 친우, 광희, 지운, 태하, 주현 등이 함께 함을 싣고 용두동 처갓집으로 갔다. 그런데 의례 술값은 받아 갖고 와야 하는데 협상이 잘 안 되어서 처남의 낡은 오메가 시계를 하나 뺏어가지고 행촌동 우리 방으로 돌아와서 친구들과 함께 섰다판이 벌어졌다.

밤새 노름을 하고 새벽이 되니 나는 신혼여행 가서 쓰려고 새로 은행에서 바꾸어 놓은 돈이 다 나가고 해서 정신이 번쩍 났다. 그래서 더해가지고 거의 본전을 채우고 잠도 못 자고 결혼식장에 갈 시간이 거의 되어 부지런히 옷을 입고 신신백화점 이발소에 가서 앉아 이발을 하니 잠이 꾸뻑꾸뻑 와서 이발사가 정신 차리라고 혼내던 기억이 난다.

예식을 끝내고 신혼여행을 갈 준비를 하고 서울역으로 갔다. 그런데 시간이 있어서 여관에 가서 좀 쉬었다가 역에서 기차를 탔다. 온양온천행이었다. 그때는 잘 가야 제주도, 그만 못하면 부산 동네 온천장, 지금 하고 얼마나 다른지 나는 온양온천 갈 처지 밖에는 못되었으니 지금도 부인에게 부끄럽기 한량없었다.

결혼을 하고 사는데 위층에 사는 주인이 다 교수이고 남매인데 가정이 좋지 않았다. 가을에 이사를 가기로 작정을 하고 서대문 독립문 옆 영천동에 한옥 문간방에 방을 얻고 이사를 하였다. 이때는 지금 도형이가 배 속에 있을 때인데, 1966년 1월이지만 과히 춥지 않았다. 우리 부부가 걷기에 적당한 날씨여서 임신하고 집에서 잠만 자는 것이 임산부에게 좋지 않다고들 하기에 1월 12일에 함께 집을 나섰다.

독립문에서 걸어서 사직동으로 지나 효자동을 거쳐 청와대 앞을 지나서 삼청동까지 산보를 갔다 와서 저녁에 자는데 몸이 이상하다는 것이다. 그때 밤중에 독립문 옆에 병원에 가서 진찰을 받으니 아이가 나오겠다며 우리더러 산부인과에 가라는 것이다. 그래서 준비를 하고 차를 타고 효자동 정숙 산부인과로 갔더니 의사가 보더니 해산을 해야 한다고 말한다.

해산을 기다리고 걱정을 하던 중에 1월 13일 해 뜰 무렵 도형이를 분만했는데 1.86키로밖에 안 되고 한 달 반을 조산한 것이다. 의사의 말이 여기서는 기를 수 없으니 종합병원에 데리고 가 인큐베이터에서 길러야 한다는 것이다. 그래서 도형이 엄마의 6촌 언니가 동대문에 있는 이대 부속병원에 의사가 있어서 부랴부랴 연락을 하였더니 다행히

인큐베이터가 있다고 하여서 추운 겨울 아침 아이를 솜으로 싸고 이불로 싸서 택시를 타고 이대부속병원으로 가서 수속을 하고 입원을 시키었다.

인큐베이터 안에 넣은 것을 보고 집으로 와서 자주 전화를 하고 가 보는데 황달이 있다고 걱정을 하는 것이다. 아이들은 다 그렇다고 하며 조금 지나면 없어진다고 하는데 심하다고 해서 걱정이 많았다. 날마다 가서 들여다봤다. 아이가 원래 작아서 인큐베이터 안에 누워 있는 것을 보면 한심스럽고 걱정이 되었다. 두 주가 지나니 조금 나아지는 것 같은데 중량이 조금 올랐다는 것이다.

이러기를 45일간을 생활하니까 집에 가서도 엄마 젖을 빨 수 있도록 병원에서도 자주 젖을 빨 수 있는 연습을 시키었다. 결국, 한 달 반 만에 퇴원해도 된다기에 퇴원수속을 하고 집에 데려오니 걱정이 많았다, 방 온도, 공기 오염, 음식 및 우유 등이 걱정이었다.

다행히도 아이는 잘 자라고 있는데 또다시 불광동 전화국 뒤로 이사를 했다. 도형이의 성장을 지켜보니 한 돌이 되어도 제대로 일어서지를 못하고 상당히 약한 편이어서 걱정을 하였는데 더 지나니까 혼자 서고 혼자 걸음을 떼어놓았는데 상당히 늦은 편이어서 자주 김효구 소아과에 데리고 가서 예방주사도 맞히고 진찰도 게을리하지 않았다.

이때는 월남 전쟁이 치열하였고, 한국군들이 파병되며 월남 기술자들을 모집하여 보내는 중에 나도 마음이 들떠서 가려고 수속을 하려고 이력서를 냈다. 세월은 벌써 1968년에 접어들면서 도형이도 잘 자랐고 재롱도 떨어서 상당히 기뻤다. 전세방은 넓고 커서 좋은데 부억을 덧붙여 짓고 슬레이트 지붕이어서 겨울이면 춥고 하여 걱정을 하던 차에 월남 가는 회사에서 취직이 되었다는 통지서가 왔다. 즉시 근처를 다니며 전세방을 찾았는데 같은 지역 불광동 연신내에 방이 조용한 데가 있어 옮기며 나의 월남 취직 수속에 바빴다.

벌써 이때가 1968년 초가을 9월에 접어들었다. 그때 성희가 배 속에 들어 있을 때이고 이사를 가 보니 그 집 주인도 신혼부부인데 갓 임신을 한 것 같아 그 주인 왈 같은 집에서 아이를 같이 낳는 것이 좋지 않다는 정도의 말이었다.

동생들도 각기 짝을 찾아 떠났기 때문에 아버지 어머니 둥지는 한산했다. 부모에게는 유일한 희망이 자식들이 잘 커서 공부 잘해서 각자 세상에 사람다운 사람으로 살아가 남에게 귀감으로 살아간다면 더할 나위 없는 삶이리라. 그게 희망이라면 희망일 것이다. 성경에서 보는 가나안 땅으로 가는 길은 멀고 험난했다. 더구나 하나님은 이스라엘 백성들을 시내산을 중심으로 더 이상 가나안 땅으로 진전하지 못하고 40년을 그 자리에서 맴돌게 하셨다. 그 해석은 쉽게 얻은 것은 쉽게 잊혀지는 법이라서 고난을 통해 얻어진 것은 오래 기억하고 오래 간직할 수 있기 때문일 것이다. 하나님은 인간에게 고난을 통해 당신의 진리를 소망을 이루도록 일부러라도 유인할 필요가 있다. 세상 사람들이 다 좁은 문으로 들어가려 하지 않고 넓은 문으로 들어가고 싶어 한다. 물론 극소수의 구도자 같은 사람은 애써 좁은 문을 가려 할 것이다. 그러나 세상에 사는 동안 좁은 문, 넓은 문을 구별하여 살지는 않지 않은가? 주어진 운명에 맞춰 살다 보면 그 문의 환경도 달라질 수 있다.

이제 부모의 둥지에 기쁜 소식을 전해야 할 차례다. 누가 먼저랄 것 없이 둥지를 떠난 자식들은 그 점을 잊지 않으리라.

제3부

이 민

8.
인생유전

둥지의 분화가 시작되었다. 아니, 이미 고향을 떠나 서울로 올라오면서 시작되었다. 할아버지의 셋째 아들이자 삼촌의 삶의 여정은 월남에서 시작했다.

미국의 요청으로 대한민국 역사상 최초로 1964년 7월 31일에 국군의 베트남 파병을 위한 제1차 파병동의안이 국회에서 가결되었다. 공산침략의 경험을 한 나라로서 아시아 지역의 안보와 스스로의 자유수호의 명분도 있어 당시 야당의 극렬한 반대가 있었음에도 불구하고 박정희 정부는 한국군의 월남참전의 결단을 내리게 되었다. 1965년을 시작으로 맹호, 청룡부대가 전투부대로 참전하게 되었고, 66년에는 백마부대까지 참전하여 연인원 30만 명, 최대 5만 명이 파병되었다. 그러나 한국군의 참전 조건 외에 미국 당국과의 외교적 협상 중에는 남베트남에서 사용할 군수품 공급 등 한국의 남베트남 시장 진출에 대한 보장 조건이 있었다.

때는 어느덧 1968년 9월 하순에 접어들며 초가을 하늘은 푸르고 높았다. 아침저녁으로는 시원한 바람이 불고, 들판은 오곡이 무르익어가는 이른 가을이었다. 삼촌은 월남 갈 수속을 다 끝내고 출국 준비가 되었는데, 그때 아들 도형이가 세 살 반이었고, 딸 성희는 배 속에서 석 달이 지났다. 약한 아내가 임신을 하고 세 살 넘은 아이들을 데리고 셋방살이할 생각에 미치니 정말로 마음이 착잡했다.

드디어 9월 18일 월남에 있는 PHILCO-FORD CORP로 출발하는 날이어서 짐을 챙겨 김포비행장을 향해 출발했다. 배웅 나온 사람들이 아내와 아들 말고도 큰형님 가족, 여동생 둘과 학창시절 크게 도움이 되어 준 형님 내외 친구들이 다 나와 있었다. 초조해하던 아내와 도형이를 떼어놓고 저녁노을에 휩싸인 김포공항을 떠나 그날 저녁 홍콩에 가서 여장을 풀었다. 그다음 날 덥고 전운에 가득 찬 사이공에 내렸다. 필시 더울 거라 예상은 했지만 찌는 듯한 더위에 불결한 비행장에 내려 입국수속을 마치고는 호텔로 가서 여장을 풀었다.

사이공은 길이 넓고 바둑판처럼 도시계획이 잘 되어 있었다. 야자수가 우거지고 집들도 불란서 식으로 지어 도시는 비교적 깨끗했다. 여기서 수일을 묵고 있다가 북쪽에 있는 다낭으로 가게 되어 조그만 비행기를 타고 가니 거기도 군인들이 많이 주둔하고 복잡하였다. 월남은 해변으로 둘러싸여 있어도 건기에는 섭씨 40℃가 넘어가도록 무지 더워도 습기가 없어 그늘에만 들어서면 시원했다.

이러구러 난 회사 PHILCO-FORD 숙소로 향하였다. 거기서 약 1주간 머무는 동안 정말 내일을 모르고 살아가는 전쟁터에서 특히 고국의 연예인 공연을 볼 기회가 있었다. 이국에서 고국의 공연을 보는 즐거움이 얼마나 기쁨을 주는지 예전엔 몰랐다. 특히, 그 당시 가수 남진이 해병대원으로 파월 와서 있었다. 거기서 근무하며 한국에서 위문공연단들이 오면 함께 공연을 했는데 밤이 깊어 가는 줄 모르고 재창을 청하며 기뻐했다.

얼마 후 나는 다시 월남의 옛 도성인 PUU BAI로 가게 되었다. 거긴 다낭에서 백여 리 북쪽에 위치한 옛 수도여서 고적이 상당히 많고 깨끗한 도시였다. 이곳에서 근무를 하는데 여러 가지 상황을 겪었다. 어느 날 저녁 우리가 식당에서 저녁을 먹다 베트콩들의 포격을 받았다. 다들 놀라 식당을 뛰어나와 방공호로 피신한 적도 있었다. 어떤 날은 저녁에 내가 주둔한 사단본부의 클럽에서 맥주 파는 part time을 하고 있었는데 밤에 많은 포탄이 날아와서 혼난 적도 있었다. 그런가 하면 우리 있는 곳에서 조금 떨어진 곳에 쌍발 헬리콥터 부대가 산 위에 주둔하고 있었는데 밤중에 베트콩들이 포위하여 급습을 당해 헬리콥터들이 전소되고, 미군 1개 중대가 거의 전멸된 일도 있었다.

낮에는 비교적 안전하여 주말이면 가까운 HUE시에 나가 한식도 사 먹고 고향의 향수도 달랠 수 있었다. 이런 생활을 하는 가운데 나는 늘 마음에 한구석에 불편함 점이 잠재하여 있었다. 다름 아닌 둘째 형님의 일이었다. 고향에서 농토도 없이 고생하며 살아가는 형편이 말이 아니었다. 내가 월남에 가면 가욋돈을 좀 벌어 형님에게 농토를 좀 사 주어야겠다고 늘 걱정을 하고 있던 차에 어느 날 큰형님한테 편지가 날아왔다. 너무도 뜻밖에 작은형님이 생활고를 비관해 비가 억수같이 오는 날 산에 가서 자결을 했다는 내용의 편지였다. 그 형님은 남들과 같이 활동적이지도 못하였고 생활력도 강하지 못했다. 물론 직장이란 것도 없고 농사만이 천직이었는데 농토도 없는 데다 결혼해서 처자식들과 살아가려니 늘 걱정이어서 서울 큰형님네 와서도 도와달라는 말도 못하고 눈치만 보다가 형님이 쌀이나 조금 주면 그걸 둘러메고 시골로 가지고 가곤 했다.

이같이 불쌍하고 딱한 사정의 둘째 형의 비보를 듣고 며칠을 울고 또 울었다.

이러구러 벌써 1970년에 접어들었다. 월남 전쟁도 비관적으로 나가고 미군들의 사기 저하와 무슨 방법으로라도 전쟁을 종식시키려는 추세가 미국 내에서 서서히 나타나기 시작했다. 군 기지가 줄어들고 철수하여 병력이 점점 적어지고 하여 우리는 다시 다낭으로 옮기어 비행장 안에서 근무를 하게 되었다. 월남 북부 지방에서 전쟁을 하다가 죽은 군인들이 다 비행장 안에 오면 영안실에서는 그 시체들을 다 벗기고 씻어서 냉동자루에 넣어 꽁꽁 얼려 하와이로 매일 수송기 편으로 운송하곤 하였다.

이렇게 애꿎게 타국에 와서 계속 자국의 장병들이 죽어가기에 미국 내에서는 반전데모가 매일 심하였다. 미국은 어떻게든 이 전쟁을 끝내려고 하였었다. 한편 한국에서는 북한 괴뢰군 김신조 일당들이 청와대 앞까지 들어와 공격하는 등 국내 사정도 늘 불안하였고, 북한의 침략 걱정을 생각하지 않을 수 없었다. 많은 한국군이 월남에 파병되어서 국세는 약하고 북으로부터 남침 위협은 늘 존재하고 있었다.

그리하여 한국에서 혼자 아이들 둘을 데리고 사는 아내는 편지마다 오지 말고 미국으로 가라는 내용이었다. 그래서 월남에 있으면서 늘 미국으로 갈 수 있는 방법을 서로 궁리하며 이력서를 보낸 곳이 몇 군데 있었다.

1970년 10월이 되면서 그곳에 더 머물고 싶지 않았고, 많은 사람들이 그곳을 떠나 귀국을 하였다. 나도 그때 월남을 떠나기로 결심하고 짐을 챙기고 수속 준비를 시작하여 12월 초순경 다낭을 떠나 총본사가 있는 사이공으로 내려왔다.

...

한 주일 사이공 본사에 머물며 행정적으로 다 정리를 마치고 대부분 사람들은 사이공에서 홍콩으로 나와 서울로 들어오는데 나는 비장한 각오를 가지고 미국으로 가기 위해 방콕행 비행기에 탔다. 그때는 비자도 없이 무조건 비행기를 타고 그곳으로 가니 방콕 국제공항에서 72시간 체류할 수 있는 단기 비자를 주어서 택시를 타고 호텔로 들어가서 여장을 풀고 미국 비자를 받을 연구를 했다.

당시 월남에서는 물론 홍콩도 말할 것도 없이 동남아 지방에서 미국 비자를 받기란 여간 어려운 일이 아니었다. 이튿날 일어나 우선 캐나다 영사관에 가서 이 나라 비자를 받기로 하고 비자를 신청하니 거기도 '왕복 비행기 표를 가져와라, 왜 가려느냐?' 등등을 물으며 상당히 까다롭게 굴었다.

이튿날 난 다시 비행기 표를 만들어가지고 영사관에 들어가서 어려운 비자 관문을 통과해 비자를 얻었다. 한데 주말이 되면 나의 태국 체류 비자가 끝나는 날이었다. 그래서 태국 이민국으로 뛰어가 오후에 싸워가며 주말을 지나 월요일 나가는 것으로 겨우 연장해 놓았다.

주말을 지내고 월요일 오전에 한 번 홍콩 나가는 비행기가 있어서 아침 일찍 짐을 싸가지고 택시로 미국대사관으로 향하였다. 이튿날 아침이어서 비교적 조용하여 직원에 비자 신청을 하러 왔다고 하니 신청서를 주어서 써서 주었더니 기다리라 한다.

그가 미국 영사한테 가더니 조금 있다 들어오라 하여 영사실에 들어가니 서류를 보고 있기에 실은 캐나다 밴쿠버로 가는 길인데 시카고에 친구가 있어서 잠시 들르려 한다고 둘러대었다. 영사가 비행기 표 등을 다 훑어보더니 신청용지에 사인하고 접수창구에 갔다 주라고 한다. 그래서 갖다 주었더니 즉시 비자 도장을 찍어 주었다. 바로 나와 기다리고 있던 택시를 타고 비행장으로 와 정신없이 비행기에 오르니 방금 지나온 일들이 꿈만 같았다. 이때의 기분은 겪어보지 않으면 얼마나 기쁜지 이루 형용할 수가 없다.

이때는 특히 한국 사람들은 대부분 미국 비자 신청은 퇴짜를 맞았었다. 그리하여 신기해서 비행기 속에서 비자를 보고 또 보고 했다. 비행기가 곧 홍콩에 착륙하여서 호텔에 들어가 여장을 풀고 서울로 도형이 엄마한테 전화하여 내일 저녁 전화할 테니 와서 기다리라 해놓고 종일 관광하고 저녁에 다시 서울로 전화하여 미국으로 간다고 하였더니 반가워 하기도 하고 섭섭해하기도 했다.

이튿날 저녁 홍콩에서 비행기에 올라 동경을 거쳐 거기서 밤 열두 시경 출발하여 태평양을 거쳐 해 뜰 무렵 하와이로 향하는데 바다 위에 구름과 햇살이 얼마나 장관을 이루었는지 몰랐다. 하와이에 도착해 호텔에 들어간 날이 12월 17일이었는데 자고 나서 아침 먹으러 식당에 갔더니 음식값이 어찌나 비싼지 겁이 나서 제대로 먹지 못했다. 비행기 속에서 주던 음식을 먹지 않고 내린 것이 얼마나 후회가 되었는지 모른다.

이곳은 사계절 화씨 70~80도를 오르내리고, 낮에는 겨울에도 와이키키 해변에서는 수영을 하는데 온통 축제 분위기에 차 있었다. 쇼핑센터를 가면 성탄 장식들로 월남과는 너무 다른 세상이었다.

여기서 며칠을 쉬고 구경해 보았어도 누가 오라는 데도 없었다. 내겐 월남에서 같은 회사에 있을 때 동료의 형이 시카고에 있다는 말을 듣고 주소 한 장 갖고 온 것밖엔 없었다. 이 인연으로 12월 20일 비행기를 타고 LAS VEGAS를 거쳐 CHICAGO OHARE 공항에 내리니 여기는 겨울이어서 눈이 많이 왔고 상당히 추웠다. 비행장을 나와서 택시를 타고 운전수에게 주소를 주며 거기로 가자 하니 그 아파트 앞에까지 데려다주어 내리니 정작 당사자가 직장 가고 없는데 퇴근해야 온다 하는 것이었다. 하는 수 없이 몇 집 건너 술집이 있어서 거기서 기다리다가 6시에 오라는 것이다. 상당히 춥기도 하여 거기 술집에 들어가서 기다렸다. 시간이 되어 다시 미지의 그 사람 집에 오니 이 분은 미국 오기 전에 영락교회 전도사인데 공부하러 온 분이었다. 이 분 아파트 안에 소파에서 며칠간 잠을 자며 직장을 구하러 다니다가 오래 있을 수도 없고 해서 가까운 곳 3143 N. SOUTHPORT AVE CHICAGO, IL 60657에 APT로 옮기었다. 이때 마침 유학 온 김이성 씨를 이 아파트에서 만나 그와 함께 ROOMMATE를 정하고 아파트 비용을 반반 부담하여 같이 생활하기로 하고, 나는 열심히 직장을 찾아서 방황하는 중에 누구의 소개로 CARBON PAPER를 만드는 공장에 일자리를 얻게 되었다.

이 공장은 종이 한 뭉치가 꽤 무거운 것도 있었고, 그 CARBON(먹지 종이)을 하루 다루고 나면 얼굴이 검둥이가 되고 만다. 이 직장을 얼마간 다니다가 하도 힘도 들고 추저분하기도 하여 누구 소개로 박스 만드는 공장으로 옮기었다. 그런데 여기도 보통 일이 아니었다. 큰 종이 ROLL이 다른 공장에서 들어오면 그 종이로 박스를 만들어 내는 것인데 자칫하면 종이에 손이 베기도 하는 중노동이었다.

힘들어도 계속 다니는데 나는 차가 없어 전철을 타고 버스를 타고 다니는데, 어느 날 밤중에는 직장에서 버스를 타고 가서 전철로 갈아타고 집으로 오려는데 전철 안엔 밤에는 사람들이 별로 없었다. 전철에 앉아 있는데 젊은 검둥이 둘이 올라오더니 하나는 내 옆에 앉고, 다른 하나는 내 뒤에 앉더니 뒤에 있는 녀석이 나의 목을 팔로 비틀고, 옆에 앉았던 녀석은 나의 팔을 비틀고 바지 주머니에서 나의 지갑을 빼고 있었다. 그리고는 내가 찬 시계(오메가)를 뺏으려 해서 시계는 안 뺏기려고 버티는데 이들이 다음 정거장에서 내리려 하여 돈은 빼고 지갑은 달라고 소리를 쳤더니 내리며 지갑은 기차 안에 던져 주어 신분증은 잃어버리지 않았다. 기차 안에 백인들도 조금 있었건만 어느 누가 하나라도 말리지 않고 역성들어 주는 사람들이 없음을 알고 '아, 이것이 미국이구나.' 하는 것을 깨달았다.

이렇게 하며 맹목적으로 살 것이 아니라 나의 신분 해결을 위해 영주권 취득(GREEN CARD)을 해야 가족들을 데려올 수 있었다. 그래서 NEW TORK에 살고 있는 고등학교 친구 이찬환 군의 도움을 받기로 했다. 이 친구는 그때 가발 수입상을 하고 있어서 날 그 회사의 사원으로 하여 영주권을 신청하여 놓았다. 물론 영주권 취득은 시간이 걸렸다.

이러는 중 1972년 시카고엔 초여름이 되어 꽤 더웠다. 5월 18일 밤 중에 퇴근하여 집에 들어서려는데 우편함에 종이가 있어서 갖고 들어 와 보니, 아니 아버님이 돌아가셨다는 전보가 아닌가! 가끔 편지에 건 강이 나쁘시다는 소식은 들었지만 그리 쉽게 돌아가실 줄은 몰랐다. 불효자식 탓만 하고 어찌할 수가 없었다.

"그때는 나의 영주권도 안 나왔고 한국에 나가면 다시 들어올 수 없는 신분인 데다가 여태껏 여기 와서 고생한 것이 다 수포로 돌아가 기에 영주권 나올 때까지 움직일 수가 없어서 대방동에 전화만 하고 혼자서 눈물만 흘리었다. 들리는 소식에 의하면 내가 미국에 와서 사 는 것이 좋으셔서 늘 포천 친구분들에게 아들이 미국 가서 있다고 좋 아하시며 자랑하셨다는데, 정작 아들은 용돈 한 푼 써 보시게 해 드 리지 못하고 돌아가시어 불효한 마음이 아려온다."

나는 이곳에 와서 이민자의 한 사람으로 보니 한국 사람들이 그저 3천여 명 정도가 살고는 있지만, 식품점도 있고 식당도 있어서 생활에 는 불편이 없었다. 다들 일주일 열심히 일하고 주말이면 서로 만나 대 화하며 친교하고 지내는 것이 큰 낙이었다.

그리하여 겸사겸사해서 1970년 말부터 목사님의 강한 권유로 자 주 교회를 나가는 시간을 가졌다. 여기서부터 나의 신앙생활은 시작 된 것이다. 1972년 7월에 들어 이민국에서 반가운 편지가 왔다. 내용인즉 영주권 면접 통지가 온 것이다. 얼마나 기쁜지 몰라서 그 날짜만 손꼽아 기다리다가 면접날 가서 면접하고 꿈에 그리던 영주권(GREEN CARD)을 받아드니 세상에 부러울 것이 없었다.

나는 곧 여기서 서류를 만들어 서울에서 혼자 아이 둘을 데리고 고생하는 도형이 엄마와 아이들을 초청하였다. 그랬더니 연말경 서울에 있는 미국대사관에서 서류가 도착했다는 통지가 왔고 빨리 여권을 신청하라는 연락을 하였더니 벌써 여권은 다 만들어 놔서 이민 비자만 나오면 출발할 수 있다고 한다.

집도 그때는 김신조 일당의 괴뢰군의 청와대 침입 사고로 부동산이 시세가 말이 아니었다. 헐값에 팔고 비자 나오기만 기다리다가 1973년 1월에 대사관에서 비자 받으러 오라 한다는 연락을 받아 비자를 받고 출발 날짜가 1월 말경 이곳에 온다는 것이었다.

날짜 가기만을 기다리고 있는 차에 바야흐로 도착 날이 되어 비행장에 나갔는데 얼마나 마음이 조마조마한지 진정할 수가 없었다. 하기야 도형이와 제 엄마는 꼭 4년 4개월 만에 만나는 것이고, 성희는 처음 만나는 것이니 그 반가움이야 이루 말할 수 없었다. 나의 결혼 3년 4개월 떨어져 있는 동안 4년 4개월을 서로 떨어져 살아왔으니 반도 같이 살지를 못한 셈이었다.

비행기에서 성희가 먼저 나오는데 상당히 귀여웠다. 성희만을 껴안아 주었더니 도형이 엄마는 두고두고 섭섭하게 하였고 투덜대었다. 짐을 찾아 아파트에 들어오니 저녁때가 되었다. 뉴욕 친구는 아내의 도착시간을 알고 우리에게 전화를 주어 반갑게 대화를 나누고는 아내와의 오랜 해후의 만남이어서 일찍 불 끄고 잠자리에 들려 하는데 아내의 말인즉 부끄럽다는 것이다. 하기야 4년 4개월 만에 만남이니 남 같은 기분이 들은 모양이었다.

나는 이제 또 다른 마음의 결심을 하여야 했다. 내가 평생 이 힘든 일은 더는 할 수 없고 하여 봄에 학원을 나가기로 하고 등록을 마쳤다. 낮에는 학교에 갔다가 오후에 끝나면 곧바로 직장을 가곤 했는데 이게 여간 힘든 일이 아니었다.

중노동을 하고 새벽 한 시에 와서 공부와 숙제를 하고 나면 세 시가 훌쩍 넘곤 한다. 잠도 얼마 자지 못하고 일어나 조금 먹고 곧바로 학교에 가서 강의를 듣곤 하는데 공부도 안 되고 힘에 겨워 얼마 못 가 힘든 직장은 그만두고 COYNE AMERICAN INSTITUTE에만 나가니 훨씬 쉽고 공부에도 보람을 느끼게 되었다. 그래서 늦은 그해에 ELECTRONICS COURSE를 마치고 SKOKIE에 소재한 AT&T의 방계 회사인 TELETYPE 회사에 취직을 하였는데 지금까지완 전연 다른 세계이었다.

회사에서 가까운 곳 5840 N. BERNARD ST. CHICAGO, IL 60659에 2층 아파트형 집을 샀다. 위층은 세를 주고 아래층에선 우리가 살며 셋돈 받는 것으로 주택융자금을 물어가며 어린 도형이와 성희를 두고 함께 직장을 다니니 생활은 괜찮았는데 아이들에게 할 일이 아니었다.

늘 책가방에 끈을 만들어서 열쇠를 매달아 잊지 않게 다니게 하고 학교에서 돌아와 부모 없이도 들어올 수 있게 하는 생활을 하였다. 미국에서는 12세 이하 아이들만 남겨 놓고 어른들이 없는 것은 위법에 속한다.

이런 생활 가운데 헌 차를 갖고 있었는데 새 차도 구입하고, 이웃도 좋고 학교가 좋아서 교육에도 도움이 되었다. 이러는 동안 고모님네 형님도 미국에 오셔서 집에 들르시고, 선형이도 이곳에 와서 며칠 쉬고, 가끔 친구들도 와서 들르곤 하였다.

이런 생활 가운데 1979년에 접어들어 다시 시카고 외곽지대로 집을 옮기고 싶은 생각이 들었다. 집을 팔려고 시장에 내놓았더니 11월에 5년 전 산 값에 두 배를 받고 팔아 현재 사는 2611 SIBLEY ST. PARK RIDGE, IL 60068로 이사를 하였다. 이곳은 학교도 좋고 비행장도 가까운 조용한 주택이었다. 이곳에 사는 동안 역시 손님들이 자주 오시니 고모님네 형님 이천 김동옥 양정학원 이사장님 내외분을 비롯해 많은 사람들이 오시곤 했다.

여기서 도형이는 JUNIOR HIGH SCHOOL과 HIGH SCHOOL을 마치고 성희도 3년 후 뒤따라 졸업을 했다. 도형이는 SIU(SOUTHERN ILLINOIS UNIVERSITY CARBONDALE)로 가고, 성희는 NIU(NORTHERN ILLINOIS UNIVERSITY DEKALBS)로 가서 졸업을 하였다. 1990년경 도형이 엄마는 실직을 당했지만, 아이들 학업이 끝났으니 큰 다행이었다. 아내의 도움이 없었다면 나 혼자 정말로 어려움을 당할 뻔하였다.

벌써 도형이가 29살, 직장을 몇 번 바꾸고 이제는 WLAA GREEN STORE에서 ASSISTANT MANAGER로 근무하고, 성희는 작년에 직장을 바꾸어 지금은 ERNST & YOUNG 회계 회사에서 회계 감사원

(AUDITOR)으로 일하고 있다. 게다가 결혼을 목전에 두고 있으니 나의 사윗감은 TIM MAYERHOPER란 (TIMOTHY EDWARD MAYERHOFER) 대학교 동창이다.

나는 성희의 결혼문제에 대해 많이 논쟁을 하고 싸우기도 하는 불편한 관계를 가졌다. 나의 욕심은 가능하면 한국 사위를 얻고 싶은 욕심이 늘 있었는데 뜻대로 이루어지지 않았다. 저희들이 선택한 것이니까 좋은 가정을 이루고 행복하게 잘 살아주기만을 바랄 뿐이고, 도형이만 결혼시키면 마음이 편할 것 같다. 언제나 이루어질지 알 수 없지만.

"하나의 문이 닫히면 또 하나의 문이 열린다. 그러니까 살다 보면 죽으란 법은 없다. 다 살아가게 돼 있는 것이다. 이번에는 딸의 둥지가 미국 이민을 간다. 병춘 고모와 고모부가 주인공들이다."

1981년. 2월 남편과 내가 이민 오기 전 내 나이 33세, 남편은 38세.

"우리 두 사람은 결혼한 지가 몇 년이 지났지만, 남들 다 있는 자식이 생기지 않는 거예요."

어쩌면 이 말이 이민을 선택하게 된 결정적인 작용을 했을는지 모른다. 당시엔 워낙에 형편이 여의치 않으니 아이도 별로 기다려지지 않는 형편이었다. 남편의 직업은 건축업 보일러공이었다.

날품팔이란 일거리가 있을 때는 즐거운 것이고, 일이 없을 때는 몇 날이고 놀아야 한다. 난 남편의 일정치 않은 직업이 싫었다. 그래서 시카고에 작은오빠가 살고 있으니까 나를 초청해 주시면 우린 식구가 간단하니까 미국에 가서 고생을 하는 한이 있더라도 한번 잘 살아 보았으면 좋겠다고 늘 마음을 먹고 있었다.

그러던 어느 날 지성이면 감천이라고 시카고에 있는 오빠로부터 초청장이 날아든 것이었다. 이게 꿈인지 생시인지 설레는 마음으로 한 가지씩 한 가지씩 이민에 필요한 수속을 밟기 시작했다. 그리고 3년 반 만에야 미국 영사관으로부터 비자를 받았다.

그렇게 원하던 비자를 받고 보니 선뜻 출발하게 되질 않아 그로부터 6개월 후에야 한국을 떠날 수 있었다. 막상 미국에 가서 무엇을 어

떻게 해서 먹고살 것인가, 말도 안 통하고 낯도 설고 물도 설은 백지
천하 누굴 믿고 그곳에서 살 것인가 하는 생각에 잠이 오질 않고 매일
매일 가슴만 답답하기 짝이 없었다. 하지만 왠지 모르게 "나는 가야
해!" 이렇게 마음이 굳어지는 것이었다.

그리하여 마음을 정리하고 이민 보따리를 싸 놓고 친정 식구, 시댁
식구들과 눈물의 이별을 마치고 마지막 밤을 대방동 오빠네 집에서
하룻밤을 보냈다.

구정 지나고 1981년 2월 10일, 저녁 비행기 시간에 맞춰 짐칸에 이
민 가방을 실은 1톤 용달차 운전수는 옆자리 조수석에 우리 내외를
앉히고는 대방동을 떠나 김포공항을 향해 달려간다. 용달이 우리의
발길이 신발이 닳도록 걸어 다녔던 추억의 거리인 신길동 영등포와 양
평동을 지나는데 여전히 구정 명절에 식구들과 흥청거리며 윷놀이로
흥겨웠던 분위기가 눈에 어른대었다.

그땐 식구들이 있는 대로 공항 출국장으로 몰려가 배웅을 하던 때
였다.

잘 살라고 떠나는 이민이니까 슬플 건 없었지만, 떠나는 사람이나
남아 배웅하는 사람들 모두가 눈시울을 훔치고 있었다.

공항 출국장은 제법 이민자들과 배웅 나온 가족들로 복잡했다. 출
국 수속을 하는데 우리가 가져간 보따리가 중량을 초과하여 2만 원을
더 내라는 것이었다. 초과비용을 더 내고 짐은 비행기로 부치고 수속
을 모두 마쳤다.

"고모 잘 가요. 행운을 빌어요."

아버지는 그저 말없이 동생이 미국 도착해 무사히 잘 살아 달라고 당부를 하며 손만 흔들고 있는데 고모부가 아버지에게 다가와 "형님, 우리 내외 잘 가서 성공하겠습니다." 하며 잡은 손에 힘을 주며 흔들었다.

"형수님, 건강하시고요. 염려 마세요. 그동안 고마웠습니다."

"잘 다녀와요, 신우도~ 꼭 성공하고…."

"올케언니, 걱정 마세요. 꼭 성공할…게요." 하는데 눈물이 북받쳐서 쏟아져 나왔다.

엄마는 워낙 눈물이 많으신 분이라서 돌아서서 눈물을 훔치고 있었다. 시댁 친가 모두의 배웅을 받으면서 출국수속이 다 끝났다.

공항 로비로 나와 바깥 풍경을 멀찌감치 내다보고 있는데, 용달차에 짐을 한 차를 싣고 온 또 다른 이민자가 있었다. '저 사람은 식구가 많으니 저렇게 짐이 많겠지?', 하면서도 '저 많은 짐을 어떻게 가지고 갈 수 있을까?'가 궁금해졌다. 나도 초과비용을 치렀는데 저 사람은 오버차지를 안 하고 갈 수 있을지 지켜보았더니, 그 사람도 역시 나와 마찬가지로 짐이 넘쳐서 보따리를 풀어놓고 식구들이 각자 짐을 한 가지씩 비행기 안으로 들고 들어가는 웃지 못할 일이 생겼다.

출국장을 들어간 고모 내외는 몰랐겠지만, 배웅 나왔던 식구들은 비행기가 김포공항을 이륙하는 것을 보고서야 친가는 친가대로, 시집은 시집대로 각기 헤어졌다.

우리를 태운 비행기는 일본 나리타공항에서 한 번 갈아타야 했다. 거기서 2시간을 체류하는 동안 김포공항에서 짐이 많아 쩔쩔매던 그 아줌마를 보았는데 알고 보니 나와 같은 비행기를 탄 것이었다. 그 아줌마도 시카고로 이민 가는 길이라고 해서 기다리는 동안 같이 앉아 이야기를 하게 되니 불안하고 초조했던 마음이 한결 의지가 되고 서로 위로가 되었다.

하지만 다시 일본 공항을 떠나 미국으로 가는 동안 비행기 안에서 시카고에 도착하는 동안 계속 불안하고 초조한 마음은 어디에 무엇으로 표현할 수 없이 긴장이 되어 화장실을 수도 없이 들락거렸다.

이제 이민 길에 오르긴 했는데 앞으로 과연 어떻게 살아야 할 것인가? 이렇게 걱정하는 사이 비행기가 드디어 시카고에 도착했다. 이민국에서 떨리는 손으로 간신히 사인을 하고 입국 검사대를 통과해서 짐을 찾고 밖에 나와 보니 작은오빠와 올케언니가 마중을 나와 기다리고 있었다.

"우리 내외는 이제 올 곳으로 왔어요."

우린 시카고에 도착하면 일단 오빠네 집으로 가서 잠시 쉬었다가 우리가 살아갈 아파트로 가려고 했다. 그러나 오빠 말씀이 당분간은 "여기서 있다가 나중에 우리가 살 아파트로 가라." 하시며, "앞으로 살 일은 걱정하지 말고 우선 당분간은 쉬었다가 천천히 일자리를 잡으라"고 위로해 주었다.

겉으로는 이렇게 말해 주지만, 속으론 얼마나 우리를 두고 걱정이 많았겠는가? 왜냐하면, 내가 이민 오기 전 수속을 밟는 과정에, 지금 미국의 경기가 예전과 같지 않으니 너희들 올 생각 말고 한국에서 그냥 살라고 몇 번이고 오빠가 편지로 이야기하시던 그 말이 문득 생각이 나서, 편히 쉬라는 오빠의 위로가 내 귀에 들어오지 않았다. 나는 오로지 미국을 가야만이 살 수 있을 것이라는 생각에 오빠의 반대를 무릅쓰고 보따리를 싸 이곳까지 왔으니 우리를 어떻게 해서 살게 해줄까. 오빠인들 겉으론 위로를 해 주지만 걱정이 많으셨을 것이다.

그렇게 해서 1주일을 오빠네 집에 머무는 동안 올케언니의 도움이 컸다. 언니도 미국 이민 와서 생활하는 동안에 어렵고 힘들었던, 그러면서도 보람이 있었던 일 등등, 여러 가지 미국 생활에 필요한 선배로서의 경험담을 들려주었다. 당시 처음 미국 땅을 밟고 낯설어하던 우리 부부에게 따뜻하고 친절하게 돌보아 주신 것에 대해 지금도 잊지 못할 만큼 감사했다.

이렇게 일주일을 보내고 이제 장차 우리가 살아가야 할 아파트로 가게 되었지요. 이 아파트는 우리가 이민 오기 전에 오빠가 미리 얻어 놓은 집인데 와 보니 방이 하나에, 응접실이 크고 부엌이 크지도 작지도 않은 우리 부부가 살기엔 오히려 넓다는 생각이 들 정도의 집이었어요. 그런데 집 안에 살림이 없으니까 말소리가 여기서 하면 저기까지 울리고 저기서 하면 여기까지 울리는 거예요.

여기 이 집이 나의 이민생활의 운명을 같이할 집이구나 생각하며 지내던 며칠이 지났어요. 이제 일자리를 찾아야 하는데 여기는 모든 구직이나 구인이 다 신문을 통해 이루어진다는 소리를 들은 터라『한국일보』를 구독하게 되었지요.

그래서 한국일보 구직난을 매일 열심히 보는데 어딘지도 모르는데 사람을 구한다는 광고가 났는데 전화번호만 있었어요. 잘 되었다 싶어 번호를 돌려 전화를 했더니 아주 친절한 여자의 목소리가 유선을 타고 들렸지요. 그래서 그런지 왠지 모르게 마음이 놓였다. 그래서 거기가 뭐 하는 곳이냐고 물으니까 봉제공장이라는 거예요. 나는 바느질도 할 줄 모르는데 다른 일 할 거 없느냐고 하니까 어찌 되었든 간에 한 번 와 보라는 거야. 그리고는 어떻게 찾아오는지 자세하게 일러주는 게 아닌가.

남편과 둘이 어름어름 알려준 공장을 찾아가는데, 여긴가 저긴가 기웃거리니까 지나가던 한 아저씨가 우리랑 일면식도 없었건만 당신네들이 찾는 집이 이 집이라 알려 주었다. 그 사람이 어찌 알아서 일러주나 생각했더니 우리가 찾아간 그 바느질 공장이 한국에서 와서 첫 이민 온 사람은 그 집을 안 거쳐 간 사람이 없을 만큼 큰 공장이었다.

그래서 이 공장에 들어가서 사장을 찾았더니 친절하게 자기 방으로 안내를 해 주어 면담을 했다. 첫 물음이 한국에서 온 지 얼마나 됐느냐였다. 물론 우린 갓 이민 온 사람이다, 다음 할 수 있는 일을 물었을 때 난 한국에서 미국으로 이민 오기 전에 기계자수를 배워두면 미국에서 돈벌이가 좋다고 들어서 기계자수를 배웠노라고 말했다. 그랬더니 기계자수는 필요 없고 봉제를 해야 한단다. 그럼 분야가 달라 나는 못하겠다고 하니, 나더러 젊어서 배우면 금방 할 수 있다고 쉬운 일부터 시킬 터이니 일부터 시작해 보라는 것이다. 나는 속으로 이젠 살았구나 싶어 일단 내게 주어진 일이 있다는 생각에 속으로 얼마나 기뻤던지…. 생전 처음 맞는 기쁜 감정이 들었다.

한편 남편은 어떤 일을 하느냐 재차 묻기에 이민 온 지 얼마 안 되어 아직 일자리를 못 찾았다 하니까 그럼 내일이라도 한번 나와 보라는 게 아닌가. 여기는 남자가 할 수 있는 일도 많이 있다는 것이었다. 원한다면 함께 일을 해 보자고 하는 사장님의 말이 내 마음을 한 번 더 감동시키는 것이었다. 그래서 예, 지금 저하고 같이 와 밖에서 기다리고 있다고 하니까 그렇게 밖에서 기다리게 하면 어떻게 하느냐며 들어오게 하시라는 것이지 않은가. 그래서 밖에 나가 보니 가랑비는 부슬부슬 오는데 추녀 밑에 서 있는 남편을 보니 어찌나 초라해 보이던지…. 사장님이 자기도 들어와 보라 한다는 말을 듣고는 남편이 얼른 따라 들어와 사장님과 인사를 나누었다. 사장의 말이 "아직 젊어서 좋군요." 한다. 우리 공장에는 남자들이 할 수 있는 일은 다리미질도 있고 청소 같은 허드렛일도 있는데 어디 한 번 해보지 않겠느냐는 것이다. "예, 어떤 일이든지 시켜주시기만 하면 감사하게 열심히 하겠습니다."라고 했더니 우리 두 사람을 쓸 만한 사람으로 보신 것 같았어요.

"그러면 내일부터 출근하세요."

이렇게 해서 미국에 와 처음으로 취직을 하게 되었다. 이제는 됐다. 우리 부부는 가슴이 부풀어 신이 나서 집으로 돌아왔다. 내일부터 일할 준비를 하고 나서 우선 오빠에게 우리 내일부터 일하러 봉제 공장에 나가게 되었다고 전화로 연락드렸다.

그다음 날 아침 7시에 둘이 점심을 싸 가지고 미국에서의 첫 출근을 했다. 내가 사는 집과 공장과의 거리는 걸어서 15분 정도의 거리이다. 걸어 다니기 좋고, 시장도 가까워 차 없이도 불편 없이 출근할 수 있어 편하게 살 수 있었다.

그런데 이제 첫 출근을 해서 일을 내게 배정된 분야는 벨트를 만드는 분야였다. 벨트를 다 만들어 풀로 붙여놓으면 그것을 재봉틀에 박는 일이 내 일이었다. 그것은 한국에서 미싱자수를 배워서 조금은 도움이 되어 며칠을 해 보니 할 수 있겠다 싶은 맘이 들었다. 그래서 이 정도 일은 충분히 해낼 수 있다는 자신감이 생겼다.

한편 남편은 다리미질하는 분야로 가서 일하게 되었다. 그러나 다리미질은 남들이 하는 일을 쳐다보기는 했지만 어찌 잡아본 일이 없는지라 남편으로선 난감할 수밖에 없었다. 물론 처음이니까 재킷이나 드레스 같은 어려운 일은 안 하지만 이 양반은 블라우스 다리는 것도 못하는 거예요. 여기 다려 놓으면 저기가 구겨지고, 저기 다려 놓으면 여기가 구겨지고 하더란다. 그런데 다른 사람들은 2~3분이면 하나씩 다린다는 거예요.

각자에게 하루에 몇백 개씩 다리미질해야 하는 할당량이 있는데 남편은 처음 일주일 과정은 견급 과정이니 봐주지만, 앞으로 일을 생각하면 죽을 노릇이란다. 남들 일하는 것처럼 따라가야 하는데 자기는 다른 사람들의 1/3도 못하니까 헛심이 빠지는 거야. 그런데 난 별 문제가 아니더라고요. 악착같이 남이 하는 거만큼 열심히 하니까 먼저 들어와 일하던 사람들이 오히려 날 시기하기 시작하는 거예요.

그런데 미국에 와 직장엘 다녀보니 텃세가 얼마나 세던지. 이제 처음 이민 온 사람을 무시하고 자기네끼리 쑥덕거리고 이제 와서 무엇을 해먹고 살 것이냐는 등 비아냥거리기 일쑤였다.

옛날에 한국에서 금송아지 없는 사람이 없고, 이대 안 나온 사람이 없는 거예요. 그러면서 나를 보고 한국에서 무엇을 하다 왔기에 저렇게 억척스럽게 일을 하느냐고 쑥덕거리더라고. 그런데 내가 저 사람들과 같이 숙이고 들어가 비위를 맞추며 지내야 할 것인가 아니면 잘난 체해야 할까, 생각했지만 역시 나는 남들 앞에서 그렇게 잘난 체하는 스타일은 못 된다 싶어 그저 자연스럽게 며칠을 넘겼어요.

그런데 문제는 저 사람인 거야. 난 그런대로 지낼 수 있지만, 저이가 어떻게 적응하는지 가만히 보니 점심시간에도 혼자 앉아서 밥을 먹고 쉬는 시간에도 혼자 앉아 쉬는 거예요. 나는 그것이 몹시 마음에 걸리는 거야. 왜 남들하고 같이 어울리지 못하고 그렇게 물 위에 뜬 기름 모양 혼자서 있느냐고 집에 오면 자꾸 잔소리를 하지요.

그런데 어느 날 남편이 저녁에 공장에서 있었던 이야기하면서 하는 말이,

"당신, 우리 비행기 같이 타고 왔던 그 짐 많이 가지고 왔던 아줌마 기억나?"

"나지. 그럼요."

자기가 그 공장에 가니까 그 아줌마가 먼저 와서 일을 하고 있더라는 거야. 이건 또 무슨 천상의 인연인가. 세상은 참 넓고도 좁다 생각했지. 그런데 그 아줌마는 사람들하고 그렇게 잘 어울린다는 거야. 이 사람은 워낙에 조용하고 내성적인 성격인 데다가 외모에서 풍기는 첫인상이 초라해 보이지. 좋게 말하면 검소하고 순진해 보여서 남들 보기엔 그저 촌스럽게 보는 스타일이지요.

그렇게 해서 그럭저럭 직장을 나간 지 두 주일이 지나며 주급이 나오는데 일주일 치는 깔아놓고 일주일분의 급료가 나왔지. 시간당 3달

러 30센트씩 쳐서 하루 40달러로 일주일에 6일을 일 하니 세금 제하고 받은 돈이 180달러였어요. 이때 내 기분은 하늘을 날아갈 같은 기분인 거야. 그래도 내가 낯선 미국 땅에 이민을 와 돈을 벌 수 있다는 것이 뿌듯함과 이만하면 우리 둘이 생활해 나가는 데는 걱정은 없었다.

우리 부부는 아침에 도시락통을 들고 희망에 차서 공장으로 일하러 나갔고, 나름 앞날의 계획도 이야기하면서 힘든 줄도 모르고 열심히 일을 했지요. 그렇게 두 달 정도 지나니 공장에 바쁜 철이 끝나갈 무렵이 되는 거야. 바쁜 시즌이 끝나면 한동안 공장도 한가하기 때문에 그때가 되면 많은 사람들이 공장 일을 쉬어야 하는 거야.

그런데 이제 바로 그때가 왔어요. 들어간 지 얼마 안 되는 사람은 사장이 직접 "당분간 쉬었다가 전화 걸을 때까지 기다리시오."라고 통보를 하는데 내가 그중에 한 사람이었지. 그런데 남편이 일하는 '다리미'과는 그런 일이 없다는 거예요.

그래서 나는 집에서 쉬고 있는데 마음은 가시방석에 앉은 기분이었다. 이제부터 남편 혼자 일을 나가는데 다리미질하기가 얼마나 힘이 든지 말할 수 없이 힘들다는 거야. 저녁이면 허리가 아파서 끙끙 앓는 소리하지. 그래도 아침이면 점심을 싸 가지고 죽으나 사나 또다시 일을 해야 했지요.

그런데 우리가 한국에서 이곳으로 이민 오기 전에 이상한 일이 있었지. 우리 저이가 나는 미국 가면 교민들 침도 놔주고 치료를 해 주겠다며, 침도 사 들이고 부황과 한방에 관련한 책을 열심히 사 들이는 거야. 나는 속으로 '미쳤구먼.' 했지. 미국 가는 사람이 영어는 배우지 않고 무슨 침을 배우러 다니느냐며.

시댁 고모부께서 침술하시는 분이셔서 날이면 날마다 고모부한테 가 살고 있었지요. 그러더니만 아닌 게 아니라 여기 와서 공장에서 누가 아프다고 하면 손으로 눌러서 지압을 해 주곤 했다. 상대방이 지압을 받고 나서 금방 괜찮다고 하니, 또 다른 여러 사람들이 남편에게 와 지압받기를 청하는 거야. 어떤 이가 와서 "내 머리가 아파 견딜 수가 없다"고 하면 머리를 눌러 지압을 해 주면 괜찮아지는 거야.

이렇게 주변 동료들의 아파하는 간단한 것을 치료해 주다 보니 한 사람의 입이 건너 또 다른 사람의 입으로 건너며 서서히 입소문이 나기 시작했지. 저기 저 아저씨가 지압만 해 주면 몸이 금방 괜찮다는 말이 며칠 사이로 공장 안에 확 퍼지는 거야.

그런데 남편이 지압을 잘하는 이유가 있지요. 원래 소년 시절부터 합기도를 수련해 왔고, 청년 시절 한국에서 공인 7단에다 도장까지 가지고 있었고, 합기도계에선 꽤 알아주는 양반이었지요. 그런 연유로 인해 공장에서 아픈 이들의 지압을 해 주게 되었고, 그것을 계기로 지금 우리가 한약방을 운영하는 계기가 되었지요.

이렇게 해서 한두 사람 입을 거쳐 지압을 잘한다는 소문이 나기 시작하더니, 어느 날 비행기 같이 타고 왔다는 아줌마가 자기 오빠와 친한 분이 있는데 그분이 많이 아프니 한번 진료를 해 줄 의향을 물어왔어요. 그래서 저녁이면 일 끝내고 바로 그 아줌마 집에 가서 그분들을 치료를 해 줘야 한대요. 나는 하지 말라고 말렸지요. 피곤한데 빨리 귀가해 쉬어야지 돈 되는 것도 아닌데 뭐하는 거냐고 했다.

하지만 어느 날은 그이가 이제는 침까지 챙겨 가는 거야. 그 환자를 침까지 놓고, 또 거기에 함께 따라온 다른 사람까지 침을 놓고 나면 저녁 10시에나 되어 집에 돌아오는 거야. 아침 7시부터 저녁 7시까지 일하고, 또 침을 놓으러 그 댁에 가 밤 10시까지 있으니, 그 힘든 일하고 또 환자 진료에 시간을 그렇게 빼앗기는 것이 아닌가. 나는 한 사코 침놓는 일은 하지 말라고 말리는데도 자기는 그 일이 즐겁다는 거야. 결국, 남편의 집념으로 침놓는 일이 시작되었지.

저녁마다 침 맞으시는 그분은 시카고에서 하이웨이로 40여 분 정도 떨어진 힌스데일에 사는 분이었지. 그런데도 그 먼 데서 저녁마다 침을 맞으러 오는데 우리 집에서 맞지 않고 비행기 함께 타고 온 그 아줌마네 집으로 가서 침을 놓아야 한다. 난 한 번도 침술 현장을 본 적이 없고 말만 들었을 뿐인데 그 사람들이 침을 맞고 그렇게 좋아한다는 거야. 그런데 다음 주에는 그 집에서 초청을 했는데 나더러 같이 가자는 거야.

"그 사람들이 우릴 데리러 온다고 했으니까 그렇게 알고 있으라나. 나는 안 돼요. 가지 마라. 그 사람들 어떤 사람들인 줄도 모르는데 어떻게 가요. 한국에서 비자 소양교육 받을 때 미국에도 간첩이 있고 이북으로 납치도 한다고 했잖아. 그러니 그 집은 가면 안 돼. 갔다가 멀어서 우리 맘대로 오지도 못하면 어떻게 해. 그러니까 못 가."

결국, 나의 극렬 반대로 인해 구분들의 초대에 응하지 못하고 그 주엔 안 갔더니, 그다음 주에 또 오라는 거야. 그러면서 지난주에 우리 부부 오는 줄 알고 음식을 많이 준비해서 기다렸는데 서운하더라는 거야. 만약 이번에도 못 가게 하면 자기 혼자라도 또 오라 했다면서 혼자 가겠다는 거야. 그 사람들 연세도 60세 정도 되었고 참 좋으신 분들이라고 걱정하지 말고 같이 가자는 거야. 내가 반대를 해도 이번엔 안 될 것 같아 함께 가기로 결정을 내렸지.

때는 5월. 초대해 준 분의 댁으로 가는 길. 미국에 와 직장과 집으로 가는 길만 알았던 우리 부부가 처음으로 나선 먼 나들이. 초대받은 집으로 가는 것이었지만 마치 여행을 가는 기분이었다. 시카고는 봄이 없고 겨울과 여름이 되어 한국 같았으면 한창 꽃 피고 따듯하겠지만 여기는 아직도 바람이 쌀쌀했다.

그 댁으로 가는 동네의 모습이 얼마나 아름답고 낭만적이던지…. 아, 여기가 바로 미국이로구나! 이분들은 첫 만남이었는데도 음식을 푸짐히 차려 놓고 우리를 기다려 주었다. 또 내가 그렇게 혹시 이북으로 끌려가지나 않을까 걱정을 한 걸 어떻게 아셨던지 주변에 다른 분들도 많이 초대해서 큰 잔치가 되어 있었다. 초대해 준 분은 제칠일 안식일교회에 나가시는 분이었는데 그 교회 수석 장로님이셨다.

이날 장로님은 교회 목사님 내외도 함께 초대했다. 이 분은 우리를 진심으로 환영한다며 남편의 침술 치료에 대해 초대받은 여러 사람들에게 아주 좋게 소개까지 해 주었다. 그러면서 자기는 침술치료 덕분에 많은 효과를 보고 있다고 극찬을 해 주셨다. 장로님 댁에서 일요일 하루를 잘 쉬고 저녁에는 우리를 다시 시카고 집으로 데려다주셔서 정말로 즐거운 시간을 보내고 돌아왔다.

이 일로 인해 남편의 인생의 행로가 침술로 바뀌는 순간을 맞게 되었다. 이렇게 지내다 보니 안식일교회 교인들이 한두 사람씩 모여들기 시작하니까 그동안 남의 집에서 치료를 해 왔는데 더 이상은 그럴 수 없어 자연히 우리 집으로 치료를 받으러 오게 되었다.

남편의 두 번째 직장 AT&T

날마다 하루 12시간 일하고 저녁이면 몇 사람씩 침을 놓고 하니까 자기가 정신적으로 버티는 것도 너무 무리가 되는 거야. 하루는 허리가 너무 아파서 일을 못 하겠다고 걱정을 하면서 쩔쩔매고 있어 오늘은 일 나가지 말고 하루 쉬어 보라고 했지만, 막무가내로 일을 나갔는데 내가 보기엔 도저히 안 되겠다 싶었지요.

어느 날 하루 일 안 나가고 쉬면서 생각한 것이 그 공장에는 도저히 더 이상 못 다니겠다, 어떻게 다른 일자리를 구해 보아야겠다 마음 먹고 있는데 오빠가 다니는 AT&T 회사에 청소하는 사람이 한국 사람이니 내가 청소하는 슈퍼바이저한테 한번 부탁을 할 테니 기다려 보라는 것이었다. 며칠 기다려 정말 청소부로 취직이 되어 다시 일을 시작했지요.

그렇게 해서 그동안 봉제공장 일을 그만두고 AT&T 회사에 청소하러 다니게 되었는데 여기는 새벽 6시에 시작해 오후 2시 30분이면 일이 끝나니까 오후에 침 맞는 사람이 오면 훨씬 일이 쉽고 편했다. 그런데 다리미질하는 일보다는 청소하는 일이 훨씬 편해 일하는 거 같지도 않아 좋다며 환자들을 하루에 5명 정도 받으며 좋아하는 거야. 하지만 몇 명이 되었건 간에 수입이 없었지요. 이제 겨우 실험적으로 놓는 침 실력으로 무슨 치료비를 받겠어요.

하지만 우리들의 꿈은 처음엔 무료로 진료를 하다가 어느 시기에 가선 치료비를 받을 생각이었는데, 제일 먼저 치료를 받던 손 장로님께서 우리 교회에 장로님이 한 분 계신데 지금 우리를 한번 보고 싶어 무척 기다린다는 거야. 부인이 허리디스크로 고생 많이 하고 있다고,

자기도 치료를 좀 받고 싶으니 그이를 만나게 해 달라는데 데리고 와도 되겠느냐며 남편의 의사를 물어온 것이었다.

그땐 왜 사람을 함부로 데리고 오지 못했는가 하면 우리가 치료비를 받으면 얼마든지 사람을 소개하겠지만, 돈을 안 받으니까 미안해서 눈치만 보고 자기네만 치료를 받으러 오는데 "걱정하지 말고 모시고 오세요." 했더니 정말로 그 장로 부인을 데리고 왔어요. 그분들 나이는 우리보다 예닐곱 살 위인 것 같았는데 정말 친절하고 아주 인품이 좋은 분들이었다. 그래서 또 한 분을 알게 되었는데 지금까지도 그때 그 인연으로 김 장로님은 형제나 다름없이 평생을 사귄 사람처럼 지내고 있지요.

이렇게 해서 두 번째 바꾼 직장이 별 탈 없이 잘 다니고 있는데 한번은 직장에서 오빠를 만났는데 아는 척을 안 했대요. 자기가 처남이라는 사실을 남이 알면 오빠가 창피해 할까 봐 자기가 모른 척했다는 거야. 그러나 직업에 귀천이 없이 사는 곳이 미국 사회인데 이곳 청소하는 사람 가운데는 서울대학 나온 사람도 화장실 쓰레기통 쏟으러 다닌다고 하던데 그게 무슨 창피한 일이냐며 용기를 갖고 삽시다. 우린 조금만 노력하면 가난에서 벗어날 거라 스스로 위로하며 내일의 꿈을 안고 사는 거지요.

이렇게 두 달을 청소하러 다니는데 아무리 생각을 해 보아도 더 이상 직장을 다니면 안 되었다. 어디 한약방 낼 자리를 얻어 간판을 걸고 본업으로 삼아야겠는데 도저히 살림집 세내고 약방 얻어서 그 세까지 경비를 내려면 너무 많아 감당하기 어려울 것 같다. 궁리한 끝에 침놓는 일을 집에서 그냥 하면 이것은 허가 없이 하니까 위법이 되겠기에 어찌하면 좋을지 오빠와 상의를 하게 되었다.

오빠의 의견은 만약 약방을 얻어 놓으려면 1년 계약을 해야 하는데 사람이 없어 문을 닫는 일이 있더라도 1년분 세는 미리 내야 한다는 것이다. 그러나 비록 위법이기 해도 우선은 살림집에서 그냥 지금 하던 대로 해라는 것이었다.

하는 수 없이 계약하려고 보아 둔 가계를 취소하고 2개월 동안 다니던 직장은 그만두고 집에서 손님을 받아 본격적으로 침을 놓게 되었지. 그러니 이제부터는 치료비를 안 받을 수가 없지요. 우리가 생계를 유지해야 하니까요.

지금까지 오던 사람은 역시 돈을 받을 수가 없고, 앞으로 오는 사람은 침 맞는 값을 5불로 정했다. 하루에 6명 정도 오는데 날이 갈수록 사람이 늘기 시작했다. 이 사람들이 모두 안식일교회 사람이었다. 이렇게 지내다 보니 노인 아파트에 사는 할머니들이 또 한 사람씩 늘더라고요. 이 노인들은 운전을 못 하니까 버스를 타고 매일 같이 와야 하는데 그렇게 날마다 올 수는 없지 않아요. 남편의 생각에 노인들이 침 맞으러 올 게 아니고 당신이 버스를 타고 노인 아파트에 가서 침을 놓고 와야겠다는 생각에 오전엔 노인 아파트로 왕진을 가고, 오후에는 집으로 찾아오는 환자를 치료하였다.

처음에는 5불씩 돈을 받는 게 왜 그리 떳떳하지 못한지. 아마 자신이 돌팔이 침쟁이가 아닌지 하는 자격지심이 들었기 때문이었다. 그래서 처음 진료 당시엔 너무 미안하고 죄스러운 생각이 한동안은 들었지요. 그러나 날이 갈수록 환자는 늘어났고, 내가 생각해도 이상하리만치 환자들의 치료 후 반응이 좋아만 갔다.

우리 타운에 의원님이 아주 용하다며 소문이 퍼지기 시작한 것이었다. 그이에게 침 맞으면 낫는다는 것이다. 지금은 지압을 안 하고 있지만 그 당시엔 지압을 해 주기를 바라는 환자들이 꽤 많았다. 그러나 지압은 자신의 힘을 많이 빼앗기기에 원하는 사람이 있어도 지금은 안 하고 있다. 그럼에도 불구하고 당시엔 저녁 어떤 날에는 밤 11시까지도 찾아오는 환자가 있었다. 이따금 12시를 넘어 찾아와 벨을 누르는 환자도 있었다. 왜 이렇게 늦은 밤에 찾아오느냐 하면 가게 문을 늦게 닫고 온다든가, 갑자기 먹은 게 체했다든가, 아니면 부부싸움을 하다 남편에게 맞아 부인이 기절해 온 경우까지도 있는 등 별의별 환자들이 많았기 때문이다.

물론 우린 사람 차별 없이 찾아오는 환자들을 다 받아 드렸지요. 어떤 땐 어느 교회에서 한꺼번에 네댓 명의 사람들이 찾아와 진찰을 해 달라고 하면 걱정이 되는 거야. 저 많은 사람들을 어찌 다 진료해 줄 수 있을까, 저 사람들이 우리 저이에서 무슨 믿음이 가서 찾아왔을까 하고.

내가 보기엔 한 눈으로도 저이가 하는 일이 돌팔이처럼 보이는데 한 사람 침을 놓으려면 20분 이상이 걸리니 그때는 자기도 서투르니까 모든 것이 어색하기 짝이 없었지요. 그래도 여기 시카고 한인 타운 노랜스 거리에는 네다섯 정도의 한약방 간판이 있는데, 사람들 말로는 그 사람들도 다 엉터리라는 거야. 그러면 '우리 그이보다 더 엉터리도 있나?' 생각했어요.

이렇게 지나면서 우리가 전문의가 아니라는 것을 아는 사람은 많았다. 하지만 그이가 너무 진실해 보여 믿음이 간다며 솔직한 심정을 전해 주는 환자분도 더러 있었다. 또 어떤 날은 진료를 받고 나서 사

람들이 없을 때 은근히 약도 함께 취급해 보는 게 어떻겠냐고 조언을
해 주는 환자도 있었다. 게다가 다른 한약방은 차이나타운에서 약을
들여오는 사람도 있다고 귀띔까지 해 주며 거길 한번 찾아가 보라고
친절히 안내도 해 주며, 거기를 어떻게 찾아갈 수 있는지 일부러 일러
주는 고마운 환자도 있었다.

　그러나 이렇게 침을 놓고 남의 건강을 다룬다는 일은 정말로 힘든
일이지요. 그러나 남편은 의지가 강해 한 번 마음먹은 일엔 흔들림이
없고, 한다고 하면 하는 사람이었다. 게다가 워낙 공부를 하는 스타일
이었고, 어디를 가도 항상 손엔 펜과 메모지가 쥐여 있었다. 그리고 늘
생각하고 연구하고 의학과 관련 서적이란 서적은 다 외우다시피 하고
어떤 일이든지 한 번 시작한 일은 끝을 보는 사람이었다.

　미국 내에서 쓰이고 있는 한약재는 거의 중국을 통해서 들어오고
있는데 역시 알고 보니 까다로운 한의들도 차이나타운에서 가져다 쓰
는 거예요.

　어느 날 남편이 차이나타운엘 다녀오더니 약재 몇 가지를 사 가지
고 왔는데, 이 일이 장차 약국을 겸하는 단초가 되었다. 그러나 원하
는 대로 약재를 다 갖추어 놓기란 시기상조였지. 약재의 가지 수가 워
낙 많은 데다가 약국을 제대로 약국답게 갖추려면 돈도 많이 투자를
해야 한다. 그래서 아직 전문으로 할 시기는 안 되었다고 생각해서 몇
가지 필요한 약재만 시험적으로 예비해 놓기로 했지.

　그러던 어느 날 여기 시카고에도 절이 있는 것을 알게 되었다. 남편
과 난 불교신자여서 그 절에 나가기 시작했다. 그런데 처음 나간 절에
신도 한 분이 입이 돌아가 아주 크게 낙심을 하고 우리 약국을 찾아
오게 되었지. 그분은 누가 자기를 찾아오면 창피해 만나 주지도 않고

어디를 맘 놓고 외출도 못 한다며 땅이 꺼질 듯 실망이 이만저만 아니던 환자였다. 아니! 그런데 그분이 그이에게 침을 맞기 시작한 지 보름쯤 되니 돌아간 입이 다시 돌아오기 시작하는 거야. 나는 그걸 보는 순간 그때까지만 해도 그이가 무슨 병을 고칠 수 있을까 믿어지지 않고 그저 바라만 보고 있었는데 이 사람이 한 달 만에 완전히 다 나은 것을 보게 된 거야. 물론 당시 그 환자는 기뻐서 어쩔 줄 몰라 하며 그이에게 연신 감사해했지. 나 역시도 정말 저럴 수 있을까 하며 '연신 부처님 감사합니다.' 하며 그이의 침술에 대해 신뢰하게 되었지.

이렇게 해서 그럭저럭 2년이 지났다. 그리고 난 나대로 직장에서 바쁜 시즌이 끝나 집에서 며칠을 쉬다가 다시 그 공장엘 나가기 시작했다. 처음엔 벨트 만드는 분야에서 시간당 급료를 받다가 시즌이 끝나고 지금부턴 봉제를 해야 하는데 필수워크라고 해서 내가 바느질을 하는 대로 급료를 주는 거야. 그러니 우선 쉬운 일부터 주는데 옷을 만들면 목 부분에 상표 붙이는 일이었어. 그런데 이게 어디 마음대로 예쁘게 되어야 말이지. 붙여 놓으면 삐뚤어지기 일쑤이고….

시간은 자꾸 가는데 얼른 작업을 해야 하고 마음은 바쁘고 손과 발이 맞질 않아. 어쩌다 미싱을 붕 하고 밟으면 빨라서 바늘이 손을 찔러 손가락 맞창이 날 정도로 바늘에 손이 베기도 하지. 한 주간 열심히 일했는데도 내가 번 돈은 주당 70불. 시간 페이할 때보다 2/3가 줄은 거야요. 그때 얼마나 속이 상했든지 점심시간에 점심도 못 먹고 화장실에 가서 막 울었지요. 왜 그렇게 속이 상하고 눈물이 났던지…. '아, 이게 바로 미국인가 보다. 그러나 남들은 잘하면 몇백 불도 가지고 간다는데 나도 열심히 하면 되겠지.' 하고 속으로 자위했다.

그래도 직장 일을 마치고 집에 와선 속상한 이야기를 안 했다. 혼자 속상할 일을 뭐하러 둘이 나눌 필요가 있을까. 이렇게 저렇게 배우는 솜씨가 조금씩 나아지니 점차 스커트도 하게 되었지요. 그러나 옷 중에서 스커트가 제일 쉬운 일이라는데 배우는 과정이 남들에 비해 속도가 더디었다.

더딘 과정이 한동안 지나자 내 머릿속엔 완전히 숙달되면 그때부턴 다른 작업자들에게 뒤질 성격은 아니었다. 하루 종일 미싱을 힘들게 밟다 저녁에 일을 마치고 집에 돌아갈 땐 다리가 부어 걸음을 잘 걸을 수가 없었다. 10분쯤 걷다 보면 그때서야 종아리 부기가 조금씩 내려서 걷기가 편해졌다. 정말 힘들었지만, '참아야 한다. 이런 고생은 참아야 한다.'라고 몇 번이고 속으로 다짐하며 5개월을 다녔다.

그러던 어느 날 오빠가 자기 친구가 비스킷 공장에서 슈퍼바이저를 하고 있는데 그 공장에서 사람을 뽑으니 가서 인터뷰를 해 보란다. 공장은 다운타운에 있고 스타트 페이도 높고, 미국 사람이 경영하는 공장이어서 혜택이 아주 좋다는 것이다.

그런데 내가 무슨 재주로 미국 사람과 인터뷰를 할 수 있겠는가. "나는 못해요." 했더니 오빠가 하는 말이 그래도 한 번 가 봐라. 그것도 경험이고 배우는 것이니 가 보라며, 나의 이력서를 써가지고 시험 보기 전날까지 내 집에 손수 와서 시험관이 이렇게 물으면 이렇게 대답하고 저렇게 물으면 어떤 대답을 하라고 영어로 밤이 새도록 가르쳐 주는 것이었지.

미국 사람만 봐도 말을 시킬까 봐 가슴이 떨리는데 거기다 시험까지 보라니 떨리는 맘 어떻게 할 수가 없었다. 게다가 인터뷰 장소가 다운타운 무슨 호텔인데 거길 날 보고 찾아가라는 거야. 오빠는 직장에 가야 하고 시간이 없다는 거야. 내가 미국 와서 아직 동서남북이 어딘지 방향도 모르는데 나 혼자서 어떻게 거기를 찾아가? 분명히 여기는 갈 필요도 없고 가나마나 한 곳인데 오빠가 이렇게 열심히 가르쳐 주니 결과는 뻔할 것이지만 면접을 보기로 맘먹고 우리 집에서 제일 먼저 치료를 받으러 오시던 제칠일안식일교회 김영재 장로님의 도움을 받기로 했다.

이분들은 그때 맺어진 우리와의 인연으로 지금까지도 한집안 식구처럼 친하게 지내는 분이다. 난 이분께 자초지종을 이야기했다. 이야기를 듣더니 동행해 줄 터이니 아무 걱정 말라며 흔쾌히 나의 도움 요청을 받아 주셨다. 놀라운 것은 직장까지 빠지면서까지 두 내외분께서 내 집으로 오셨다.

그래서 난 밤새도록 걱정과 불안 속에서 잠도 한숨 제대로 못 자고 오전 10시까지 가야 했다. 우리 두 식구, 장로님 식구 둘 해서 4명이 9시에 다운타운 면접장소로 이동하면서 차 안에서 장로님 내외가 나를 열심히 안심시키며 드디어 시험장소인 호텔에 도착했다.

가서 보니 미국 사람들이 많이 왔어요. 동양 사람은 유일하게 나 혼자이었다. 시험장은 오는 대로 접수를 시키고 접수 순서대로 한 사람씩 인터뷰를 하는데 얼마 있다 내 이름을 불러서 나는 면접관 앞에 섰다. 세상 천지에 가슴은 뛰고 무슨 말을 어찌해야 할지 얼굴만 빨개져서 앉아 있었다. 그런데 면접관의 소리가 가라는 소린지 오라는 소린지 알아들을 수 없어 하니 조금 있으니 한국인 통역이 와서 집에 가서 기다리면 연락해 주겠다고 전한다.

이날 얼마나 창피하고 면목이 없던지 나를 위해 그렇게 애써 준 오빠에게 미안하고, 또 직장까지 못 나가며 나를 차로 픽업해 주신 장로님 부부에게 정말이지 무척 미안했다. 집으로 돌아가는 길이 미시건 호를 끼고 가야 했는데 어쩌면 한국을 통째로 호수에 빠뜨릴 만큼 큰 시카고에서 유명한 호수였다. 호수 경치를 바라보며 차 안에서 얼마나 울었던지 미국에 가면 말을 못해 당하는 일은 있을 줄 알았지만, 그것이 바로 오늘 이것이구나 하고 생각하니 더욱 서러움이 북받쳤다.

하지만 앞으로도 이런 일은 얼마든지 있을 텐데. 눈앞에 보이는 어쩌면 바다일지도 모를 저 넓은 호수는 이렇게 슬픈 내 마음을 알까. 이렇듯 슬퍼하는 나를 장로님 내외분께서 위로해 주시느라 찬송가도 불러 주고 웃기는 이야기도 하며 집에 돌아왔는데 내 마음이 슬프다고 다른 사람에게까지 무겁게 할 수 없었다.

애써 마음에도 없는 웃음을 지어내며 어차피 오늘 하루는 직장도 못 나가고 시간이 남았으니 우리 저이가 운전 면허증을 못 땄는데 운전면허 시험이나 보러 가자고 해서 면허를 따러 갔다. 여기는 한국 사람들만이 오는 면허시험장이어서 시험관이 돈 먹는 것을 예사로 알고 있단다. 그래서 난 영어 사전 책을 하나 들고 책갈피 속에 20불짜리 한 장을 살짝 보이게 끼워놓았다. 그런데 시험관이 책을 보는 척하면서 어느새 슬쩍 돈만 빼 가져갔다. 그리곤 한다는 말이 "야, 당신 운전 참 잘한다"며 칭찬해 주면서, "됐어요. 합격했어요." 하면서 면허시험을 통과시켜 주었다. 그래서 운전면허는 어렵지 않게 땄지요. 한 가지 일이라도 해결이 됐으니까 그래도 면접시험의 실패로 얻은 상심이 조금은 위안이 되더군요.

그렇게 하루를 넘기고 다음 날 나는 직장엘 다시 나가게 되었는데 사장님 눈치가 싹 바뀐 거야. 어제 집안에 무슨 일 있어 못 나왔다 했더니 사장님이 딴 데 갔다 온 줄 눈치채고 그날부터 내게 대하는 태도가 아주 냉랭하기 짝이 없었지.

이렇게 다니기를 8개월 다녔는데 어느 날 신문을 뒤적이며 들춰 보다가 다운타운에 있는 어느 봉제공장에서 사람을 모집한다는 구인광고를 보고 그 자리에서 전화를 걸었지. 주인은 미국 사람인데 한국 사람이 일을 잘하고 열심히 해서 한국 사람을 뽑겠다는 것이다. 광고문을 자세히 읽어 보니 며칠에 시험이 있으니 나와서 시험에 응해 달라는 거야. 그래서 시험날을 기다려 찾아 갔더니 역시나 찾아온 사람들은 모두 한국 사람들이었다. 나는 여기가 좋았다. 내가 시험에 패스하기를 원했는데 테스트는 간단했다. 내 수준으로 충분히 해낼 수 있다는 것이었다. 그러나 시험이니까 떨리기는 했어도 왠지 자신감이 생겼다. 사장님이 그 자리에서 오케이 해 주었다. 이렇게 해서 미국에 와서 두 번째 새 직장을 갖게 되었다.

이 공장은 크지도 않고 종업원이 모두 15명 있는 조그마한 공장이었다. 그래서 여기서는 대량생산하는 공장이 아니고 고급 재킷이나 코트 같은 것을 맞춤옷으로 한 벌 당 몇백 불 나가는 고급 옷을 만드는 곳이었다. 그런데 2개월은 수습기간이어서 가르쳐 주는 대로 배우고 교육기간이 지나면 능력에 따라 급료를 지불한다는 것이다. 그런데 얼마나 자유롭고 편한지 하루에 8시간을 놀다 오다시피 했다.

공장은 모두 한국 사람이고 바느질 가르쳐 주는 사람만 미국 사람이었다. 그러니까 어찌 되었든 간에 한국 사람들끼리 할 수 있어서 좋고, 또 소외당하는 기분이 안 들어 좋았다. 일 년을 다니면 한 주일 휴가도 있고, 일 년에 국경일은 쉴 수 있고 그저 그런대로 재미있게 일을 할 수 있었다.

공장 위치가 다운타운 영 번지 가장 복잡한 거리의 큰 빌딩 안에 들어 있어 내가 사는 로렌스 거리에서 전철로 한 번만 타도 된다. 나로 선 다운타운의 지리는 내리는 곳과 타는 곳밖에는 모른다. 까딱 잘못 해서 한 정거장만 지나갔다 하면 큰일이 나는 거지 뭐. 난 어떻게 정 신을 차리고 다녀서 한 번도 실수를 하지 않았지만 나와 같이 일하던 사람은 차를 잘못 타서 전혀 알지도 못할 검둥이 촌에 갔다가 혼이 났 다는 우스운 일화도 있었다. 다행히도 우리 사장님이 할머니 사장님인 데 아주 멋쟁이 인텔리였다.

이렇게 2개월을 전철을 타고 다운타운을 다녔는데 다니다 보니 내 심 아무래도 한국 사람들 많이 살고 있는 코리아타운으로 공장을 옮 기는 것이 나을 성싶었다. 왜냐하면, 사람들이 공장이 너무 멀어서 코 리아타운 가까운 곳으로 이사를 해야겠는데 그곳엔 공장을 운영하기 에 마땅한 장소가 없어서 중심에서 조금 떨어진 곳에 공장 자리를 물 색하여 며칠 날짜에 공장을 이전한다고 한다. 거기도 역시 전철을 타 야 하지만 다운타운보다는 조금은 가까운 곳이다. 새로 이사 온 공장 은 복잡한 거리도 아니고 먼저 있던 데보다는 넓은 자리였다.

세월은 가고 그럭저럭 내가 이민 온 지 벌써 일 년이 지난 84년 봄 이 되었다. 몇 달을 다니다 보니 먼저 들어온 사람은 그만둔 사람도 있고, 새로 들어온 사람도 있는데, 어느 날 새 사람이 왔는데 보니까 먼저 다니던 직장에 같이 근무하던 아줌마가 신문을 보고 찾아왔다. 어찌어찌 하다 보니 내가 여기서 제일 고참이 되고 말았다. 바느질은 경력이 짧아 잘못하지만, 왠지 모르게 파워가 생기게 되었다.

겨울이 지나 봄이 왔는데 시카고에 웬 달래가 많은지 미처 몰랐다.

아줌마들이 달래 캐러 가자 해서 오후 4시 30분에 일이 끝나면 여러 사람들과 어울려 공원으로 달래를 뜯으러 다니며 그저 하루하루가 마냥 즐거웠다.

그리고 시장 보는데 단 몇 푼이라도 절약을 할 수 있고 이때만 해도 나의 남편은 한 주일에 한 번 시장을 가도 돈 달라 하면 20불 주는 곳이 고작이었다. 아무리 돈을 아껴서 쓴다고 해도 한 주일에 70불은 가져야 시장을 볼 수 있는데 딱 20불을 주니 이 돈으로 무엇을 살 수 있겠어요.

"조금만 더 주세요." 해도, 남편은 "그 돈 갖고 되는대로 사고 없으면 또 장을 보면 되지 않느냐. 우리는 지금 고생할 때 절약을 해서 몇 푼이라도 모아 저축을 해야 한다. 저축을 해야지. 우리 힘을 합쳐 조금만 더 고생을 하자"고 나를 달래는 게 아닌가. 그 말에 무슨 말을 더 하겠는가. 그러면서 "어느 시점에 가서 돈이 모이면 그땐 자기도 참견하지 않고 내 마음대로 해도 괜찮아." 하며 약속을 하고 다짐을 했다.

이렇게 해서 3년 지났는데 지금까지 차가 없으니 얼마나 답답한 세월을 지냈겠나. 미국 와서 3년씩이나 지나도록 차가 없는 사람은 우리뿐일 거야. 차가 있으면 돈을 모을 수 없다는 거지. "아무리 그래도 이젠 중고차라도 하나 삽시다." 하며 졸라대도 우리 저이에겐 여드레 삶은 호박에 도래송곳 안 들어가는 소리였지. 그러면 언제 나 차 사 줄 거야. 나도 운전면허도 땄고 운전도 하고 싶은데, 이 꿈은 언제 이루어질 수 있을지….

그런데 때마침 우리 집에 치료받으러 다니던 자동차 정비공이 있었다. 이 사람이 1년이 넘도록 치료받으러 다니다 보니 나도 모르게 친해져 있었다.

언젠가 이 사람이 하는 이야기가, "언제쯤 차를 사시렵니까?" 하고 물어왔었다.

그러면 난 "차가 무슨 필요가 있나요? 어디 다닐 때가 있어야 하지요." 하며 남의 일같이 대꾸했다.

"그래도 이제는 차가 있으셔야 하지요. 제가 헌 차가 하나 생겼는데 차 부속은 좋은데 차체가 많이 삭았어요. 차 내부 부속은 제가 손질 잘해서 드릴 테니 그 차를 한번 타보세요. 제 동생이 직장 다니면서 타고 다니겠다고 하는데도 이 선생님 드리려고 안 주었어요." 하며 이 사람이 하는 소리가 나를 보고 운전면허 따면 우리 앞으로 명의이전을 한 다음 차를 가져다 주겠다는 것이다.

난 얼마나 좋은지 바로 운전학원에 가서 한 주일에 운전 배우고 면허증을 땄다. 아! 이렇게 좋을 수가 있나. 운전면허증 따고 나니 장원급제한 것만큼이나 기쁘고 좋아 밤에 잠이 오질 않을 정도였다. 그리고 얼마 후 "그 정비공이 내일 제가 차를 갖다 드릴게요." 하더니 차를 가지고 왔는데 차를 보니까 년식이 13년이나 지난 노후차량이었다. 차체만 보아도 많이 삭은 것을 육안으로 볼 수 있었다.

그 날로부터 혼자 살살 운전해 보았다. 그때부터 전철로 다니던 직장을 다니던 것을 직접 운전해서 갔다. 직장 내에서 사람들에게 자랑도 했다. 그런데 이 차가 바디는 많이 삭았어도 정비공의 말대로 엔진은 얼마나 좋은지 기름만 넣어 주면 잘 굴러다녔다. 돈이 들어갈 말썽은 전혀 없었다. 한 가지 문제가 있다면 비가 오면 액셀과 브레이크 부근에 발등 위로 차 바닥을 내려다보면 땅바닥이 훤하게 보일 만한 구멍이 난 정도인 것이다. 여름에는 시원에서 좋지만, 겨울에는 밑바닥에서 찬바람이 올라와서 얼마나 추운지 모른다. 그래도 얼마나 좋았던지 이 차에 직장 내 다른 아줌마들을 한 차에 태우고 안 가는 데 없이 가자는 대로 다녔다.

이렇게 해서 이 노후 차를 2년을 탔는데도 남편은 새 차를 사 줄 생각은 전혀 없었다. 그럴 때마다 '이 차가 고장이 나 못 쓰게 되어서야 새 차를 사 줄 텐데. 왜 이 차는 고장도 안 날까?' 하고 혼자 속으로 중얼댔다.

"여보, 이젠 제발 새 차를 하나 사줘요. 사람들이 다들 나더러 차 보고 사람 보면 인물 버린 대요."

그만큼 탔으면 우리도 그만 새 차를 하나 사자고 매일 같이 졸라댔다. 드디어 5년 만에 새 차를 사라는 허락이 떨어졌다. 이것도 반승낙 형태로 그러면 딜러에게 가서 한번 구경이나 하자고 해서 오빠하고 다니며 차 구경을 했다. 그저 어떤 구실을 붙여서라도 또 차를 못 사게 할까 봐 색깔도 내 마음에 안 차지만 남편이 맘 변하기 전에 사야 한다는 생각에 진열장에 있던 차를 사고 말았다. 드디어 미국에 온 지 5년 만에 새 차를 타보게 되었다. 살다 보면 이런 좋은 날도 오는구나. 내 생에 이날이 제일 기쁜 날이 되었다. 밤에 자다가도 몇 번씩 일어나 밖에 주차해 둔 차가 잘 있나 확인해보고 잠들곤 했다.

이렇게 5년이 되는 동안 우리 그 사람이 열심히 살아온 것이 결실을 맺기 시작했다. 3년이 지나니 5만 불이 모였다. 그래서 3년 만에 눈물로 이별을 한 부모 형제가 어찌나 그리운지 그렇게 절약하고 고생해서 번 돈이 아까운 줄도 모르고 고국을 향해 날아갔다.

그립고 보고 싶었던 식구들을 만나게 되니 모두 반가웠다. 우선 아버지 같은 큰오빠, 엄마 같은 큰언니, 가장 무더운 오산 언니.

그러나 반가운 일만 있는 것은 아니었다. 3년이란 세월 동안 형부가 가슴 아프게도 영원히 볼 수 없는 저세상으로 가셨다.

"처제, 다시 만날 때까지 잘 가." 하며 이민 오던 마지막 밤을 함께 지내고 헤어졌는데, 그 짧은 동안 이렇게 영원히 이별을 하는 일도 있었다.

또 다른 소식은 공항에서 전혀 모르는 사람이 "안녕하세요?" 하고 인사를 하는데 전화로만 목소리를 듣던 나의 셋째 동서가 새 식구가 되어 있었다.

세상은 이렇게 슬픈 일과 기쁜 일이 엇갈리면서 살아가는 것이다. 이렇게 해서 45일간 서울에 머무는 동안 온 가족이 모여서 우리 아버지, 어머니 산소를 찾아가 성묘를 마치고, 인근 산정호수를 가서 가족 놀이도 했다.

그러나 난 바빴다. 시댁인 공주에 가서 시댁 식구들과 함께 그동안 헤어져서 못 나누었던 이야기도 나누었다. 아쉽게도 여기도 그사이 계셔야 할 어른인 셋째 작은아버님께서 작고하시고 뵈올 수 없었다. 기쁨과 슬픔이 엇갈리면서 우린 시카고로 다시 돌아왔다.

이렇게 해서 13년 이민생활을 하는 동안에 한국에도 3번이나 다녀왔다. 그간 나의 생활도 많이 안정을 찾았다. 전혀 사치스런 낭비는 하지 않고 살아온 덕분이다.

10년이 지날 때까지 따로 살림집이 없이 한 아파트에서 진료와 생활을 같이해야 하니, 하루에도 수십 명의 사람들이 드나들던 방에서 나는 매트리스를 깔고 자야 하는 일이 다반사였다. 때론 내 자신이 몸이 아파 앓아도 '아침이면 이 자리를 비워 놓아야 손님을 받을 텐데, 어떡하지?' 하면서 밤새 죽도록 아팠어도 새벽이면 아픈 몸을 일으켜 직장으로 가야 했다. 이렇게 아픈 날이 한두 번이 아니었지. 그래서 남편을 원망도 많이 했다. 살림집을 따로 얻어 살면 내가 이렇게 아파 괴로울 때 편히 쉴 수도 있지 않겠어? 이렇게 힘들게 살아야만 하는가! 한없이 남편을 원망도 해 봤다.

그러나 남편은 자기가 맘먹고 계획한 것은 흔들림 없는 사람이다. 우리는 자식이 없으니 늙어서 돈 있어야지 돈 없으면 누가 우리를 돌보겠냐며 지금 이 고생을 해서 대책해 놓은 다음에는 어떤 일이 있어도 당신이 하고 싶은 것을 마음대로 하며 살게 해 줄 것이다, 우리가 늙어서 잘 살자고 이 고생을 하는 것이니 조금만 더 참고 살자며 날 달래곤 한다. 나도 그 말이 옳은 줄은 알지만 너무 힘이 든다.

이렇게 해서 몇 년을 더 살고 도저히 더 이상은 한 집에서 살기 힘들어 드디어 살림집을 얻어 나왔다. 살림집은 다행히 넓고 깨끗해 맘에 드는 집으로 이사를 했다. 그런데 문제는 약방에 손님은 한없이 늘어만 갔다.

혼자서는 도저히 해낼 수 없는데 날 보고 자꾸 직장엘 다니란다. 혼자 세 사람 몫을 해야 하니 자긴들 무슨 재주가 있나요? 도저히 감당할 수 없는 사람을 무리하게 치료하고 있는 거지. 점심밥을 준비해 두고 직장을 갔다 와 보면 어느 날은 그 밥이 그냥 그대로 있었다. 밥 먹을 시간이 없어 밥도 못 먹고 저녁이 되면 너무 지쳐서 자기가 환자가 되어 드러누워 있는 거야. 이렇게 해서는 안 되겠다 싶어 내일이라도 당장 직장을 그만두어야겠다 마음먹었다. 사장님한테는 다른 사람을 구하라고 알린 다음 1주일 더 일을 하고 10년 만에 직장을 그만두었다.

내가 집에서 약을 짓고 침 빼 주고 수납일 보조를 도와 주니까 자기는 육체적으로는 편하기 짝이 없는 거야. 손님들도 내가 집에서 도와 주니까 너무 좋아들 한다. 그러다 보니 이 사람이 긴장이 풀린 탓인지 이제 드디어 올 것이 왔어요. 지금까지 너무 많은 환자들을 진료하느라 힘들고 피곤해했던 지라 남편은 지칠 대로 지쳤던 것이다. 결국, 그이가 쓰러지고 말았다.

어느 날 오전 11시쯤 남편은 춥고 떨려서 도저히 더 이상 진료를 할 수 없었던지 치료받으러 온 손님을 돌려보냈다. 너무 지쳐서 그런 거니까 좀 쉬면 낫겠다 싶어 집으로 그이를 데리고 와 침대에 눕히고 쉬게 했다. 난 다시 약방으로 가서 모르고 찾아온 손님들에게 약만 주고 당분간 선생님이 쉬어야 한다고 일러 주고 저녁에 들어와 보니 걱정이 태산 같았다. 이이가 막 한전을 떨고 있지 않나. 한전이 그치고 나면 열이 막 올라 덮어 주었던 이불을 걷어차고 있었다. 며칠 좀 쉬면 나을 줄 알았는데 도저히 차도가 오를 기색이 보이지 않았다.

그동안 얼마나 힘들고 말랐는지 엉덩이뼈가 배겨 일어나 않질 못할 정도로 말라 있었다. 이러다 정말 이 사람 잃는 게 아닌가 싶을 정도로 걱정이 컸다. 병원을 가자 하니 조그만 기다려 보잔다. 잠시 후 점점 한전이 더 나고 열이 펄펄 끓더니 이젠 말소리도 들리지 않을 정도로 소리가 안 나오는 것이 아닌가! 하는 수 없이 오빠 친구가 의사여서 그 병원을 찾아 진료를 받게 되었다.

미국에선 건강 보험이 없는 환자가 병원을 입원하게 되면 보통 큰일이 아니었다. 그동안 벌어놓은 돈을 하루아침에 다 까먹을 정도로 진료비가 엄청나기 때문이다. 우린 건강보험을 안 들었기에 어찌해야 좋을지 걱정을 하면서 의사 진단을 받았다. 간단히 피검사 하고 진찰을 해보더니 당뇨가 높아 그런단다.

너무 과로해서 얻은 당뇨란다. 의사 선생님이 인슐린 주사를 맞으라 하는데 남편은 펄쩍 뛰면서, "나는 주사는 안 맞는다."라고 하고 병원에서 도망치듯 나왔다. 그러면 어쩌자는 거야. 의사는 주사를 맞아야 한다 하고…. 며칠이 지나도록 생각을 해 보더니 우선 주사를 맞고 나중에 자기가 한방 치료법으로 주사는 끊어야겠다고 생각을 고쳐먹고 주사를 맞기 시작했다. 이렇게 해서 두 주일이 지나자 조금씩 차도가 보이기 시작했다.

치료를 받는 동안 2개월을 쉬었다. 그러는 동안 약방문을 열어야 한다고 조바심을 내며 성화를 하는 것이었다. 그래서 난 그이에게 그동안 너무 힘들고 지쳐서 병을 얻은 거니, 쉬는 김에 푹 쉬라고 약방문을 열려는 것을 말리고 또 말렸다.

그리하여 두 달 쉬는 동안 그이의 건강이 회복되었다. 다시 약방문을 열게 되었는데 지금은 건강도 아주 좋고 한방요법으로 자가 치료를 해서 주사도 안 맞고 새로운 건강을 찾았지만 지난날을 돌이켜보면 우리 부부는 너무 힘들게 주위를 둘러볼 겨를 없이 앞만 보고 달려왔다. 그래서 이번을 계기로 조금은 생활에 변화를 가져야겠다, 진료시간도 줄이고 1년에 한 번씩 여름에 휴가를 가져 여행도 하고 살아야겠다고 생각했다.

9.
여행

　　이민 후 첫 여행이었다. 과로로 쓰러지고 난 다음 해에 우리 부부가 처음 여행지로 간 곳이 캐나다에 있는 나이아가라 폭포였다. 첫 번째 여행이어서인지 굉장히 마음이 부풀었다. 미시간에 사는 김 장로님 내외와 우리 부부 넷이 한 차로 동반 여행하기로 하고 음식을 장만해서 나이아가라 폭포로 향했다. 빨리 가면 시카고에서 10시간 거리에 있는 곳이지만 가다가 해가 지면 갖고 간 음식과 갈비도 구워 먹으면서 쉬엄쉬엄 가니 여행이 즐거웠다. 여행을 하면서 장로님이 농담도 잘하시고, 서로 맘속에 있던 것까지 다 털어놓는 사이인 그분들과 함께 여행을 하게 되니 우리 남편은 아주 즐거워했다.

　　이곳 시카고로 이민을 와서도 말로만 들었던 나이아가라 폭포를 실제 와서 보니 정말 환상적으로 아름다웠다. 폭포 위에서 보면 몇 미터 두께의 파란 유리가 웅장하게 밀려 떨어지면서 부서지면서 안개가 되어 다시 하늘로 올라가는 모습은 장관이었다. 폭포 사이로 쌍무지개가 떠서 이쪽 하늘에서 저쪽 하늘을 이어주는 광경은 감탄이 절로 난다. 파란 우비를 입은 관광객들을 태운 배가 폭포 밑에 바로 폭포물이 떨어지는 지점에까지 배가 들어가면 낙차가 너무 세어 배가 뒤집힐 정도였는데 진짜 스릴이었다.

　　저렇듯 웅장하게 부서져 내리는 저 폭포 속엔 용왕님이 살고 있지 않을까? 이민 와서 제일 처음 본 관광지라서 나이아가라 폭포 관광은 두고두고 인상에 남는 곳이었다.

여행은 또 다른 여행을 낳는다 했나? 나이아가라 관광으로 시작된 여행이 이젠 제법 많은 여행을 가게 되었다. 한 번도 가보지 않은 경험은 늘 신비스러움을 안고 있어 호기심이 더해가는 것 같다.

이민 온 후 첫 여행 후 다음 해엔 미국의 동·서부 지역의 관광을 할 욕심으로 여행 일정을 잡았다. 첫 여행지로 조지아 주에 있는 '스모킹 마운틴'을 잡았다. 여긴 가을에 단풍이 아주 아름다운 산이었다. 별로 감탄할 정도는 않는 곳이라 생각했지만, 관광객들이 많이 오는 곳이어서 유명했다.

여기서 좀 떨어진 곳에 원주민이 살던 당시의 모습이 그대로 보존되어 있다는 인디언이 살던 굴이 있었다. 굴속으로 몇 리를 들어가니 바다가 있었다. 참으로 희한한 것이 굴 밑으로 바다가 있다는데 어디로 연결이 되었는지 아무도 모르는 바다란다. 그래서 사람들은 이를 가리켜 '잃어버린 바다'라고 부른다.

다음으로 간 곳은 동·서부 쪽으로 아름다운 '옐로스톤' 국립공원이었다. 여기를 가려면 내가 사는 시카고에서 차로만 가는데도 30시간이 걸린다. 미국에는 가는 곳마다 아름다운 데가 많지만 이곳은 특히 신비의 공원이었다.

그런데 이 공원으로 가는 도중에도 중간중간 볼 곳이 많았다. 여기도 마찬가지로 장로님 내외와 한국에서 이곳에 와 있던 큰언니와 우리 부부 다섯이 갔다. 30시간을 가려면 이틀이 걸려야 했기에 중간중간 유명한 곳을 들리며 구경을 했다.

사우스다코타 주에 있는 '마운트 러쉬모어' 국립공원. 여기는 미국의 역대 대통령 네 명의 얼굴들을 바위산에 산에 새겨놓은 곳인데, 조지 워싱턴(1대), 토마스 제퍼슨(3대), 에이브러햄 링컨(16대), 데오도어 루스벨트(26대)가 이들이다. 네 명의 대통령 얼굴들이 멀리서 보면 한눈에 들어온다. 이것들을 새기던 사람이 자기 한 세대에 못다 새겨놓고 죽는 바람에 다음 세대 사람이 완성했다고 한다.

여길 구경하고 목적지로 향하던 중에 동물만이 살고 있는 곳에 들렀더니 이곳엔 곰들이 살고 있었다. 곰들이 높은 나무 위에 올라가 앉아 있거나 소나무 밑에서 배를 깔고 잠자는 놈도 있고, 또 새끼 곰들이 나무 위를 올라다니며 서커스를 하는 모습이 사람들을 즐겁게 해주려고 웃기고 있다. 이렇게 사람을 봐도 무서워하지 않고 자연스럽게 살고 있는 동물들. 차가 지나가려면 곰이 길을 가로막고 못 가게 하며 먹을 거 달라며 덤벼도 무섭지 않은 곳이었다.

이렇게 여기서 곰들과 몇 시간을 놀다가 다시 목적지로 향했다. 여기만 와도 고지여서 귀가 먹먹할 정도로 높은데 여기가 바로 그 유명하다는 로키 산맥을 넘는 중이란다. 지금이 7월 초인데 시카고에선 더워서 푹푹 찌는데 여기는 하도 높아서 초봄의 날씨다.

이렇게 로키 산맥을 넘는데 얼마나 바위 모양이 이 모양 저 모양으로 설명할 수 없으리만치 기묘했다. 주변 경관이 얼마나 좋은지 언니는 "야, 여기 봐라, 저기 봐라."를 연발해대며 너무 감격했던지 막 울고 있었다. "내가 이렇게 미국까지 와서 좋은 구경을 하니 꿈인지 생시인지 모르겠다." 감탄하고 있었다. 경치가 아름답던지…. 돌아올 때도 이 길로 안 오고 다른 길로 오게 되어 우리 식구들은 너무 아쉬워했다. 이렇게 "와! 와!" 소리하며 로키 산을 넘어 평지로 내려왔다. 나는 비디오카메라를 여기 오기 위해 준비해 두었었다. 한 장면이라도 놓칠세라 열심히 찍었다.

이렇게 해서 평지에 내려오니 주변에는 잔잔한 평야가 아무런 잡풀도 없고, 산도 없는 푸른 초원만이 하늘과 맞닿아 있었다. 가도 가도 끝없는 땅. 미국이 넓다지만 이렇듯 넓었던가. 저렇게 넓은 땅에 한국 사람들이 와서 살게 하면 얼마나 좋을까.

이렇게 해서 시카고를 떠난 지 이틀 만에 목적지인 '옐로스톤' 국립공원에 도착했다. 오늘은 도착시간이 12시쯤 되었으니 구경은 못 하겠다. 여기를 다 보려면 꼬박 이틀은 보아야 대강을 봐도 볼 수 있었다.

여기 국립공원은 물이 땅속에서 올라오는 데 화산이 폭발한 게 아니고 아직도 땅속에서 끓고 있었다. 어느 곳에는 고인 물이 잉크색처럼 파랗게 보이는데 물의 온도가 높아 계란을 넣으면 삶아서 나올 정도였다. 어느 곳에는 한 시간에 한 번씩 하늘로 물이 하늘로 솟는데, 솟았던 물이 흘러내린 자리는 흑 바닥이 아니고 땅이 굳어서 바위가 되었다. 어느 곳에 가면 아주 맑은 물이 용솟음을 쳐 별의별 모양으로 금방이라도 화산이 폭발할 듯해 보인다. 우리 한국 사람 같으면 온천수를 발견했다고 어떻게 해도 이용해서 돈을 벌려고 할 텐데, 여긴 자연 그대로 보존을 해서 보기가 좋다.

이곳엔 사슴과 노루 곰 같은 야생동물 천국이다. 산 위로는 눈이 녹지 않아 여름에도 눈을 볼 수 있고, 산 밑으론 여름이다. 이름 모를 꽃들이 지천으로 있고, 공기가 너무 깨끗하고 물이 맑아 함부로 손을 씻을 수도 없었다. 그리고 사슴이 많아 가끔 사슴뿔이 떨어져 있는 것을 볼 수 있는데 이것들을 주워 다가 사슴뿔로 공원 들어가는 문에 장식을 해 놓았다.

그리고 옐로스톤 파크 옆에 형제 같이 붙어 있는 '잭슨 내셔널 파크'가 또 있다. 여기에는 높은 산에 승강기를 타고 올라가 아래 경치를 바라볼 수 있는데, 정상 부근엔 눈이 녹질 않아 바로 어제 온 눈처럼 쌓여 있었다. 유명한 스키장이 있어서 스키 타러 오는 관광객들이 많다. 또 배를 타고 2시간 정도 구경을 하는데 눈 쌓인 높은 산을 바라보노라면 아주 이색적인 정감을 주며 신기하기까지 하다.

이렇게 해서 우리는 11일간의 여행을 마치고 이제 다시 이틀을 달려 시카고로 돌아가야 한다. 그런데 떠나올 때 하도 음식을 많이 장만해 가지고 가서 이직도 많이 남았다. 미국은 정말 축복받은 나라라고들 하는데 그것이 무엇을 의미하는지 몰랐었다. 그러나 이제는 이번 여행을 통해 조금은 알 것 같았다.

가는 곳마다 쉴 곳이 있었고, 피크닉을 할 수 있도록 쉼터를 만들어 놓았다. 두 시간 달려 휴게소가 나오고, 휴게소를 들리면 일부러 놀러 다니는 데를 찾을 필요가 따로 없이 거기서 놀다 가면 된다. 바비큐를 구워 먹을 수 없나, 둘러앉아 밥 먹으라고 테이블이 있지를 않나, 게다가 주변 경관이 좋고 잔디밭을 잘 가꾸어 놓아 여행지가 따로 없었다. 두 시간만 달리면 어디를 가도 이런 시설이 되어 있어 이렇듯면 여행을 해도 얼마든지 즐겁게 다닐 수 있다.

이번에도 멀고도 긴 여행을 즐겁게 다녀오게 해 주신 부처님께 감사하다. 그런데 여행을 하다 보니 늙어서 여행 다니고 젊어서는 돈을 열심히 벌어야 한다는 옛말이 이번 여행을 통해 잘못된 말이라는 생각이 든다. 여행 다닌다는 것이 얼마나 힘이 드는지 될 수만 있으면 힘들지 않을 때 부지런히 여행을 해야겠다는 교훈을 얻었다.

이젠 이만큼 여행을 했으니 많이 했다. 지금까지 미국엘 와서 몇십 년을 살아도 자기가 사는 주를 벗어나 보지 못한 사람들이 의외로 많았다. 내 주위에 있는 사람들도 우리를 보고 부러워하는 사람들이 많다. 그러나 우리는 그동안 남다른 노력을 하고 살아온 대가인 것 같다.

여행도 해 보니 자꾸 하고 싶고, 여행의 맛을 알게 되는 것 같다.

이번엔 미국 서부 여행을 하기로 맘먹었다. 그래서 그다음 해엔 서부 쪽으로 비행기를 타고 가게 되었는데, 이번에는 우리 두 식구와 오빠, 언니 그리고 장로님 내외 합해서 모두 6식구가 함께 가게 되었지요. 목적지는 라스베이거스로 해서 애리조나 주에 있는 '그랜드 캐니언'을 지나 '브라이스 캐니언', '자이언 국립공원'로 해서 북쪽으로 올라가서 유타 주에 있는 '아치 내셔널 파크'를 지나 동서남북으로 정신없이 따라다녔다. 여기서 가이드는 우리 오빠가 맡았는데 얼마나 젊음이 넘치시던지 우리가 쫓아갈 수 없을 정도였다.

처음 라스베이거스행 비행기를 타고 저녁에 도착했는데 비행기에서 내려다보는 경치가 마치 보석이라도 갖다 부어 놓은 것 같이 빛이 찬란했다. 여기 호텔에서 하룻밤을 자고 내일 아침 일찍 그랜드 캐니언으로 떠나야 했는데 도착한 시간이 밤 10시였다. 그런데 이곳 라스베이거스는 도박의 도시가 아닌가? 우리도 여기까지 왔으니 농담으로 돈이나 좀 따가지고 가자 하고는 호텔에 짐을 풀고는 카지노로 내려가 노름을 했다. 그런데 돈을 따기는커녕 자꾸만 들어가기만 하지 나오는 예는 드물다. 그렇지만 옆 사람은 돈 나오는 소리가 좔좔좔 잘도 쏟아지는 게 아닌가. 어떤 이는 몇백 불짜리 맞았다고 박수 치고 춤추고 난리도 아니었다. 여기에다 재미를 붙이면 돌아갈 차비도 없이 다 털린단다. 그만 올라가 잠이나 자고 내일 아침 일찍 떠나야지.

서너 시간 자고 그다음 날 일찍 4시간 운전을 해서 그랜드 캐니언에 도착했다. 여기에 와 보니 한눈에 보이는 저 깊은 계곡. 아! 한참을 서서 바라보다가 벌어진 입을 닫고 이렇게 장엄하고 웅장한 계곡을 누가 만들었을까? 이곳은 아무도 사람의 손이 닿지 않는 천혜의 자연이다. 우리가 지금 서 있는 곳은 해발 1만 피트인데 높은 곳은 만이천 피트나 된다. 언제 물이 흘러내려 가서 씻긴 것처럼 온갖 모양의 계곡이 나타난다. 저 깊은 계곡 밑에는 강물이 유유히 흐르고 그 강물은 콜로라도로 흘러내려 간다.

그런데 한편으로 저 계곡 밑으로 내려가는 사람들이 있는데 당나귀를 타고 내려간다. 당나귀는 하루를 내려가서 자고 다음 날 하루를 올라와야 하는데 저 밑에는 하도 더워 물통을 가지고 가지 않으면 땀을 많이 흘려서 질식사하기가 쉽단다. 저 당나귀를 타려면 1년 전에 미리 예약을 해야 탈 수 있다.

내려가는 도중에 중간에 자그만 마을이 하나 보이는데 여기는 사람들이 살고 있다. 하도 멀어 망원경으로 보아야 한다. 이곳은 인디언이 살고 있는 자그마한 동네인데 사뭇 평화로워 보인다. 집은 서너 채 보이고 집 앞엔 푸른 밭도 보인다. 그리고 그 옆으론 인디언 추장으로 보이는 묘도 보인다. 그런데 저렇듯 열악한 환경에서 이들은 무얼 먹고 사는지…. 이들은 세상과는 담을 쌓은 자기만의 세상을 살고 있는 것 같았다.

또 한 가지 감동적인 것은 석양에 비치는 저 아름다운 계곡이 내일을 약속이라도 하는 듯 유유히 서산에 지고, 우리는 모텔도 들어왔다. 저녁밥을 지어 먹고 다시 다음 날을 맞았다.

이곳 국립공원 안에는 모텔이 많았다. 여기에 있는 나무는 모두 소나무여서 솔잎향이 아주 향긋했다. 통나무로 집을 지어 놓아서 토속적인 분위기가 은근하게 풍겨 난다.

저녁때가 되니 사슴과 노루가 많이 내려와서 사람들과 같이 놀잔다. 처음엔 저녁밥을 먹고 밖에 나가보니 우리 방문 앞에 사슴 한 마리가 와 서성이고 있었다.

"사슴이 여기 와서 서 있네." 하고는 사슴과 눈을 맞추는데 그 너머로도 멀리 사슴들이 많이 있었다. 그래서 안에 들어가 먹다 남은 빵을 가지고 나와 주니까 얼마나 잘 받아먹던지 멀리서 놀던 놈들까지도 다들 우리 숙소 곁으로 몰려왔다.

어떤 놈은 뿔이 올라와 손가락 크기만 한 사슴도 있었다. 또 어떤 놈은 새끼를 배어 배가 아주 불러 있었다. 그런데 사람들을 무서워하지 않는다. 손바닥에 빵을 놓아 주면 혹시 물릴까 걱정하는 사람들을 의식이라도 한 듯 손은 닿지 않고 빵만 살짝 물고 가는 것이지 않은가. 사슴이 꽤 영리한 동물인가보다. 주위에 사람들이 하나둘 몰려들기 시작한다. 어쩌면 이렇게 좋을까. 소나무 숲속에서 노루와 사슴들과 함께 놀 수 있다는 것 자체가 환상적 체험이었다.

그다음 목적지는 '브라이스 캐니언'이었는데 '그랜드 캐니언'에서는 4시간 달려올 거리였다. 여기는 먼저 보았던 '그랜드 캐니언'하고 비슷할 정도로 소나무가 숲을 이룬 곳이었다. 이곳 통나무집에서 하룻밤 유숙을 하며 혹시 구경거리가 있을까 하며 저녁은 피자를 시켜 먹고 밖으로 나가 슬슬 돌아다녔다.

우리 오빠는 내일 관광 스케줄을 짜느라고 방 안에 계시고, 우린 밖으로 나와 솔나무 향을 맡아가며 산책을 하고 있는데 사람들이 자꾸만 우리와 반대 방향 저쪽을 향해 간다. 무슨 구경거리가 났나 보다. 우리도 그쪽으로 방향을 틀어 가 보았다.

아니 이게 웬일인가! 사람들이 흔히 신기한 것을 보았을 때 축복의 땅이라고들 하던데 극락세계가 바로 여기였구나! 계곡 아래엔 몇 천 년을 부실 되어 흘러내린 흙이 별의별 모양으로 저마다 자태를 자랑하듯 있었다.

가장 크게 보이는 것은 교황 바오로 2세가 교황청에서 있는 모습이 보이고, 못난이 삼형제인 형이 얼굴을 마주 대고 비비고 있는 모습이며, 저 멀리엔 옛날에 우리나라에 초상이 나면 상주들이 굴관 제복하고 지팡이를 짚고 서 있는 모습 등이 보인다.

어찌 보면 제주도의 하루방이 줄줄이 도열해 있는 듯하고 가지각색으로 자신의 상상력을 발휘해서 어떤 모양일지를 만들면 되는 것들이 수도 없이 보인다. 흑갈색, 연핑크색과 핑크색 그리고 아이보리색이 조화를 이뤄 시루떡 찌는 모양처럼 형상이 한 켜 한 켜씩 섞여 있고 그것이 부실한 흙같이 보이는 데 가까이 가서 보니 단단한 바위였던 것이다.

그런데 저 밑으로 내려가는 길이 보인다. 그 길이가 한 오리쯤 된다는데 우리 일행들이 내려갔다가 올라오기엔 힘들 것 같아 모두 포기하고 오빠와 내가 둘이만 내려갔다. 내려가서 위를 쳐다보니 구름 한 점 없이 파란 하늘에다 핑크색 흙으로 둘러싸인 바위가 얼마나 색깔이 아름답던지 감히 글로는 표현할 수 없는 것이 안타까울 뿐이다.

이렇게 해서 '브라이스 캐니언' 관광을 마치고 다음 코스는 '자이언 국립공원'이었다. 이곳에 와 보니 옛날 내가 어릴 때 자란 고향 포천의 함바위를 생각나게 하는 곳이었다. 함바위산은 실제 높이는 해발 105미터 정도밖에 안 되는 조그마한 산이었다. 하지만 내가 어릴 적 산의 기억으론 꽤나 높았고 악바위이었다.

이곳 '자이언 국립공원'이 나의 고향 함바위를 몇 배 확대해서 보는 기분이었다. 지금까지 구경한 것은 모두 위에서 아래로 내려다본 것이 었다면 이곳은 밑에서 위로 올려다보는 색다른 구경인 셈이다.

하룻밤을 앞산 바위만을 쳐다보려니 불현듯 고향 생각이 사무쳐온 다. 한식 때가 되면 함바위 큰집에는 차례 준비하느냐고 분주했었다. 큰집 언니는 떡방아를 쿵쿵대며 찧고 작은 집 언니는 누름적 부치고 동네 아줌마들은 기와가루로 제사 그릇 닦느냐 분주했었던 어릴 적 고향 생각이 삼삼히 눈앞에 어린다.

여기서 하루 관광을 마치고 유타 주에 있는 '아치 내셔널 파크'로 향했다. 무려 12시간을 운전해서 오게 되었는데, 이곳에 와 보니 그동 안 신비스러운 구경을 하도 많이 하여 아무리 좋은 것을 보아도 별로 신기할 것이 없었다.

이렇게 해서 12일 동안 여행의 마침표를 찍고 돌아가야 한다. 일행 은 시카고에서 비행기를 타고 왔던 라스베이거스로 다시 올라와야 했 다. 라스베이거스는 사막지대가 되어 무척이나 더웠고 세계 각국에서 모여든 사람들의 관광행렬이 끊이지 않는 곳이었다.

처음 비행기 타고 오던 날은 밤이 늦어 이곳 관광을 생략했는데, 오늘만은 화려한 라스베이거스의 야경을 구경하기로 했다. 휘황찬란 한 네온사인, 매끈하게 가꾸어 놓은 야자나무, 시원하게 쏟아지는 인 공폭포, 호텔 카지노에서 잭팟을 터뜨려 돈 쏟아지는 소리 등등. 이 휘황찬란한 도시는 모든 것들이 사람들 주머니에서 돈 뜯어내느라 유 혹하는 것들로 가득 찬 듯했다.

우리는 13일간의 모든 관광을 마치고 시카고를 향해 비행기를 탔다. 아주 즐겁고 긴 여행이었다.

좋은 구경을 하고 나니 마음에 걸리는 것이 있었다. 난 작은오빠와 고국에 계신 큰오빠를 미국에 모시고 와 구경을 한 번 시켜 드려야겠다고 몇 년 전부터 벼르고 있었다. 그런데 마침 큰오빠가 내년에 칠순을 맞으신다. 그래서 내년에 큰오빠를 미국에 모시고 와서 구경을 시켜드릴 요량으로 비자를 받아놓으라고 했는데, 문제는 오빠가 건강이 좋지 않으셔서 어떻게 오실까 걱정이 많았다.

그런데 오빠만 오시라 할 수 있나. 우리 시아버님이 계시지 않는가. 우리 아버님은 작년부터 모시고 싶었지만 혼자 오시는 것이 엄두를 못 내던 차였다. 오빠와 난 이번 기회에 두 어른을 함께 모시기로 하고 고국에 있는 큰조카에게 미국 비자수속을 받아놓으라고 알렸다. 양쪽 어른들의 비자는 어렵지 않게 둘 다 받아 놓으셨다.

가끔 여기서 고국으로 전화를 문안해 보면 우리 시아버님의 건강이 좋지 않고 걸음걸이도 자유롭지 못하고 가슴도 답답해하신다고 한다. 시아버님은 미국 가서 큰 병이라도 나면 어떻게 하냐며 오기도 전에 걱정을 많이 하셨다. "여기 오시면 침을 맞고 약 잡수시면 좋아질 테니 걱정하시지 마세요. 그동안 운동이나 하시고 편히 계시라"고 안심을 시켜드리면서도, 한편 정작 노인네들이 오시면 어떻게 모실까 은근히 걱정되기도 했다.

그러나 무엇보다도 기쁘고 다행인 것은 내가 미국에 와서 경제적으로 안정이 되었고, 아버님이나 오빠를 모신다고 해서 나에게 크게 부담이 될 것은 없었다. 어쩌면 오빠와 내가 결심한 이 계획은 처음이자 마지막 효도가 될지 모른다. 그래서인지 마음에 준비도 단단히 하고 있었다.

드디어 1995년 6월 17일 따뜻한 봄날. 나의 시아버님과 큰오빠 그리고 올케언니 세 분이 머나먼 미국 땅에 비행기를 타고 도착하셨다. 시카고 공항에서 아버님과 오빠 언니를 만날 생각을 하니 마음이 부풀어서 자꾸 시계만 쳐다보게 된다. 비행기는 오후 4시 10분에 도착해서 다른 사람들은 다 입국출입문을 열고 나오는데 우리 노인들만 안 나오시는 것이다. 어떻게 된 거지? 걱정을 하고 두리번거리며 딴 데를 쳐다보았더니 저쪽에서 큰오빠가 우리를 찾고 계시질 않는가.

얼마나 반가운지 "오빠 여기!" 하고 달려갔다.

"고생 안 하시고 무사히 오셨어요? 우리 아버님은 어디 계세요?" 했더니 언니하고 아버님은 밖에 계시는 거야.

아버님을 향해 다가가 "아버님!" 하고 손목을 잡아 드리면서,

"아버님, 저예요. 편안히 잘 오셨어요?"

"그래. 잘 왔다." 하시며 날 쳐다보신다.

난 시카고에서 아버님을 보니 얼마나 감격스러웠던지 솟아나는 눈물을 참지 못하고 한참을 목이 메어 눈물을 흘렸다.

아버님 하시는 "말씀이 아범은 안 나왔니?" 아드님을 찾으시는데

"시간이 맞질 않아 나와 작은오빠, 언니 셋이서 마중을 나왔어요."

공항에서 집으로 오는 동안 한국 식구들 안부도 묻고 할 말이 많으면서도 나 자신이 얼마나 대견했던지….

작은오빠와 내 차 두 대로 나눠 타고 내 차엔 아버님과 두 언니들이 타고, 작은오빠 차엔 두 형제분이 타셨다. 공주군 문천리 하늘만 빠끔히 쳐다보이는 깊고 깊은 산골에 사시는 우리 시아버님을 모시고 시카고 넓은 길을 운전하며 집으로 향해 달려가는 기분이란 참으로

감격적이었다. 난 운전하면서 연신 '부처님 감사합니다.'를 연발했다.

이렇게 해서 집에 도착하니 우리 남편도 집에 와 있고, 저녁 시간이 되어 갖은 정성을 다 해 반찬을 만들고 푸짐한 저녁상을 차렸다. 식탁에 두 분이 앉아계신 모습을 보니 어느 한 분도 불청객이 아니었다.

모두 반가우신 분인데 미국에 와 13년을 사는 동안 수많은 손님을 초대했어도 모두가 남들이고, 그저 그렇게 지내는 사람들이었다. 하지만 오늘같이 기쁘고 정성을 다 해 준비한 식탁은 처음이었다. 차리기는 많이 차렸어도 긴 시간 비행기 안에서 시달리시고, 비행기 안에서 주는 기내식이 몸에 안 맞아 속이 불편하셨던지 우리 아버님은 잡숫지도 못하고 계속 화장실만 들락거리시니 걱정이 아닐 수 없다.

그런데 큰오빠는 생각보다는 건강이 좋아 보이셨다. 미국 오시기 위해 건강관리를 열심히 하시고 몸에 좋다는 약은 다 잡수신 터라 언니는 별로 걱정스러워 보이지 않았다. 우리는 저녁식사를 마치고 둘러앉아 그동안 못 나누었던 이야기를 나누며 밤이 깊어 가는 줄도 몰랐다. 한국에서 조카들이 고모와 작은아버지에게 이것저것 선물을 많이 보내느라고 돈을 많이 쓴 것 같았다. 우리 아버님은 동네 친구 분들에게 미국 아들 보러 가신다고 하니 모두들 부러워하며, 미국 가서 쓰시라고 용돈을 몇만 원씩 부좃돈으로 받으셨다고 자랑하신다.

"내 생전 미국에 와서 너희들을 만나다니! 생전 너희들 한 번 보고 돌아가려 했다." 하시며 안도의 한숨을 쉬는 아버님을 뵈니 저절로 눈물이 핑 돌았다.

"드디어 시아버지와 큰오빠, 올케언니와 동반 효도여행을 하다!"

1995년 5월 17일은 내 인생의 새로운 역사를 그리는 날이다. 고국에서 아버님과 오빠 올케가 이곳 시카고에 여행 차 오신 지 열흘이 되었다.

아버님과 오빠, 올케언니가 오시기 전에 이곳 작은오빠와 난 벌써 몇 달 전부터 동반 여행 스케줄을 다 짜놓았다. 물론 호텔 예약과 비행기 표까지 끊어놓고 모든 것을 다 준비해 놓았다.

열흘간의 휴식을 마치고 첫 번째 여행지가 3박 4일간의 워싱턴 D. C 여행이었다. 그다음 여행지는 열흘 쉬고 서부 관광 코스로 잡고 라스베이거스와 요세미티 내셔널 파크, 자이언 내셔널 파크, 그랜드 캐니언, 그다음 브라이스 캐니언으로 6박 7일간의 여정을 잡았다. 그리고 다시 돌아와 열흘 쉬고 2박 3일의 여정으로 마지막 스케줄인 캐나다 나이아가라 폭포여행을 잡아놓았다.

그런데 이렇듯 열흘 간격으로 휴식 후 미국의 서부와 동부를 잇는 여행은 아무래도 노인들에게는 무리였다. 그럼에도 불구하고 기회는 이번 단 한 번뿐이지 않은가? 우리들의 욕심인 줄은 알지만 그냥 스케줄대로 움직이기로 했다.

열흘 쉬는 동안 오빠와 아버님께 아침에 일찍 일어나시면 공원에 나가셔서 열심히 걸으시고 운동을 하시라고 신신당부했다. 운동을 하셔서 체력을 길러야 여행가시지 그렇지 않으면 여행가시기 힘들다고 덧붙여 말씀해 드렸더니 새벽 4시만 되면 아버님과 오빠는 운동하러 나가시는 것이었다.

아버님도 며칠 걸으시더니 이젠 걸음걸이가 한결 수월해지신 듯하고 오빠도 이곳 공기가 좋아서인지 숨차하시는 것도 많이 좋아지신 것 같았다. 오빠는 기관지 확장증이라는 병이 있어 숨이 차면 걸음을 걷기 힘들어 하신다. 그에 비해 우리 아버님은 더운 것을 못 참으시고 가슴이 답답하셔서 집 안에 계신 것이 오히려 불편하신 분이다.

두 노인네가 서로 반대의 증상을 보이는 병이 있으신 것을 미처 생각지 못하고 함께 오시도록 한 것이 나의 불찰이었다. 두 어른이 여기 오셔서야 그 사실을 알았지 뭔가. 그러므로 우린 여행 중에 무척이나 고생스러웠고, 어느 노인을 위해 간호를 해 드려야 할지 혼란스러웠다. 왜냐하면, 한 차를 타고 가면서도 아버님을 위해선 에어컨을 켜야 했지만, 오빠를 위해선 히터를 켜야 했다. 너무도 상반된 증세를 가지신 분들을 함께 모셔야 하니 두 노인을 함께 오시게 한 일이 정말 후회스러웠다.

그럼에도 불구하고 우린 첫 번째 스케줄대로 워싱턴 D. C.로 여행을 떠났다. 큰오빠 내외, 작은오빠 내외, 그리고 우리 아버님과 나, 모두 합해 여섯 명이 여행을 떠나게 되었는데 우리 남편만 함께 갈 수가 없었다. 왜냐하면, 환자들 진료가 나날이 쉴 수 없을 정도로 바빴다. 때문에 남편만 혼자 두고 일행은 예정대로 출발했다.

워싱턴 D. C.는 시카고에서 차로 12시간 하루 종일 운전하고 가야 하는 거리이다. 그런데 미국은 땅이 하도 넓어 미국 사람들은 먼 거리 여행에 익숙해 하루쯤 차를 타는 것은 보통이다. 하지만 아버님이나 오빠는 이렇게나 먼 거리 여행은 처음이셔 무척 힘드시리라 생각했다. 그런데 의외에도 어른들이 생각보다 별로 힘들어 하시지 않아 다행이었다. 아이러니하게도 워싱턴은 나도 처음 와 보는 곳이다. 별로 신기하게 볼 것은 없지만 미국의 수도이니까 서울 구경하듯 나도 덩달아 흥미 있게 구경을 했다.

먼저 우주 박물관을 시작하여 두루두루 볼 것은 많았다. 그런데 가는 날이 장날이라고 비가 하루 종일 와서 맘이 별로 기쁘지 않았다. 그런데 오빠가 걸음을 잘 못 걸으시니 행동을 빨리할 수가 없었다.

여기서 하룻밤을 자고 다음 날 버지니아 주에 있는 루레이 동굴 (Luray Caverns: 미국 버지니아 주 북서부 페이지 군에 있는 일련의 석회암 동굴) 이 유명하다는데 우리는 그곳을 향해 달려갔다. 이 동굴들은 수백만 년에 걸쳐 산이 포함된 지하수가 석회암과 이암으로 된 지층에 스며들어 형성되었다. 동굴 속으로 들어가니 희한한 모습의 종유석들이 있어 볼 게 많았다. 오빠가 숨이 차고 걸음을 잘 못 걸으셔서 여러 시간 만에 구경을 하고 다시 시카고로 돌아왔다. 그래도 여러 날을 집을 떠났다가 오셔서 노인네들은 힘들어하신다.

이번 여행은 별 게 아니었지만 열흘 쉬었다가 '그랜드 캐니언' 가실 때는 정말로 힘든 여행을 해야 한다. 그래서 난 두 노인에게 "열흘 동안에 푹 쉬시며 피로를 다 푸셔야 돼요." 하면서도 마음이 영 놓이지 않았다. 오빠가 너무 숨이 차서 걸음을 못 걸으시니 어쩌나. 가시면 많이 걸어야 하고 해발고도가 높아 별 탈 없이 여행하실 수 있을까 슬슬 걱정이 되기 시작한다. 그러나 기회는 우리의 효도 관광은 이때뿐이다. 그래서 모시고 가고 싶은 욕심에 무리함을 무릅쓰고라도 스케줄대로 10일을 쉬게 해 드렸다. 물론 쉬시는 동안 남편의 건강 체크는 필수였다.

드디어 6월 15일 미국 서부 여행길의 비행기를 탔다. 이번 여행엔 작은올케와 우리 남편은 빠지고 우리 다섯 식구만 떠났다. 우리는 작년에 이미 지금 떠나는 여행지를 미리 다녀왔기 때문에 식구들이 다 갈 필요는 없었다. 그래서 작은오빠와 나, 그리고 시아버님, 큰오빠와 올케언니 모두 다섯이 그랜드 캐니언(Grand Canyon: 미국 서부 애리조나 주와 네바다 주에 걸쳐 위치한 환상적인 모양과 빛깔로 유명한 관광지이다. 복잡하게 깎인 이 넓은 협곡 바깥쪽에 당당한 봉우리와 평지에 우뚝 솟은 산, 깎아지른 듯한 골짜기가 수없이 늘어서 있다.)을 가기 위해 라스베이거스행 비행기를 탔다.

첫날은 비행기를 3시간 30분을 타고 가서 자동차로 캘리포니아에 있는 요세미티 국립공원(Yosemite National Park: 그랜드 캐니언, 옐로스톤과 함께 미국 3대 국립공원으로 손꼽히며 세계인들이 가장 많이 찾는 부동의 인기 1위 공원이기도 하다.)까지 장장 9시간을 차를 타고 가야 했다.

첫날부터 너무 많은 시간을 비행기와 자동차로 타고 와야 했기에 우리 아버님은 무척 괴로워워 하셨다. 오빠도 피곤해하셨다. 한 가지 내가 잘못 생각한 것은 작년에 우리가 이곳에 왔을 때는 올해보다 보름 늦게 6월 30일 날 왔다. 그때 무척 더워서 고생을 했는데 올핸 와 보니 보름 먼저 왔는데도 눈이 하얗게 왔다. 작년 생각만 하고 노인들 갈아입으실 얇은 옷만 가지고 왔으니 크게 잘못 생각했다.

아버님은 그런대로 더운 것을 못 참으시니 시원해 좋다 하셔도, 큰오빠 추워서 숨이 더 차고 컨디션이 좋지 않아 주로 차 안에서만 구경하시는 편이었다. 나도 여기는 처음 와 보는 곳이지만 금강산이 아무리 아름답다 한들 여기만큼 아름다울까.

우리 아버님은 참 좋으시다 하시며 하얗게 눈 덮인 나무를 보시며 시를 한 수 읊어 주신다.

"비가 오니 청산이요, 눈이 오니 백산이라." 하고 아주 이곳 풍광에 맞는 시를 읊어 주신다. 산봉우리마다 쏟아지는 폭포는 한 폭의 그림 같이 아름다웠다. 아버님과 오빠는 저것이 약물이라고 그냥 가기가 마냥 아쉬워하셨다. 그래서 난 우리가 먹으려고 가지고 간 물통의 물을 쏟아버리고 깨끗한 물을 한 통 담아 와 한 잔씩 따라드렸다.

"이 물은 보통 물이 아니고 약수이니 아버님은 답답하고 손 떨리는 병을 낫게 해 주시고, 큰오빠 숨차고 다리 아픈 병을 깨끗이 낫게 해 주십소사." 하고 정성으로 두 어른께 따라 드렸다. 이렇게 높은 산속에 폭포는 산봉우리마다 저마다의 모습을 자랑이라도 하듯 떨어져 흘러내려 갔다. 요세미티 밸리, 세계 최대의 화강암 바위인 엘 캐피탄, 미국 최대의 낙차를 자랑하는 요세미티 폭포 등은 최고의 자연경관이었다.

이렇게 해서 첫 번째 코스인 요세미티 내셔널 파크를 관광하고, 내일은 그랜드 캐니언으로 떠나야 하는데 오는 중간에 캘리포니아 중간 어딘가에서 자게 되었다. 여기는 몇 년 전에 우리가 땅을 사 놓은 곳인데 그 당시만 해도 경기가 좋아 땅값이 오를 때였다. 그래서 여기 작은오빠 친구가 살고 있는데 작은오빠의 권유로 여기다가 아담한 집터를 사 놓게 되었다. 그러니까 나는 보지도 못하고 땅을 사 놓았는데 이제야 와 보게 된 것이다.

여기 근처에 숙소를 정해 자고 다음 날 아침 일찍 땅을 구경하러 왔는데 아직은 개발지가 되어 근처엔 집들이 제법 많이 들어섰다. 우리가 산 땅의 양옆으로 벌써 집들을 지었는데 아주 크고 멋지게 잘 지었다.

그런데 우리 집터는 지대가 높아 산 밑에 있었다. 남향으로 공기도 맑고 집 짓고 살기엔 아주 좋은 곳이었다. 미국에 이민 와서 뼈가 부서지도록 벌어서 모은 돈으로 산 것이 바로 이 땅인 것이다. 아이러니하게도 이 땅은 나도 처음 보는 땅이지만 내 생전 땅이라고는 처음 산 것이어서 가슴이 떨릴 정도로 아주 감명 깊었다. 시아버님도, 오빠도 이 땅을 보시고 함께 좋아하셨다. 한국에서 이렇게 넓은 땅이라도 있으면 당장에라도 큰 아파트라도 지을 만큼 탐나고 넓고 좋았다.

우리 일행은 여기서 땅 구경을 실컷 하고 나서 다음 여행지인 그랜드 캐니언을 향해 떠났다. 그랜드 캐니언 와 보니 역시 눈이 왔고 바람이 불어 큰오빠는 숨이 차 애를 쓰시니 안쓰럽다. 구경이 제대로 되지 않고 큰오빠의 동정에 온통 신경이 쓰였다. 그래서 하는 수 없이 걸을 수 있는 곳만 구경하고 하룻밤을 자게 되었다.

저녁때가 되어 우리 식구들은 저녁을 먹고 난 다음 시간이 남아 영화를 보러 갔다. 무슨 영화냐 하면 그랜드 캐니언에서 볼거리로 유명한 곳들만 촬영을 해서 영상사진으로 제작한 것인데 영화를 보러 가는 길에 오빠는 또 숨이 차서 괴로워하셨다. 여기를 가지 말았어야 했는데…. 큰오빠께서 동생들이 너무 애쓰는 것이 미안해서 당신 몸이 좀 괴로워도 내색을 안 하고 참으셨다.

좋은 걸 하나라도 더 보여 드리고 싶은 맘이 앞섰던지라 영화를 보러 갔다가 오빠는 이렇듯 고생을 하고 추워 토하시고 애를 쓰셨다. 나는 잽싸게 선물 센터에 들어가 오빠에게 입혀 드릴 두꺼운 옷을 찾았다. 상의는 있는데 바지는 없었다. 그래서 상의를 하나 사서 입혀 드리고 다시 우리 숙소로 돌아왔다. 여기 호텔방은 시설이 잘되어 있질 못해 그럭저럭 잘 수 있는 방이었다. 큰오빠가 주무시기엔 난방시설이

부족했다.

그렇게 해서 그랜드 캐니언을 수박 겉핥기식으로 구경을 하고 그다음 날이 돌아왔다. 큰오빠의 건강은 여전히 안 좋았다. 곰곰이 생각해 보니 오빠의 호흡곤란 증상은 추워서라기보다는 해발 만 피트나 되는 높이의 고산지역이어서 산소부족으로 고생하시는 것이란 걸 뒤늦게 알게 되었다.

그런데 문제는 다음 목적지가 브라이스 캐니언이었다. 역시 계곡이 높은 지대여서 걱정이 되어 우리는 그곳으로 출발을 망설일 수밖에 없었다. 오빠가 저러시니 도저히 거기에 갈 수가 없는 형편이라 모든 여행 스케줄을 취소하고 시카고로 다시 돌아갈까도 생각했다. 하지만 비행기 좌석도 예약한 날이 아니고 당겨 가려면 자리도 없다. 한 사람이면 몰라도 다섯 식구나 한꺼번에 모든 일정을 바꾸기가 쉬운 일이 아니었다.

고심 끝에 하는 수 없이 예정대로 가기로 했다. 그렇지만 이렇듯 괴로워하는 오빠를 구경시킨다고 모시고 다닌 작은오빠와 나는 너무 힘들었다. 그런데 오늘 아침부턴 아예 큰오빠가 잡수질 못하시고 차 안에 있다가 밖으로 나와 땅바닥에 다 토해내는 것이 아닌가! 저렇게 힘들게 토하시는 오빠의 모습이 얼마나 불쌍하고 마음이 아픈지 내 가슴을 도려내는 것 같았다. 아무리 좋은 구경도 건강이 따라주지 않으면 소용이 없다. 몸이 말을 안 듣는데 욕심부리고 억지로 모시고 다니니 이건 효도가 아니라 오히려 불효라는 생각이 들었다. 무척 고통스러워하는 오빠의 모습을 본 주위의 미국 사람들마저 "왜 그러시냐? 자기들이 뭘 도와줄 게 없느냐?" 하며 모두들 걱정해주시는 것이었다.

오늘 가야 할 브라이스 캐니언[Bryce Canyon National Park: 브라이스 캐니언은 미국 로키산맥 남서부 유타주 대고원(해발 2,000m)에 움푹 파인 분지(145만㎢)로 이루어진 계곡을 말한다. 협곡이라기보다는 천연의 원형경기장이 연이어 있는 형국으로 되어 있으며, 그 밑에는 흰색과 노란색의 석회암과 사암으로 된 기둥과 벽들이 침식으로 조각된 모양으로 늘어서 있다.]은 이번 여행 중 제일 아름다운 곳이다. 내가 여행 떠나기 전 집에서부터 브라이스 캐니언은 천국이니 거기 가셔서 우리 어머니도 만나시고 우리 친정아버지, 어머니 모두 만나 보시라며 한껏 기대감을 갖게 해드린 곳이었다.

그러나 지금 그 좋다는 브라이스 캐니언 두고 다음 관광지인 이곳보단 지대가 낮은 지역에 있는 자이언 캐니언(Zion Canyon: 브라이스 캐니언과 같이 유타주에 위치한 자이언 캐니언은 3대 캐니언 중에서 특히 남성스러움을 자랑하는 관광지이다. 브라이스 캐니언에서 거리는 차로 1시간 정도의 위치에 있으며, 국립공원 입구에서부터 느껴지는 산과 바위의 형태에서 신이 살고 있는 듯한 신비함을 느끼게 한다.)으로 가기로 하고 브라이스 캐니언에 예약해 두었던 방을 취소하고 자이언 캐니언으로 향했다.

나는 가는 중간 오빠 얼굴만 쳐다보게 되었다. 오빠는 눈도 안 뜨고 가만히 계시는데 그렇게 몸이 괴로워도 동생들에 성의가 고마워서 그렇고 두 동생에게 실망을 주지 않으려고

"오빠, 좀 어떠세요?" 하면,

참느라 애쓰시면서 답은 "괜찮아."이었다.

오빠를 보면 너무도 마음이 아팠다. 북받치는 눈물을 참지 못하고 나도 어쩔 수 없이 울음을 터뜨리고 말았다. 한참을 흐느껴도 눈물이 그치지를 않는다. 그러면서도 오빠의 얼굴만 바라보고 있는데 어차피

브라이스 캐니언은 포기하고 자이언 캐니언으로 가야 하는 마음이 속상하다. 가장 아름다운 곳을 지척에 두고 보여드리지 못하고 돌아서야 하는 발길이 작은오빠나 나의 마음이 똑같았을 것이다.

두 시간 정도 운전을 해서 자이언 캐니언에 도착했다. 여기는 해발이 고도가 낮아지고 있음을 오빠 표정을 보고 알 수 있었다. 숨 쉬는 것도 한결 부드러워지셨고 얼굴색도 붉게 변하시어 눈을 뜨고 창밖에도 내다보시면서 저기 좀 보라 하시며 주변 경치에 심취하신 듯했다. 어떤 곳은 아주 신기한 표정으로 여기도 사진 찍고 저기도 사진 찍으라고 하시지 않는가. 이제야 구경거리가 눈에 들어오시는가 보다.

그렇게 해서 하루를 자이언 캐니언 공원에서 관광을 했다. 원래 스케줄은 여기서 하루 보내야 하는데 브라이스 캐니언의 예약을 취소했기 때문에 여기서 이틀을 지내야 한다. 오늘은 오빠의 건강상태가 아주 좋아지셔서 식사도 잘하시고 기분도 좋고 했지만, 작은오빠와 난 그래도 브라이스 캐니언을 못 보여드리는 게 끝까지 마음에 걸려 아쉬워했다.

그래서 "큰오빠! 오늘 하루 이곳서 주무시고 혹 컨디션이 좋아지시면 내일 아침에 브라이스 캐니언 구경 가요." 하니 오빠도 좋아하셨다. 자이언 캐니언과 브라이스 캐니언 공원 간의 사이는 차로 두 시간 거리에 떨어져 있는 거리지만 잠자리를 취소했기 때문에 구경을 하고는 곧바로 자이언 캐니언 공원으로 서둘러 돌아와야 했다.

결국 다음 날 아침에 일어나 우린 브라이스 캐니언으로 달렸다. 가서 보니 역시 좋기는 좋았는데 여기서는 도저히 큰오빠가 걸어 다니며 구경하시는 것은 불가능이었다. 그래서 작은오빠에게 여기 어디 장애인을 위한 휠체어를 빌려주는 곳이 있을 것 같았다. 그래서 "오빠, 한

번 알아보세요." 했더니 정말 휠체어를 하나 구해 오셨다.

그래서 큰오빠를 태우고 작은오빠가 밀고 다니는데 내가 생각해도 휠체어가 그렇게 무거운 줄은 몰랐다. 그렇게 무거운 휠체어로 언덕배기를 밀고 다니는 작은오빠가 너무나 고생이 많았다.

이렇게 해서 억지춘향으로 구경을 시켜드리느라 고생도 많았지만 역시 잘 왔다는 생각은 변함없다. 이런 기회는 이 어른들께는 처음이자 마지막 여행일 텐데 언제 또 이런 아름다운 곳을 보시겠는가. 우리 아버님도 좋아하셨고, 큰오빠와 언니 모두 정말 좋아하셨다. 다행히 우리 아버님은 잘 따라다니셔서 그나마 다행이었다.

이렇게 해서 우리 다섯 식구는 마지막 여행지인 브라이스 캐니언 공원을 다 구경하고 내일 아침엔 시카고로 돌아가기 위해 라스베이거스로 다시 돌아왔다. 여기에서 하룻밤 묵으며 라스베이거스의 야경을 볼 수 있었다. 늘어진 야자나무 하며, 번쩍이는 네온사인과 세계 각처에서 모여든 사람들의 모습이 모두 신기한 구경거리 천지였다. 이젠 지금까지 아름다웠고 아슬아슬했고 아쉬웠던 여행과 이별해야 한다. 이렇게 해서 6박 7일간의 효도관광을 마치고 우린 또다시 시카고로 돌아왔다.

10.
귀 향

　　오랜만에 돌아온 집이라서 무척이나 편안했고, 많은 식구가 한꺼번에 움직여야 하는 여행이었기에 힘도 많이 들었다. 집에 돌아와 홀로 집을 지키고 있던 남편을 보니 이이는 내가 옆에서 도와주지 않아 혼자 힘들어했고, 게다가 먹는 것도 제대로 챙겨 먹질 못한 모양이다. 하루에 한 끼 정도로 하루를 버틴 모양인지 턱이 말라서 도라지 캐러 가게 생길 정도로 말라 있었다. 남편은 유난히도 자기 자신을 챙길 줄 몰랐다. 내가 없으면 양말도 못 챙겨 신는 사람이라서 우리가 여행 가서 있는 동안 내내 마음이 편치 못했었다.

　　길고 긴 여행에서 돌아온 노인들은 피곤해서 며칠을 고생하시고 쉬시더니 건강에는 별지장이 없어 보이신다. 며칠 더 쉬시고 원래 일정은 마지막 여행지로 나이아가라를 염두에 두고 있었다.

　　그러나 이젠 여행은 그만두고 싶었다. 한 번 여행하려면 짐 싸고 준비하는 게 여간 번거로운 일이 아니었다. 그런데 이번엔 시아버님이나 큰오빠께서도 우린 이제는 못 가겠으니 그만 가자는 말을 안 하시지 않는가! 그런 모습을 보니 내 마음도 역시 귀찮기는 해도 언제 또 여행을 시켜드릴 수 있을 것인가 하고 고쳐먹었다. 이제는 마지막이라 힘들어도 참자는 생각이 더 앞섰다. 그리하여 다시 나이아가라 여행을 준비했다.

이번에는 7월 4일이 미국 독립기념일이어서 이때는 며칠간 공휴일 연휴를 맞았다. 모든 미국 사람들이 이 때를 기해 여행을 많이 떠나기 때문에 우리 약방도 문을 닫고 해마다 여행을 해왔다.

그리하여 이번에도 약방을 며칠 쉬기로 하고 남편도 나이아가라 여행에 함께 따라갈 수 있었다. 식구가 다 함께 떠나게 되니 모두 7식구가 되었다. 내 마음은 다른 때 여행보다 훨씬 가볍고 기뻤다. 왜냐하면, 내가 여행가고 없는 동안 자기가 혼자 남아 고생할 거 생각하면 늘 마음이 편치 않았었다.

이번에는 모처럼 모두 함께하는 즐거운 여행이다. 물론 나이아가라 여행은 우리에겐 두 번째 여행인지라 별로 흥미롭지는 못했지만, 당신 부모님을 모시고 여행을 한다는 기분이 그이에겐 처음이어서 그 어느 때보다 마냥 즐거워했다. 이번 나이아가라 여행은 2박 3일의 짧은 여정이지만 마침 날씨까지 좋아 별로 어려움 없이 잘 다녀왔다.

이렇게 해서 3차에 걸쳐 우리로선 다소 무리하고 힘에 겨운 여행을 어른들에게 해 드렸다. 왜 이렇게 한꺼번에 남들은 몇십 년씩 별러도 못하는 여행을 단 한 번의 기회로 무리한 줄 알면서 해야 했는가?

연세를 보아서는 나의 아버님이나 큰오빠의 연배는 아직 건강하실 나이이지만 남들에 비해 우리 노인네들은 그렇지가 못하다. 앞으로 얼마나 더 세상을 사실지 모르는 분들이기에 우리에게 주어진 기회는 이번뿐이란 생각으로 다소 무리는 했지만, 나중에 후회하지 않으려고 애써 노력했다.

내가 지금 이 글을 쓰고 있는 것은 1996년 1월이다. 아버님과 오빠가 다녀가신 것은 1995년 7월이었는데 지금은 오빠 건강이 매우 나빠지셔서 병원에 입원하신 지가 두 달이 되었어도 퇴원을 못 하시고 산소 호흡기를 꼽고 계신다. 하루 속히 오빠의 건강이 회복되시길 기도하지만, 이번에는 일어나시기 힘들 것 같다.

지금은 해가 바뀌어 작년이 되었지만, 지난해는 아버님과 오빠 언니가 오셔서 내 나름대로 바쁘고 시간 가는 줄 모르고 지났다. 올해는 또다시 정신을 차려 계획에 차질이 없이 살아야 하는데 이곳 경기가 점점 죽어 우리 약방에도 불경기가 왔다. 작년 한 해는 별로 재미없는 해였고 올해는 어떨지 모르겠다.

우리 두 사람의 꿈은 앞으로 2000년에는 한국에 가서 사는 것이 꿈인데, 이 꿈이 꼭 이루어지길 바라며 기도하며 산다. 왜 한국에 가서 살려고 하느냐는 물음에는 미국이 아무리 좋아도 내 나라만 못하다. 무엇보다도 나는 외롭다.

시카고에는 작은오빠가 있지만, 오빠 한 분으론 외롭다. 특히, 명절이나 생일 때면 오라고 부르지 않아도 찾아오던 우리 시댁 형제들, 친정 식구들 모두가 그립다. 세상을 산다는 것이 형제가 있으면 좋은 일이 있으면 불편한 일도 있겠지만, 이제는 너무 긴 세월 타지에서 외롭게 살아왔다.

지금 한국을 간다고 해도 우리는 경제적인 문제는 해결해 놓았다. 이민생활 13년 만에 벌어 놓은 것은 공주군 정안면 나의 시댁 동네에 밤나무가 심겨져 있는 산 2정보가 있고, 오산에 자그마한 집터가 있는데 앞으로 여기에다 3층짜리 빌딩을 지을 예정이다.

또 캘리포니아에 땅을 사 놓은 것이 있어 지금은 부동산 경기가 죽어서 시세가 없어 마음이 편치 않지만, 이 모든 것들이 우리 부부가 이민 와서 이루어 놓은 것이고, 미래 우리 꿈나무들인 것이다.

앞으로 4년만 더 열심히 살다가 대망의 2000년도에는 이민생활을 청산하고 '나의 고국에 돌아가서 나보다 못한 사람들을 위해 무언가 보람 있는 일도' 하며 살고 싶다. 나의 마지막 청춘을 고생 속에 흘려 보내고 이제 황혼기에 접어든 우리 두 부부는 무엇이 보람 있는 삶인 가를 생각하며 앞으로도 열심히 살아갈 것이다.

1995년 7월 31을 기해 회사에서 은퇴를 하고 또한 수년 전부터 은 퇴를 하면 어디로 가서 살 것인가 늘 궁리하고 자료수집도 하며 여행 도 가서 보고 관심을 항상 갖고 살아왔다.

우선 은퇴하면 재정적으로 부족한 나로서는 늙었을 때 적응될 수 있는 곳을 찾아야 했다. 기후를 보고, 의료시설이 좋은 큰 도시 근처 를 보고, 집값이 얼마나 싼가를 보고, 부동산 세금이 얼마나 싼가를 보고, 은퇴자에게 그 주에서는 얼마나 혜택이 있는지를 염두에 두고 몇 가지를 생각해야 한다.

이곳 미국은 다 행정이 자치제도이기 때문에 주마다 차이가 있고 심지어 우리가 물건을 살 때 내는 판매세도 다 다르고, 자동차값도 천 차만별이고, 우리가 사용하는 전기와 천연가스값도 다 차이가 있다. 그리고 반드시 알아 두어야 할 것은 우리는 미국에 사는 한국만큼 한 인사회가 잘 조성이 되는지를 보고 우리가 신앙생활을 할 한인 교회 들이 있는지 없는지를 참작 아니 할 수가 없는 것이다. 그뿐이랴. 사 는 주변에 범죄율이 어떤지를 꼭 참조해야만 한다.

이곳, 내가 사는 곳은 지난 25년을 살아온 제일 오래 산 제1의 고 향이라 할 수가 있다. 그러나 이곳은 직장 면에서는 적합하였지만, 은

퇴하고 생활하기엔 여러 가지 면에서 적합하지 못한 것이 많다. 집값도 싸고 세금은 상당히 비싼 편이고, 겨울은 너무 춥고 눈이 많이 오고, 일반적인 세금들이 비싸며 전기료에 연료값 등이 비싸고 자동차 휘발유값도 다른 주에 비하면 훨씬 비싸다. 더구나 CHICAGO DP 범죄율에 환멸을 느끼고 지저분하기가 그지없었다. 손님들이 와도 관광시켜 줄 곳이 없어 비행기를 타고 다른 주로 가야만 하는 불편들이 상재하고 있다.

우리는 은퇴하면 수입이 없어서(FIXED INCOME) 가능하면 재정적으로 부담이 적은 곳을 많은 사람들이 선호하고 있으며, 나도 그렇다. 그간 미국 여러 곳을 다니며 눈여겨보았는데 SEATTLE은 동양이 가깝고 위치적으로 적당한데 기후 면으로는 긴 겨울 동안 계속 우기를 맞아 흐리고 비 오고 신경통 있는 우리에게는 적당치 못하다.

CANADA DP VANCOUVER SMS는 풍치가 좋고 동양 사람도 많고 깨끗한 도시인 데 비해 집값이 좀 비싸고 물건값이 비싸며, 앞으로 환율 관계에서 어떠한 영향이 닥칠지 모르고 다른 나라이기에 주저하게 된다. SAN FRANCISCO는 기후는 최적인데 지진이 심해서 적당치 않고, 집값이 비싼 데다 동성연애자들의 소굴이기에 마음이 내키지 않는다.

그러면 어느 지역을 택할 것이냐. 많은 고심을 해보았지만 결국 ATLANTA GEORGIA 아니면 SAN DIEGO로 압축이 되었다.

ATLANTA는 큰 도시이고 한인 인구가 꽤 많고 교회도 많이 있다. 의료시설도 좋은 병원이 가까이 있고 기후가 여름에 덥기는 하지만 겨울에 눈 칠 필요가 없이 사계절 옥외운동을 할 수 있다. 게다가 비교적 생활비가 싸며, 집값도 이곳 CHICAGO 근처에 비해 상당히 싸고 세금은 반값이다. 손님들이 와도 FLORIDA로 쉽게 갈 수도 있고, 몇 시간이면 해변가도 갈 수 있다. 국립공원인 SMOKY MOUNTAIN도 한 시간 반 거리에 있는 데다 내가 좋아하는 운동, 골프도 값싸게 칠 수 있으니 최적인 인상을 주고 있다.

SAN DIEGO는 기후 면에서 미국인들 대부분이 선호하는, 연중 덥지도 춥지도 않은 도시이나 집값이 약간 비싸고 생활비가 비싼 것이 흠이라면 흠이다. 더구나 현재 캘리포니아 주의 경기가 좋지 않은 것이 흠이기도 하다. 이제 집 팔려고 시장에 내놓고 있으니 팔리면 어디론가 우리는 이사를 해야 한다. 나의 인생은 마치 망망한 대해 중에 돛단배와 같이 풍랑에 썰리고 바람 가는 데로 흐르지 않을까 한다.

인생은 초로와도 같고 아침 햇볕에 스쳐 가는 안개와도 같으니 잠깐 왔다가 가는 세상 나의 삶은 나의 것이 아니요, 오직 하느님의 것이니 이 세상 살아 있는 동안 열심히 주님 섬기며 이 세상에 소금이 되고 빛이 되려 하느니라.

"어느 날 몸이 점점 마르고 있어 국립의료원에 가서 진찰을 받으러 갔지. 진찰 결과는 입원해야 한다고 해서 입원을 했지. 병명이 기관지 확장증이라나? 치료 중인데 하루는 담배가 피우고 싶어서 의사에게 담배를 피우면 안 되느냐고 물었지. 그의 말이 절대 안 된다는 거야. 그래서 담배를 끊기로 하고 안 피웠지.

참 돌이켜 생각해 보니 하나님께서 병원을 통해 담배를 끊게 하시는구나 하고 생각하게 되었어. 그래서 8일간 입원했다가 담배를 완전히 끊고 말았지. 이제 신앙이 점점 성장하여 서리 집사까지 되었고, 지금까지 생명을 연장해 주신 하나님께 얼마나 감사한지 모르겠어. 아멘."

아버지는 기관지 확장증이란 전력을 갖고 살아가셨다.

가족 내력이 폐가 안 좋았다든지 하는 것은 없었다. 다만 아버지 사촌인 큰집, 작은집 아저씨들이 해수병을 앓다 돌아가신 것은 보아왔다. 하지만 아버지가 그렇게 기침을 하며 가래를 뱉는 것은 본 적이 없다. 의학적 진단은 아버지가 입원하셨을 때 폐 기능이 1/3 정도의 폐를 가지고 살아오셨다고 의사가 진찰 결과를 해석해 주었다. 그것이 전부였다. 곰곰이 되짚어보면 쌀가게를 하시면서 폐를 상하게 했을 거라 짐작한다. 쌀을 가마로 들여다 놓고 소매를 하려면 몇 가지 과정을 거쳐야 한다. 쌀을 멍석에 풀어놓고 쌀을 풍구에다 넣고 수동으로 돌리면 바람에 의해 왕겨나 쭉정이와 알곡을 선별해 내는 작업을 해야 하는데 이때 미세한, 가는 먼지가 많이 일어난다. 그 일을 반복하다 보면 머리도 얼굴도 뿌옇게 미세한 쌀겨 가루를 뒤집어쓴다. 어머니는 머리에 수건을 두르고 하지만 아버진 밀짚모자를 쓰시고 풍구를 돌렸다. 어쩌면 그때부터 폐 기관에 먼지가 쌓여 이상이 생긴 것으로 본다.

그 같은 이력 때문인지 아버지 어머니 칠순 잔치를 끝내고 미국 삼촌과 고모 둘이서 여행을 시켜 드리겠노라는 연락이 왔다. 오래전에 남매가 계획한 여행이었다. 육남매의 장남인 아버지의 고생은 이루 말할 수 없었다. 자식들 말고도 여동생 둘과 부모님 그리고 가까운 친척들까지 우리 집을 거쳐 가지 않은 사람이 없었다.

엄마는 늘 우리들에게 틈만 나면 이런 말씀하셨다. "우리가 왜 부자로 못 산 줄 아니? 내가 시집와서 대소사를 17번이나 치렀어. 우리집 밥 안 먹고 간 사람 없었지. 그러니 우리가 돈을 모을 수가 있었겠니. 생각해 봐." 기실 부모님이 돈을 못 버신 건 아니었다. 버는 것보다 쓰는 게 많으니 저축이 안 되었다. 사남매 뒷바라지도 버거울 텐데 8촌까지 우리 집에 길게는 2년, 짧게는 6개월 이상 신세를 졌다.

좋게 보면 우리 집 둥지가 좋은 것이다.

미국 삼촌은 자수성가를 했지만, 막내 고모는 서울 와서 우리와 같이 크며 회사 생활하다 결혼하고 더 나은 세상으로 나가 살겠다고 간 미국 이민이었다. 물론 피나는 노력 끝에 어느 정도 삶의 여유가 생기니 삼촌에겐 형이요, 고모에겐 오빠와 형수이자 올케를 초청한 것이었다. 거기다가 시댁의 시아버지까지 세 노인을 시카고로 오시도록 초청한 것이었다.

칠순 잔치 후에 아버지 어머니는 시카고에 3개월 머무는 동안 3개월 미국에서 유명한 관광지는 다 이곳저곳 구경하셨다. 동부지역에 나이아가라 폭포, 뉴욕, 워싱턴에 이어 서부 라스베이거스 브라이스 캐니언, 그랜드 캐니언 등 명승지를 구경하시고 돌아오셨다. 자식들이 그 같은 여행을 해 드리지 못한 것을 삼촌과 고모 내외가 효도 관광을 해 드린 셈이다.

그런데 미국 관광을 다녀오신 아버지는 그때부터 병원엘 입원하시고, 병원에서 간호하시던 어머니마저 입원을 하는 일이 생겼다. 아버지는 기관지가 약해 호흡 장애가 오시어 3년간을 고생하셨다. 휴대용 산소통을 24시간 몸에 지니고 코에 산소를 공급하도록 하면서 사셨으니 얼마나 힘들어하셨겠나. 당신 발로 교회 예배를 잘도 다니셨는데, 자식인 내가 일요일이면 와서 모시고 교회를 모시고 다녔지만, 끝내 하나님 품으로 가셨다. 영원한 귀향, 예수님 계신 천국으로 들어가신 것이다.

제4부

엄마의 섬

엄마의 섬

"눈에 보이는 것이 전부가 아니니…."

엄마의 뿔피리 소리는 구슬펐다. 피리 소리를 들으면, 그렇게 많이 들었는데도 그때마다 내 눈에선 눈물이 주르륵 흘러내린다. 악기 연주자가 혼신의 힘을 대해 연주하는 모습을 보고 감동할 수 있는 것은 음악을 모르는 문외한들도 알 수 있다. 연주자의 표정과 몸짓에서 다 드러난다. 그런데 엄마의 연주는 힘들이지 않고 부는 데도 날 눈물 나게 한다. 대단한 연주자가 아닌가. 감동은 피차 공감이 있을 때 일어나는 현상이다. 무작정 눈물을 흘릴 순 없다. 음악을 알고 들으면 연주자의 음악에 더욱 심취할 수 있듯 자식은 엄마의 한을 이미 오래 익숙한 이야기처럼 알고 있다.

"삐~삐리 삐리리리~."

그랬던 엄마에게 치매라는 불청객이 찾아왔다. 분당 우리 집에서 어머니를 모시고 지내던 어느 날이다. 편안히 계시다가도 어떤 생각이 이르면 갑자기 속에서 열불이 나시나 보다. 지팡이를 잡아 들고 현관문을 나서신다.

"어디 가시게요?"

"내 집에 간다!"

집에 가셔야 빈집이다. 무인도다. 엄마의 손때가 묻은 살림은 온데 간데없이 새 집처럼 단장해 놓았다. 삼천만 원이나 들여 새로 리모델링해 놓았다. 엄마의 흔적은 하나도 없이 사람이 살지 않는 곳이 되어 버렸다.

이유는 있다. 막냇동생이 사업을 하다 실패를 했다. 여기저기 세를 얻어 농산물 유통 사업을 하다 그것도 신통치 않아 결국 어머니 집으로 들어와 사업장 문을 열었다. 어머니의 치매는 당신이 서울 객지에 와 마련하여 살던 집에 오셨음에도 불구하고 전혀 당신의 집이라고는 인지하지 못했다. 마치 당신이 낯선 곳에 와 있는 듯한 표정이다. 애지중지 손때가 묻은 당신의 살림이 하나도 없이 사업장으로 변해 버렸기 때문이다.

엄마의 치매 시작은 83세 즈음부터였다. 치매 조짐이 있기 전 엄마는 현명하게도 집안 내력을 생각해 내셨다. 고향 연천 친정 부모가 동란 중에 돌아가신 후 고향에 홀로 남은 고모가 치매를 앓다 돌아가셨다. 치매의 종류는 많지만, 공통적 증세는 과거의 지나간 일은 척척 기억하는데 바로 앞의 일은 잘 기억해 내지 못하는 데 있다. 그래서 식구들에게 하던 얘기를 녹음기 틀어 놓은 듯 반복하시는 병적인 증상이 있다. 좋은 이야기도 여러 번 들으면 아무리 식구나 친한 사람일지라도 듣기를 꺼려 할 수밖에 없는 것이다.

아무튼 그토록 믿고 의지하시던 친정의 고모가 방 안에 갇혀 밖을 못 나오게 할 정도로 심하게 치매를 앓다 돌아가신 일을 어머니는 잘도 기억해 냈다. 한 날 주일에 교회 예배를 드리고 어머니 집에 들렀더니 평소 잘 다니시던 단골 한의사를 찾아갔던 이야기를 들려주셨다. 한의사의 진단은 약간의 치매 징조가 보인다고만 했다. 병원처럼 인지 검사를 한 게 아니고 손목의 맥을 짚어보고 진단한 내용이었고 한다.

아버지를 먼저 떠나보내시고 혼자 사시는 어머니는 아버지의 생전 유지대로 교회에만 충실했다. 교회 기도실에 가면 권사들과 잘 지낼 수 있고 신앙도 좋아질 것이란 아버지의 말을 충실히 이행하며 혼자 살아오셨다. 큰아들은 분당에서 대방동 교회까지 오려면 평일은 승용차로 1시간 좀 넘게 걸리는 길이지만 일요일은 차가 밀리지 않아 30분이면 올 수 있었다. 아버지 계실 때도 줄곧 이 교회를 다닌 이유는 어릴 때 자란 고향 같고, 내가 부모님을 전도한 교회에다 일주일에 한 번이라도 교회 핑계로 부모님을 찾아뵐 수 있었기 때문이다. 그렇지 않으면 부모님이 일부러 우리 집으로 오셔야 했으니까 내가 찾아뵙는 게 도리였기 때문이다.

봄날 비가 많이 왔다. 64년부터 이 집에 살았으니까 집이 오래되어 비가 많이 올 때는 누수 현상이 천장에서 일어났다. 물이 다른 집에 이어진 이음새를 타고 우리 집 천장을 타고 와선 한가운데로 몰려 바닥으로 똑똑 떨어지곤 했다. 그때마다 큰 양재기나 그릇을 가져다 놓고 천장에서 누수된 빗물을 받았다.

비가 새서 엄마를 그대로 집에 혼자 사시게 하는 것에 자식들은 모두 불안해했다. 제일 먼저 막내 식구들이 나서서 우리 남매들 가족 회의를 하자고 제안했다. 모임 장소는 대방동 교회에서 걸어서 10분 거리의 막내 집으로 정하고, 일요일 오후 막내 집에서 넷이 모였다. 회의 결과는 육 개월씩 사남매가 돌아가며 어머니를 모시기로 동의했다. 먼저 장남인 나부터 어머니를 모시고, 다음은 여동생이, 그다음은 남동생이, 마지막 차례는 막내 남동생이 각기 육 개월씩 모시기로 하고 헤어졌다.

먼저 어머니를 모시고 분당 내 집으로 왔다. 막냇동생은 대방동에서 어머니를 위해 주간보호센터를 보내드렸다. 자기도 사업을 해야 하니까 어머니에 가까이 붙어서 모실 수는 없었다. 아침에 센터에서 어머니를 모시러 오면 그곳 센터의 프로그램에 맞추어 하루를 보내다가 오후 저녁나절 집에 돌아오시면 함께 식구들과 지낸다. 막내가 하던 대로 맨 먼저 야탑동 우리 집 주변의 주간보호센터를 인터넷으로 검색해 보았다. 우선 집에서 가까운 곳이어야 했다. 내가 사는 야탑동 주변의 복지센터를 찾아서 어머니 모시고 가 보았다. 직원에게 어머니 상태를 보여 드리고 상담도 했지만, 이곳 복지센터는 치유프로그램이 없었다.

어머니를 집으로 모시고 산책길을 따라 집으로 모시고 오면서 성경 구절이 떠올랐다.

"구하라 그리하면 구할 것이요. 찾으라. 그리하면 찾을 것이다."

사람이 살아가는 게 모두 이런 원리에 있다. 구하지 않고 찾지 않으면 우린 아무것도 할 수 없는 존재이다. 다행히 집에서 걸어서 20분 걸음이고, 차로는 7분 거리에 우리가 찾던 주간보호센터를 하나 찾았다. YWCA에서 운영하는 '은학의 집' 주간보호센터였다.

아침이면 우리 집은 어머니가 학교 가시는 분위기다. 난 교직에서 정년퇴임하여 은퇴 중에 있으므로 손수 운전으로 모셔다 드리고 모셔 올 수 있었다. 하지만 주간보호센터는 친절하게도 집 앞까지 어머니를 모시러 왔다가 하루의 프로그램을 마치면 다시 집으로 모셔다 드리도록 운영을 하고 있었다. 자식의 입장에선 편리한 제도구나 하고 생각할 수밖에 없었다.

일단 '은학의 집' 봉고 차가 아침에 우리가 사는 아파트 동 앞에 도착하면 우리에게 전화로 알린다. 그러면 어머니를 모시고 아파트 현관 문을 나서면 요양보호사가 대기하고 있다가 어머니를 부축해 승차를 도와 준다. 차 안에는 벌써 다른 요양자의 집을 들려왔는지 두 분이 차에 탑승한 채로 앉아 있었다. 차 문이 닫히고 우린 유치원 아이 보낼 때처럼 손을 흔들어 "공부 잘하고 오세요." 하면, "그래." 하고 어머니는 차 안에서 손을 흔들어 준다. 차는 떠나고 우린 우리 대로 하루의 시작을 한다.

'은학의 집'은 주차공간도 충분히 넓고 두 개 동의 일자 건물이 서도 따로 붙어 있는데, 한 개 동은 사무처 사무실이 있고, 2층은 실버 세대 요양자를 수용하는 방이다. 또 다른 한 동은 급식과 교육공간이고 운동 시설과 물리치료실 등 간단한 의무실이 갖춰져 있다. 대회의실 소극장까지 꾸릴만한 무대도 있다.

사립으로 주간보호센터를 설립하여 요양자를 보호해 주는 기관은 많다. YMCA나 YWCA는 대중에게도 잘 알려진 공공기관이다. 이곳 '은

학의 집'은 YWCA 산하에서 운영하는 요양자 보호시설이기에 믿음이
갔다.

어머니가 오후 5시쯤 주간보호센터에서 프로그램을 마치고 집으
로 돌아오시면 어떤 프로그램으로 무엇을 공부했는지 궁금했다. 점심
식사는 어땠냐, 다른 요양자들은 어떻고, 선생님은 친절했는지 따위를
물었다.

...

어머니가 혼자 사시던 집에 막냇동생이 사업장을 열기로 정하고,
둘째 형하고는 서로 어느 정도 얘기가 되었지만 정작 내게는 아무 언
질도 없이 엄마가 사시던 집의 살림을 어디론가 다 처분했다. 부엌살
림에서부터 장롱에 있던 이불이며 옷이며 기타 잡다한 물건들은 어머
니 아버지의 손때가 묻은, 애지중지 쓰시던 것들이었다. 그것들이 한
날 어디론가 처분되고 대신에 막내의 농산물 진열장과 비좁기는 해도
사무기구가 들어앉았다. 1층 문방구는 그대로 세를 주고, 2층은 사업
장으로 쓰고, 3층은 짐도 있었지만 사람이 잘 수 있도록 두 개의 방과
테라스를 만들었다.

어머니가 기거할 공간이 없어졌기 때문에 어머니는 막내가 따로 모
시고 살았다. 교회 가까운 곳에 살았기 때문에 분당에서 일요일에 교
회에 오면 예배를 마치고 어머니를 볼 수 있고, 막내 집에 가서 서로
담소하다 돌아오면 형제간에 우애도 있었다.

그런데 그럭저럭 우리가 분당에서 어머니를 모시고 있을 때 일이

생겼다. 막내 사무실이 태풍의 여파로 큰비를 맞은 옥상의 틈새로 새어 들어온 천장의 누수 때문에 사무실 컴퓨터나 기타 집기를 보호하기 위해 비닐을 덮어 두는 일이 생겼다. 그냥 두고 볼 수 없어 또다시 사남매가 모여 회의를 했다. 내가 먼저 집을 개수할 것을 제안했다. 형이 그러는 데 반대할 동생은 없었지만, 동생들 사는 형편도 넉넉지 않은 터에 수리비용을 각자 부담하라 하기가 어려웠다. 그래서 아래층 문방구의 전세금을 500만 원 올리고 여축된 돈 천만 원을 보태 일단 주변의 업자를 불러 견적을 내고 2층, 3층의 내부를 본격적으로 개수 공사에 들어갔다.

3개월 만에 집은 반듯하게 새 집이 되어 있었다. 무엇보다 방수 공사에 중점을 두어 누수가 되는 물길을 잡아 공사를 마쳤다. 2016년 여름부터 시작한 공사가 한 달이면 충분할 줄 알았는데 무려 4개월을 넘겨 겨울 공사가 되었다. 예정에 없던 가스 난방공사를 새로 추가하는 바람에 공사비는 예정했던 것보다 두 배나 올라 삼천만 원에 공사를 끝내게 되었다.

2016년 12월 31일 밤 10시. 난 분당 집에서 이불 하나를 차에 싣고 어머니를 모시고 대방동 교회로 갔다. 송구영신 예배를 마치고 새해 첫날의 밤하늘은 별이 총총 빛날 정도로 맑았다. 그러고 보니 어린 날 대방동에서 본 별똥별도 생각해 냈다. 하늘이 깨끗하지 않으면 그 많던 별들을 볼 수 없었다. 실제로 2017년 새벽의 하늘이 그렇게 보였고, 체감 온도도 온화하게 느껴질 만큼 따스하게 느껴졌다.

차는 교회 주차장에 둔 채 어머니를 모시고 새로 단장된 당신의 옛집에 들어가 함께 자려고 했다. 어머니 아버지가 서울에 처음 오셔서 숟가락 젓가락 하나 없이 빈 몸으로 함께 장사를 해서 세운 집이었다. 이 시장 너머 빨간 벽돌 양옥집은 자식들 넷 키우느라 마치 얼음이 녹아 물이 되어 없어진 듯 사라지고 남은 가게이자 살림터였다.

연천 황지리의 풍요한 들판을 보기만 해도 배부르다 하셨던 어머니의 말년이 치매를 앓으시는 것이다. 장남인 내가 2층 계단이 닳아 버릴 정도로 올라오고 내려가셨던 그 계단을 부축해 당신의 집 문을 열고 방을 보여 드렸다. 현관의 전등을 켜자 눈부시게 빛나는 안방이 나왔다. 천장은 샹들리에가 부럽지 않을 등이 달려 있고, 개구멍처럼 식구들이 아래 가게로 통하던 문도 마치 창고 겸 벽장으로 바뀌어 있었다. 우리들이 자라면서 쓰던 건넌방은 주방으로 꾸미고 화장실도 제법 그만하면 깨끗하고 부러울 것이 없게 수세식으로 만들어 놓았다.

무엇보다도 난방을 가스로 바꾸면서 부엌도 그 용도에 맞게 편리하게 변했다. 어머니 혼자 프로판 가스를 사용할 때는 늘 불안해했었다. 조리하시다가 가스가 떨어지면 조리를 할 수가 없으셨다. 물론 정신이 좋으실 때는 당신이 혼자 가스집에 전화를 넣으면 신속히 교체해 주어 불편은 없었지만, 정신이 오락가락하신 때는 당황하실 수밖에 없으셨다. 동생들이나 내가 번갈아 어머니 집에 들르면 프로판가스통을 먼저 흔들어보는 습관이 있었다. 흔들어보면 가스가 남은 양을 가늠할 수 있어 미리 어머니가 불편해하지 않으시도록 교체해 놓기도 했다.

3층도 변신했다. 방 하나가 있고 화단이 있었지만, 그 화단으로 인해 물이 천장으로 스며든 원인이기도 했지만, 이번 수리 공사엔 방으로 만들어 방이 두 개가 되어 손님이 와도 충분히 묵고 갈 만하게 넓혀져 있었다. 뭐 하나 부족할 것 없이 변한 집이 되었지만 정작 어머니가 이 집에서 사시지 못할 정도로 정신이 혼미하시게 된 게 안타까웠다.

당신이 일구신 우리를 양육하고 키워 주신 이 집에서 어머니가 누수 걱정 없이 사신다면 얼마나 좋을까 생각하며 새 집이 된 안방에서 어머니와 내가 자려고 들어온 것이다. 도란도란 옛날 얘기하면서…. 그런데 뜻밖에도 낯선 환경에 적응을 할 수 없다는 듯 어머니는 또 당신 집으로 가신다며 나가시려고 하는 것이다.

"어머니, 이 집이 엄마 집인데 어딜 가시게요?"
"아니다! 이건 내 집이 아니다. 난 내 집으로 갈 테니 문이나 열어라!"

내가 아무리 엄마를 붙들고 만류를 해도 엄마는 막무가내로 내 집으로 가겠노라고 야단이셨다. 난 밤새 한숨도 못 자고 엄마와 실랑이를 해야 했다.

효도하는 것도 쉽지 않았다. 그토록 지혜로우시고 인자하셨던 엄마가 어찌 저리 인지능력이 떨어지셔서 매번 이런 소동을 펴시니 눈물이 나도 모르게 가슴에까지 적신다. 어머니에게 죄송했다. 좀 더 관심을 갖고 어머니를 이 지경이 되시지 않도록 살펴드리지 못한 것이 너무도 후회가 되어 어머니가 주무시든 안 주무시든 혼자 3층으로 올라가 눈물을 펑펑 흘렸다.

"어머니~. 오, 주여! 이 죄인을 용서하소서…."

…

사남매들이 한자리에 모이는 경우는 아버지 추도일일 때다. 대방동, 광명, 일산 등에서 동생들 가족이 큰형 집으로 모이면 식사 전에 추도예배를 드린다. 예배를 마치면 식구들이 둘러앉아 식사하며 저마다 삶의 이야기를 화제 삼아 두런두런 이야기꽃을 피지만, 가장 좋은 것은 엄마가 우리 자식을 키우실 때의 지난 시절을 곱씹는 게 재미있었다. 그때까지만 해도 엄마의 정신이 말짱하셨다. 우리는 엄마에게 즐겁게 해 드릴 일을 찾다가 고향의 까마득히 잊고 살았던 이야기를 종종 소환했다.

엄마는 당신 조상의 뿌리에 대해 어릴 때 머릿속에 각인된 것이 있었다. 당신은 함창 김 씨이며, 가락국 왕족의 후손이란 걸 기회 있을 때마다 우리에게 귀에 못이 박이도록 들려주었다. 엄마의 기억 인지도를 점검할 겸 딸이 먼저 엄마에게 물었다.

"엄마 본(本)이 어디지?"
"애는 내가 무식한 줄 아느냐. 함창 김 씨지."

우리는 흔히 자기의 성씨가 같은 사람을 만나면, 먼저 본관을 물어보고 같은 동성동본이면 서로 항렬을 비교하여 촌수를 따져 쉽게 친해질 수 있다. 항렬(行列)은 혈족의 방계에 대한 대수(代數) 관계를 표시하는 말이다. 항렬을 나타내는 자(字)를 항렬자 또는 돌림자라고 한다. 형제들은 형제대로, 아버지의 형제나 할아버지의 형제는 또 그들대로의 이름자 속에 항렬자를 가지고 있으며, 같은 세대에 속하면 촌수와 관계없이 항렬자를 쓴다.

항렬은 조상의 몇 세손인가를 나타내는 것이며, 거의 모든 집안이 나이보다도 항렬을 따져서 항렬이 높으면 항렬이 낮은 사람에게는 나이와 상관하지 않고 말을 놓는다.

아무튼 나의 외조부는 병(炳) 자 규(奎) 자의 함자를 쓰셨다. 최고 윗대 조상인 시조로부터 36대손이다. 엄마는 이런 걸 다 기억하셨다. 어린 날 아버지에게 자기가 함창 김 씨의 몇 대손인지 궁금해 물었을 것이고, 외할아버지는 한학에 밝으셨기 때문에 항렬을 참고하고 오행 상생법에 의거해 작명을 하는 것이라고 말해 주었을 것이다.

엄마는 열세 살 때인가 한 날 아버지가 당신을 불러 놓고는 이렇게 말씀하셨다고 했다.

"여자는 족보에 들어가기는 하지만 이름이 항렬자를 따르지 않는 것이 보통이란다. 그러나 항렬을 따른 조상들의 족보의 관습대로라면 시조로부터 자기가 몇 대 자손인 건 쉽게 알 수 있단다. 난 병자 항렬 에다가 함창파라면 시조로부터 39세에 해당하는구나. 그러니 너는 고 추를 달고 나오진 않았어도 40세 후손이 되는 셈이니 이 애비가 죽고 없더라도 네 근본을 알고 잘 처신해 살아라."

"네 아버지. '고로 왕'으로부터 제가 40세 후손이라는 거죠?"

"그래. 어딜 가 살아도 네겐 왕가의 피가 흐름을 명심해라."

이렇게 해서 엄마는 당신의 아버지로부터 가문의 내력에 대해 확실 히 각인된 기억으로 늘 우리 자식들에게 자기는 함창 김 씨임을 분명 하게 말해 주었다. 그러면서 자식들이 혼기가 차 결혼에 임박해선 "서 로 혼인을 할 때는 뼈대 있는 집안과 하는 것임을 잊지 말라."라는 말을 자식들에게 인지시켜 주었다.

　…

　엄마는 늘 과거의 사람이셨다. 눈이 흐리시니 텔레비전도 흥미를 잃으신 듯하다. 아내가 어머니를 위해 뭔가 요리를 하는 동안 텔레비전 채널을 이리저리 돌리며 엄마가 흥미 있어 하실 프로를 여기저기 돌려드려도, 그때 잠깐일 뿐 그새 어머니의 고개가 떨어지며 눈이 감기시었다. 그러면 소파에 그대로 옆으로 눕혀 드리고 가벼운 요를 덮어 드렸다.

　어떤 땐 그게 잠깐이었다. 누우셨던 몸을 곧바로 일으키시어 내게 수도 없이 들어온 똑같은 말씀을 시작하신다.

　"애야!"

　"예, 어머니!"

　"행득 엄마, 친정엄마 돌아간 것 스럽구나. 나만 왜 이리 오래 사냐. 오늘따라 우리 엄마 생각이 나지? 엄마가 날 데려가려나. 니 아버지는 왜 날 혼자 남겨 놓고…."

　"…."

　"나 이제 네 집에 살았지? 그러니까 너희 부부 다투지 말고 잘 살아라. 이젠 한도 하나도 없다. '나 하나님 나라 간다. 어지럽구나!' 하고 가면 좋겠는데…. 그러면 너희들 복이지."

　"그럼요. 복이고 말구요."

　"아들아, 넌 내가 난 자식이지만 천근 같고 만근 같은 아들이었다."

(그런데, 그런데도 이렇듯 큰아들 사랑이 절절하셨던 어머니를 난 끝내 요양원에 모셨다. 자식 품에서, 그것도 큰아들이 지켜보는 앞에서 조용히 눈을 감고 싶으셨던 내 어머니를!)

요양원은 과연 고려장 하는 곳인가? 어머니를 요양원엘 모시고 가는 일은 쉽지 않은 선택이었지만 어떻게 보면 그곳이 어머니에겐 훨씬 편한 곳일 수 있다. 물론 돈이 있어 자식들에게 전혀 부담을 주지 않고, 요양원 자체 운영 프로그램에 맡기고 하루하루 살 수만 있다면 참 좋은 곳이다. 그곳에 보내 놓고 죄송한 맘을 가질 필요는 없을 것이리라. 그곳이 부모를 내다버리는 곳이라 생각해서 자식 된 도리를 한다며 부모를 요양원으로 보내지 못하고, 오히려 불편함을 다 감수해 가며 정성껏 부모의 수발을 해 가다가 임종을 맞게 해 드리는 것이 아름다운 미덕으로 여겨지던 것으로 말하면, 그런 자식들은 옛날 의식으로 말하면 효부상을 받을 일이다. 그러나 자식들이 경제적으로 넉넉해 부모의 노후를 자유롭게 지낼 수 있는 좋은 환경의 시설에 부모를 보내는 자식이라면 그 또한 자랑해야 할 일이 아닐까?

그러나 6개월씩 어머니를 돌아가며 두 바퀴가 돌 무렵에 뜻하지 않은 현실에 부닥쳤다. 어머니의 치매가 나날이 심해지는 증세가 있어 자식들이 더 이상 어머니를 모시기 어렵다는 생각을 하게 된 것이다. 자식 사남매가 일요일에 교외의 한 음식점에서 만나 음식을 나누며 회의를 했다. 지금까지 서로 돌아가며 6개월씩 모셔왔는데 서로들 힘겨워하고 있으니 맏인 내가 결정을 해 주어야 했다. 대부분 여타 가정들도 치매를 앓는 노인을 모시고 있으면 가족들이 힘들어하고 서로 갈등이 생긴다고 한다. 자식이야 안 그렇겠지만, 며느리의 생각은 다를 수 있기 때문이다.

그래서 우리 어머니도 '아름다운 장미' 요양원엘 가시게 되었고, 그곳에서 1년 8개월 만에 유명을 달리하셨다. 아쉬운 건 그곳에서 외로운 생을 마감하도록 한 것이 자식 된 도리가 아니었다는 것이다.

...

북한의 주의 주장을 받아들이는 세력들에 의해 자유민주주의가 위협을 받고 있다면 이는 미래세대를 위해서도 걱정이 아닐 수 없다. 유일신처럼 신격화된, 자유는 한 푼이라도 허용 않는 세상을 그리도 바란단 말인가. 이미 6·25 동란을 통해 동족 간에 서로 죽이고 죽임을 당하는 처참한 전쟁에 휘말린 비극이 이 땅에 있었다. 참으로 많은 사상자가 났고, 전쟁 후엔 남북으로 이산가족들이 생겨 분단의 아픔을 삭이며 70년 세월을 살아야 했다. 이념과 정치인들의 잘못된 선택은 애꿎은 백성들에게 고통을 안겨 준다는 게 역사의 교훈이다.

6·25 동란의 희생자인 내 어머니는 평생을 두고 가슴 속에 응어리처럼 만들어진 섬을 지우지 못하셨다. 그 섬은 꿈속에라도 만나고 싶은 부모에 대한 그리움이었다. 외로움 속에 살아가신 어머니를 식구들은 알아 주질 못했다. 아니 이해 불가였다. 남편인 아버지가 더 챙겨 주었으면 그렇게 외롭게 사시진 않았을런지도 모른다. 뚝뚝했던 아버지는 아내의 마음을 읽지 못하고 바느질하다 말고 우시기라도 하면 어찌 위로해 주면 좋을까를 생각하기보다 "또 울어? 그놈의 눈물은 한

도 끝도 없지." 하고 퉁명스럽게 내뱉곤 했었다. 그러면 엄마는 "당신은 아버지, 어머니, 동생, 자식들이 다 있으니까 그리운 게 있을 턱이 없지요."

엄마는 우리들에게 "너희가 그리움이 뭔지를 아느냐?"라고 늘 말씀하셨다. 엄마의 섬은 당신의 부모께서 40살도 안 되어 6·25 때 인민군이 북으로 후퇴하며 올라갈 때 집단 학살 속에 끼어 유명을 달리한 후 생긴 섬이다.

"하루아침에 부모를 잃고 친정이 없는 고아처럼 살아온 엄마의 세월이 얼마냐?"

그러면서 잠시 말을 끊고는 머릿속으로 어림하시는 듯했다.

"산수라면 내가 엄마보다 더 빠르지. 엄마가 17살에 시집오셨다 했지요?"

"응, 그런데?"

"그러니까 그때부터 세월을 꼽으면 답이 나오지요."

"에라, 모르겠다."

엄마는 복잡한 계산은 귀찮아하셨다.

"엄마, 그거 간단해요."

"뭐가?"

"지금 아들의 나이가 몇이에요?"

"28살."

"그럼 엄마가 고아가 되신 세월이 28년 되신 거네요." (사실 내 나이는 68세였다. 그러니까 고아로 사신 햇수는 50년은 된 셈이다.)

"아, 그렇구나."

젊어서도 고향 연천, 황지리에서 아버지, 어머니와 살던 그 모습이 눈에 아른거릴 때면 눈물짓던 엄마의 모습은 노년에 이르러서도 변하지 않았다. 다만 젊을 때는 눈물의 양이 옆에서도 보일 만큼 많았지만, 노년엔 눈물샘이 다 마르신 탓인지 그리움만 있을 뿐 눈물은 흘리지 않으셨다.

엄마가 눈물지으실 때마다 나도 철없이 왜 우시는지를 몰랐었다.

...

문득 어머니의 섬은 어쩌면 낙원이 되어 있을 거라는 생각이 들었다. 난 그 섬을 찾아드릴 수도, 아니 찾을 수도 없다.

어머니가 돌아가시기 일주일 전에 우리 내외가 요양원엘 찾아갔다. 엄마는 침대에서 일어나 앉으시며 우리더러 앉으라고 한다. 옆 침상엔 중증의 환자가 잠자고 있었다.

"아이구! 내 아들, 며느리야, 어떻게 왔니? 바쁠 텐데."

"바쁘긴요. 자주 못 와서 죄송해요."

"엄마, 다리는 어떠세요?"

"괜찮다."

어머니는 한 달 전 이곳 2층에 계실 때 누구 다른 요양자와 실랑이가 있었는지 상대가 밀치는 바람에 그대로 바닥에 나가떨어지셔 부상을 입으신 사고가 있었다. 원장의 전화를 받고 내가 요양원 현장에 갔을 때도 엄마는 아들이 오기 전까지는 못 일어나신다며 한 시간이 넘도록 아프다는 신음 소리를 내시며 그 자리에 그대로 누워 계셨다. 아들이 보기에도 참으로 민망한 장면이었다. 원장의 말은 처음과 달랐다. 분명 전화할 당시엔 다른 환자와 서로 다투시다가 밀쳐 넘어지셨다고 했는데, 내 앞에선 엄마 스스로 넘어지셨다고 말을 바꿨다. 난 더 이상 자초지종을 묻지 않고 구급차를 불러 달라 했다.

곧 구급차가 요양원에 도착하고 어머니는 아내와 구급차를 타고 인근 지정 '세란 병원'으로 달렸다. 난 내 차로 구급차 뒤를 비상등을 깜빡이며 쫓아갔다. 응급진단 결과는 엉덩이 고관절에 금이 갔다는 거고, 수술이 필요하다는 것이다. 어머니 연세가 89세인데 수술을 하셔야 한다니! 잠시 망설이다가 소식 듣고 병원으로 달려온 동생 가족들과 상의한 후 담당 의사의 수술에 동의해 주었다.

수술의 결과는 잘 되었지만 어머니껜 죄송했다. 그 연세에 몸에 매스를 대게 하다니, 자식으로 면목 없는 일이었다. 요양원의 주의부실에 대한 과실이 있을 거라는 생각을 따지기 전에 자식으로서 어머니를 그 같은 요양원으로 모신 죄책감이 앞섰다. 아무튼 수술 후 한 달간 입원을 하시다가 퇴원하여 다시 이 요양원으로 모시고 온 것이었다.

원장과 요양사의 눈치가 집으로 모시지 않고 왜 다시 이곳으로 모셔왔느냐는 표정이었다. 하지만 솔직한 심정은 어머니를 내 집으로 모시면 간병이 힘들 거라는 생각과 이곳엔 응급 시스템이 잘 되어 있어 어머니에겐 죄송하지만 내가 돌봐 드리는 것보다 더 불편 고충에 도움이 될 거라는 생각에 이리로 모시고 온 것이었다. 요양원 직원은 2층에서 사고가 났으니 다른 요양자들과의 관계를 생각해서인지 3층으로 침실을 옮겨야 한다고 했다. 그 날부터 어머닌 3층 침실에 보름째 기거하고 계신 참이었다.

아내가 정성스레 전날 밤 요리해 은박지 그릇에 담아간 약식을 침대에 일어나 앉으신 엄마 식탁 위에 올려놓았다. 입맛이 없으신지 젓가락으로 몇 번 드시더니 요양원에서 준 빵을 오히려 드셨다. 음식을 치우고 곁에 앉은 우리 내외에게 엄마는 간밤의 꿈 이야기를 들려주었다. 예수님이 잔치를 벌여 주셨는데 당신을 비롯해 여러 사람이 와 있었다는 것이다. 그런데 다른 사람들 밥상은 초라한 데 반해 당신 밥상은 아주 진수성찬으로 차려져 있었다는 것이었다. 아내와 난 그 이야기를 들으며,

"엄마! 예수님 곁에 가실 날이 가까웠나 봐."
"그런가 보다. 그럼 난 좋지."

일주일만 있으면 성탄절이다. 아내는 약식을 다시 싸서 침상 머리맡에 놓았다.
"어머니 출출하실 때 드세요."
"그래 며늘아, 고맙구나. 내가 먹으마."
전에 없이 힘이 없어 보였다. 고관절 수술의 후유증이 다리로 뻗친 모양이신지 다리를 옴찔옴찔하셨다. 난 다리를 주물러드리고 얼마 있다가 일어나며 성탄절에 우리 부부 다시 오겠노라 하고 요양원을 나왔다.

...

엄마의 섬에는 파도 소리보다 더 정감이 나는 노랫소리가 들려왔다. 엄마의 일생 얘기는 어느 집에 가도 아무리 들어도 끝이 없을 것

이다. 하지만 난 엄마가 치매가 아니셨으면 하마터면 놓치고 말 뻔했던 보석 같은 순정의 말들을 들었다. 기록해 두고 싶었다. 펜을 꺼내 수첩을 들었다.

"난 나무를 잘 탔지. 대추나무, 감나무, 밤나무 등. 뱀을 보면 껑충 뛰어넘어 가기도 했지.

시집올 때 꽃가마 타고 왔지.
네 아버진 장가들 때 옷을 빌려 입고 왔단다.
내가 시집올 때 장롱 하나 안 해 왔다고 시집 식구들이 벌떼 같이 달려들어 날 구박했지. 특히, 시어머니 구박이 심했지.
배가 아프다고 하면 더욱 극성스럽게 날 못살게들 굴었지.
실은 배가 고파 못 먹어 아팠던 거야. 친정에선 잘 먹고 살았거든. 똥구녕이 찢어지게 가난한 집에 와서 못 먹어서….

자야는 어릴 때 똑똑했단다. 아버지는 군에 갔고, 할아버지는 장사 나갔지.
어린 것이 얼마나 귀엽고 똑똑했던지 동네 어른들은 귀여워하면서도 불쌍해했지.
딸 하나 있는 거 대학도 못 시켜 미안했구나.

시집와 농사를 못 하는 척했지. 난 말이야 시집오기 전에 아들 몫을 했어. 지게 짐도 지고, 논밭 일을 척척 해냈지. 네 외할아버지가 다리를 좀 저시는 편이셨기에 난 딸만 다섯에 맏이로 사내 몫까지 했지.

네 어머닌 아들 하나 낳는 게 소원이셨어. 그래서 내가 시집가 아들을 쑥쑥 낳는 걸 보고 우셨다지.

친정아버지께서 하시던 말씀이 있었어.

여자가 지게 짐을 하면 소박맞는다고 하셔서 시집에서는 지게 짐은 못 지는 척했지.

내가 산목숨을 산 거냐. 죽지 못해 산 거지. 너희들 아니면 네 아버지하고 안 살았을 거야.

피난 때 너는 할아버지가 데리고 가서 살았지, 내가 데리고 갔으면 죽었어.

돈이 한창 벌릴 때가 좋았어. 방에 돈을 깔아 놓고 침을 퉤퉤 묻혀 가며 세는 재미가 얼마나 좋았던지.

우리 집은 돼지만 키우면 잘 컸지. 새끼도 쑥쑥 잘 낳아 주고.

고생해서 집 장만할 때가 최고였어. 숟가락 하나 없이 네 아버지와 서울 와 일으킨 재산이니까.

너 하나만 잘 키워 보려고 했지. 너, 큰놈 말이야.

교회에서 권사들이 날 무시하면 내 아들이 문학박사야 왜 이래요. 그러면 아무 소리 못 했지."

...

『둥지』서평

소설가 **정선교**

      오래전부터 잘 알고 지내온 조선형 시인은 올해로 등단한 지 30주년이 되는 문학인이다. 아마도 이 기념으로 장편소설 『둥지』를 발간할 것으로 보인다. 이 작품에는 삶에 대한 정신으로 자연과 주검을 포용한 채 사람이 살아가는 고단함과 존재의 무게감이 담겨 있다. 오랜 기간을 두고 써왔을 작품, 『둥지』는 함창 김씨인 어머니의 일생을 그렸다. 세계관의 탄생과 멸망을 구축하는 방법을 잘 다룬 작품으로, 주로 흥미 위주로 읽게 되었다. 이 작품에 세계관이라는 프레임을 씌워보니 새롭게 다가왔다. 역시 아는 만큼 보이는 것이다.

  작품에서 위기나 어려움을 다뤘다면, 다음엔 그 어려움을 기회로 바꾼 과정과 거기에서 얻은 깨달음과 진실이 있다. 흔히 겪지 못하는 큰 어려움을 극복한 노하우와 깨달은 진실을 아낌없이 표현되어 있어 마음이 아프고 간절하게 만든다.

  이야기의 흐름은 이렇다. 동네 서원 말에 사는 한양 조씨네로 시집을 온 어머니는 한국전쟁 중에 남편이 군 입대하게 되자 집안을 일으키기 위해 3년 동안 시장에서 떡을 팔아가면서 시부모와 자식을 위해 전쟁 속에 숱한 역경을 딛고 어려움을 극복하며 살아남는다. 군남은 전쟁으로 북한에서 남한이 수복되면서 친정 집안에 형제와 집안들과 피난으로 흩어지고 혼자가 된다. 그렇게 헤어진 혈육인 동생을 결혼 후 20년 만에 찾는다. 힘든 삶이지만, 식구들만을 위해 헌신하고 희생한 그녀는 특히 자식들을 잘 키워 큰아들을 중학교 교사와 박사까지 만들어 놓아 행복감을 찾아 본다. 그러나 그것도 잠시, 생의 마지막이라는 요양원에서 치매 환자로 1년 9개월 만에 생을 마감한다. 가족을 위해 한평생을 헌신한 그녀의 전체 내용은 어려움이 깊고 험하다.

제1부 뒤틀린 운명, 비석에 함창 김씨라고 새겨진 어머니 묘는 영원한 엄마의 섬이다.

제2부 가나안 땅을 찾아서, 부모의 둥지를 떠난 자식들은 그 점을 잊지 않으리라.

제3부 엄마의 섬. 엄마의 섬에는 파도 소리보다 노랫소리가 더 정감이 든다.

3부로 나누어진 『둥지』는 '엄마의 일생 얘기는 어느 집에 가서 들어도 끝이 없을 것이다. 하지만 난 엄마가 치매가 아니셨으면 하마터면 놓치고 말 뻔했던 보석 같은 순정의 말들을 들었다. 기록해 두고 싶었다. 펜을 꺼내 수첩을 들었다.'

이 작품의 작가인 조 시인은 하늘나라로 떠나간 어머니를 항상 그리워하며 흔적의 이야기를 소중하게 간직하고 있다가 이번 『둥지』를 출간하게 되면서 모두 털어놓았다.

둥 지

펴 낸 날   2022년 12월 23일

지 은 이   조선형
펴 낸 이   이기성
편집팀장   이윤숙
기획편집   이지희, 윤가영, 서해주
표지디자인 이지희
책임마케팅 강보현, 김성욱
펴 낸 곳   도서출판 생각나눔
출판등록   제 2018-000288호
주   소   서울 잔다리로7안길 22, 태성빌딩 3층
전   화   02-325-5100
팩   스   02-325-5101
홈페이지   www. 생각나눔.kr
이 메 일   bookmain@think-book.com

• 책값은 표지 뒷면에 표기되어 있습니다.
  ISBN 979-11-7048-502-5(03810)

※ 이 책은 성남시 문화예술진흥기금 일부를 받아 제작하였습니다.